水漫蓝桥

杨知寒 / 著

New Power
Of
Chinese Literature Series

|

中国文学新力量丛书

何平 / 主编

作家出版社

中国文学新力量丛书
编委会

出版前言

  选择四十五岁作为"中国文学新力量丛书"青年作家的年龄上限，不仅因为约定俗成的生理和心理年龄，也是因为精神的年轮——往上追溯，四十五岁的青年作家们正好生于改革开放初期。今天谈论这些青年作家，可能分属七〇后、八〇后、九〇后、〇〇后不同的文学代际，但他们同属"生于改革开放时代"这个大的精神代际。改革开放时代的中国式现代化实践和社会主义经验，是这些青年作家生命成长的背景和个人精神事件，也是造就他们个人"一时代文学"之"时代"。因新的世界想象、教育背景、文学资源，甚至日常生活，不同于前代人、前代作家，而孕生新时代的新兴审美可能。值得注意的是，生于改革开放时代的青年作家们，虽然从事文学创作的时间不同，但他们的文学自觉大都发生在新时代，其中更年轻的写作者的文学起步则始于新时代。因此，他们的新兴审美可能和文学探索都可以视作新时代文学的新地和实绩。这需要中国当代文学批评和研究去更充分地检视、命名和赋义。这也正是我们编辑"中国文学新力量丛书"的初衷和起点。

如果将整个青年写作放到百余年的中国新文学史观察，某种意义上，我们可以说，中国新文学史也是新青年文学史。回到中国新文学起点，五四新文学运动和文学革命的倡议者、实践者正是一群生于十九世纪末的七〇后、八〇后和九〇后们。以文学而论，他们当中的年长者鲁迅，在四十五岁之前就出版了他一生中重要的两部小说集《呐喊》和《彷徨》。不仅是鲁迅，做一张现代作家年龄和发表作品时间的对照表，几乎所有的五四新文学作家在四十五岁之前都写出了他们在中国现代文学史最重要的和有代表性的个人作品——有的是一部，有的是多部，甚至有的是全部。及至二十世纪四十年代延安解放区文学和一九四九年之后的新中国文学，也大致罗列一下，像《小二黑结婚》《暴风骤雨》《创业史》《红旗谱》《青春之歌》等作为方向和重要文学收获的经典之作，也大多数是作家四十五岁之前完成并发表和出版的。同样地，改革开放时代，大家耳熟能详的五〇后和六〇后作家，他们在四十五岁之前的个人代表作几乎也是个人创作高峰。

因此，也许不算过分地说，中国现代文学每一个阶段性的文学革命和新兴审美，都是由青年们推动并完成的。我们当然可以就这种文学现象讨论中国作家如何中年写作的问题，但首先的事实，应该是，人到中年（四十五岁），一个有文学理想的写作者，应该有具备共识度和辨识度的个人代表作。这种个人代表作说到底是潜在的和未被确认的母语文学经典的备选。因此，哪些青年作家、哪些作品被选中？新陈代谢，本身就是汉语文学经典化代际转换的必经过程。"中国文学新力量丛书"，期待能够自觉地参与到这个过程。

事实上，作家协会、文学期刊和出版机构以及文学批评聚力合力培育青年文学和新兴审美，是已经被证实行之有效的社会主义文学经验。具有代表性的是由中国作家协会、中华文学基金会发起的"21世纪文学之星丛书"。该丛书自一九九四年启动，以年卷的形式，为从未出版过个人文学专集的四十岁以下作家、批评家出版第一本书，至今已经三十年。除了"21世纪文学之星丛书"，二十世纪八十年代至新世纪，其他的青年文学丛书和书系也一直在助推和彰显着文学新力量，像"萌芽丛书"（上海文艺出版社、重庆出版社）、"希望文学丛书"（北京十月文艺出版社）、"青年文学丛书"（中国青年出版社）、"文学新星丛书"（作家出版社）、"跨世纪文丛"（长江文艺出版社，除汪曾祺等个别作家，都是当时最具影响力的青年作家）、"当代著名青年作家系列"（湖南文艺出版社）、"先锋长篇小说丛书"（花城出版社）、"新生代小说系列"（中国华侨出版社）、"新生代长篇小说文库"（长春出版社）、"新活力作家文丛"（山东文艺出版社）等。其中，作家出版社的"文学新星丛书"自一九八五年阿城的《棋王》开始，前后持续十年之久。当下文学出版版图，中信出版社的"大方"和"春潮"、译林出版社的"现场文丛"、江苏凤凰文艺出版社的"新青年"、北京十月文艺出版社的"未来文学家"以及艺文志、后浪、单读和理想国等出版机构，均致力青年文学出版，但无论是专业视野、出版规模、持续时间，还是作家组成的整体艺术水准，都有拓展的空间，亟待关心和关注青年文学的各种力量共同努力。"中国文学新力量丛书"的启动，既是培养青年文学和新兴审美的聚力合力，也是致敬并光大以"21世纪文学之星丛书"和"文学新星丛书"等为代表的青年文学丛书出版传统。而且，与助推青年写作者第一本书的"21世纪文学之星丛书"和"文学新星丛书"不同的是，"中国文学新力量丛书"的重点将放在检阅和总结生于改革开放时代的青年作家们新时代新的文学表达和新的审美经验。

青年作家是文学事业的生力军，培养中国文学新力量，是新时代文学事业的信心所在，是建设社会主义文学强国的力量所在。中国作家协会和作家出版社推出这套"中国文学新力量丛书"，就是希望以专业的审美尺度测量生于改革开放时代青年作家们的个人代表作和最新创作；希望遴选出新时代中国文学版图最有活力、最有创造性的部分，描绘新时代文学图景，萃取新时代文学精神；希望这些青年作家是新星，更是未来的文学新力量。

何平

2024年9月

目 录

水漫蓝桥

一

老板娘是个浪漫的人，别看穿戴体形咋样，浪漫是骨子里的一段魂，要不她也不能在嗑瓜子儿的工夫里，就把店名给定下，蓝桥饭店。那阵子老板娘刚把老板给踹了，应承下这个店，快五十的女人决定独闯下半生。我平时就在店里住，顺带负责打更，工资比别人一月多开二百。有回快夜里十二点，把第二天要用的料备好后，去拉卷帘门，听柜台里还有动静，是老板娘肩膀一耸一耸地埋头哭呢。在她面前的小电视里放着个黑白外国片儿，我看了眼标题，魂断蓝桥。好信儿去查了这个故事，男人因为女人沦落过风尘，和她没成眷属。至于老板娘落没落过风尘，以及因为啥她众目睽睽用擀面杖把老板赶出了店门，老爷们儿不好去打听。我只知道一件事就是，她和我们这间开在犄角旮旯儿的东北菜小饭馆，命运自此一线，都将活得不易。

店小，加上我和老板娘一共五个人，另三位是做服务员的小庞、小孟和一个给我打下手的小军。小军半工半读，同时念大专，晚上没课了才过来。白天客人不比晚上多，我一人也能忙活

1

开。偶尔小军提早走，只要活儿不多，我都睁一眼闭一眼，让他穿戴好了从后门撤退。这小子现在处对象呢，既然被他一口一个师傅叫着，就得有点师傅的样儿，该行方便给行方便。别看就比他大十来岁，小军对我基本跟对爹差不多，递烟勤着呢。好些次在我颠勺的时候，他也把烟塞我唇缝里，惹我挥手，别耳朵上，别着。烟灰撒锅里可是大事儿，这帮主顾没一个好伺候的，好些都是回头客，店既然小，生意得得瓷实。别说掉点烟灰了，就是落根头发丝儿，牌匾也得让人烧了又踩。从业十年，我心里有杆秤，干一行就爱一行吧，爱一行就敬一行，不说给理想敬杯酒，也给自己的营生提一杯，不管咋说，这是眼下活命的道儿。今天上午小军没来，是个冷天，老板娘没使唤我，自个儿去把门前的雪扫干净了，回来把两手缩进左右两只袖筒里，巴巴等人上门。第一单是对要吃鲇鱼炖茄子的小两口，快晌午了，男的穿个大红羽绒服，横眉立目，一字一顿问老板娘，就要吃鲇鱼，有没有？老板娘旋风似的下单，旋风似的走人。走前把单子甩给我，我一清二楚，店里没备鲇鱼，她打车现去买了，意思是让我先可着别的菜做。小两口亲亲热热往包厢里钻，一路嘀咕着。这顿一百能下来不？说实话够呛，三个菜，除了鲇鱼还有一个锅包肉、一个焦熘干豆腐。干豆腐倒是没涨价，这玩意儿死便宜的，饭店不上利润。锅包肉可就两说了，猪肉赶俏的时候，价格紧追牛肉，里脊还不好留呢。我回厨房掂对这俩菜，都是快菜，一个靠炸，更主要靠熘汁，一个靠焖，掌握好火候就问题不大。锅包肉第二遍扔锅里复炸时，老板娘把个湿袋子扔进后厨，打开看，一大一小，两条鲇鱼活蹦乱跳。我这边招呼小孟端菜，那边给鲇鱼冲洗干净，鱼泡鱼子留在别的盆里，再给鱼左右横切三刀入味。鲇鱼炖茄子，吃死老爷子，这菜点得让我都有点食欲了。给鱼大火收汁时，我走到后门，抽根烟张望，袅袅紫烟混合袅袅炊烟，都是人世间的热乎气儿。咳清腔子里的油烟，心想，今儿这雪，下得有鼻子有眼，看吧，到晚上还得有人要硬菜。

晚上小军来了，帮我对付过晚高峰，客人比雪片儿来得还密实，拢共十张桌，翻台就上人。东北几个叫得出的炖菜，一晚基本过了一遍。下料的时候，我不说话，让小军说我的步骤，这样学比记菜谱来得形象，当年我师傅就是这带的我。在这儿做菜没那么讲究，跟小军也这么说，咱们培养的，主要是抓作料的手力、察火候的眼力、记步骤的脑力。除了几个老菜得尊重规矩，其余的感觉来了，你可自由发挥。九点来钟掂对完最后一个菜，小军要回去，这点儿一般不上人了。刚把外套给孩子披上，老板娘进厨房，亲自给递了张单子。我一扫，骂出声。她翻着白眼仁儿说，老杨，你看着办。我劝了，没劝住，客人硬要点。我说，咱不会做。老板娘看了看后厨要收摊的架势，说，没啥活儿了，给做一个吧。我不嫌利润小。她走后，寻思寻思，我问小军，没人等你吧？他说没有。我决定让小军留一阵，这菜八百年没人点一回，可就算它千年没人点，点一回，也是为难厨子。这时我发现，小家伙根本没走的意思，他把围裙重新给我扎上，一手抓一个鸡蛋，淀粉袋预备好，拍在了桌案上。我让他先把鸡蛋打匀了，少放点盐，完后搁淀粉，打成浅色糊糊，颜色要均匀。找个地方，我坐着歇会儿，看他干。掂一天大勺，膀子得歇歇。

听着筷子碰盆的嗒嗒声，我有点起印象，约莫一个月前，也有人点了道折磨厨子的菜，也点在客人都基本走得差不离儿、饭馆没理由拒绝他这一单的节骨眼上。上次，是雪衣豆沙。店里没备现在大饭店里基本都有的电动打蛋器，还得凭人工，将蛋清打出云雾状，累得我边用劲边骂娘。等雪衣豆沙出锅，小孟来取，我把她支使到一边，坚持自己上给顾客，主要我想看看，快关门了，是什么样的人物在大晚上死馋这口甜食。我预期是个胖老娘儿们。撩帘一看，却是个穿黑皮夹克的窄瘦背影。这人折磨厨子不算，还有点扰民，桌上跟着他放了个戏匣子，咿咿呀呀响着早没人听的二人转。什么一更里三更里的，月牙儿出个没完。当时天还没今天这么冷，一凑近，闻见那人身上一股馊味儿，看头发都擀毡了，一缕缕地藏进他发黑的蓝衬衣领口里。回身跟老板娘嘀咕，是花子吧？老板娘说，要不看他又点了个熘肉段，高低不接待。我俩一起看着这个背身坐着的，仿佛美食家般缓慢动筷子的中年男人，谁也没说话。这么个场面，花子听戏，叫老菜，多少有点耐人琢磨。老板娘看我的眼神分明在怂恿，你上前攀攀话？我摇头，认人你比我强，下次这孙子来，就跟他说没有。本来菜单上也没这菜，现在几个饭店还给做雪衣豆沙啊？下次要再给我递这种单子，你直接扣我钱完了。这工费的，不够治膀子的呢。老板娘说，行，我记住了，咱店里不会做雪衣豆沙。而后她颇为殷勤，居然给那花子去续了两回水，倒水时，眼神左右腾挪，就期待那人抬头看她一眼。那人也奇，整个店里，除了自他戏匣子放出的腔调，就只有他嘴里若有似无的咀嚼声，不说话不言语的。等熘肉段出锅，也是我给他端的，这人只吃两筷子，搁下就走。自己擦净了嘴，留下桌上还剩半盘的几个胖乎乎的雪衣团儿，慢悠悠甩张五十到前柜。

在指导小军如何做一道酥黄菜的时候，我基本笃定，今晚菜还是那个人点的。小军额头上沁出层白毛汗，炼糖，就得这么费工夫，不然哪拔得了丝？切成菱形的鸡蛋饼块，又哪能在当中鼓起膨胀的小肚子，一咬一个嘎嘣脆？和雪衣豆沙一样，酥黄菜也属于红白喜事上的宴席菜，现在少有饭店会在菜单上明标出这俩菜了，会做的厨子少是一方面，主要是没有认真学习这道菜的动力。费时费事不说，也不上价，客人一多，这俩菜基本属于垫底的，想吃它们，你需要的不仅是钞票，还要有运气。小军要端菜，我拦下他，问，学会了吗？小军说，会了。我说，记住，往后不碰上缘由，咱不给做这菜。厨子不是下人，不是让人欺负的。他说，师傅，记下了。我又说，如果往后你喜欢的姑娘爱吃，可以给做。小军傻呵呵笑，笑的时候，嘴唇上边那点刚长出的绒毛根根都鲜明。我说，回吧，明天看天气，还下雪你就晚点来。把腰间围裙解下，我从前门送小军，顺道给客人上这道酥黄菜。这个时候，老板娘在收拾最后走的一间包厢客人剩下的桌面。小店里冷色的白炽灯，照在被人一脚雪一脚泥踩得鬼画符般的瓷砖地上，小军掀开的胶皮门帘上，油污浸透了每一寸。终于让我看清那人的脸了，他目不转睛，盯着我端上的菜。桌上还是搁着戏匣子，这回他没点熘肉段，要了瓶富裕老窖。我算明白老板娘为啥不顾惜我命长短了，这他妈还真算个主顾。菜上桌的同时，我被这人给叫住，他叫人的方式是，酒盅往下一磕。

这男的长得真他妈好看。丹凤眼，高鼻梁，薄嘴唇，下巴颏有模有样，带点尖弧度。这是我心里第一句话，我扭过头，想看看别处，每当遇到想不明白的事儿时，我就让自己看别处。男人抓了抓落在眼前的脏头发，从兜里往外掏东西，掏半天，还是张皱五十。将钞票按住了，往前移给我。我说，爷们儿，什么意思？他说，辛苦钱，上回加这回，烧这俩菜不易。听嗓音，这人更受端详了，磁性男低音。就是他手势有点别扭，按着钱的那只手，小手指上翘，每个指头都葱白似的，干净细嫩。我说，不收啊，不行。顾客是上帝，老板娘要看见，该埋汰我了。他将钱留在我这头，手缩回去，说，师傅，菜真好。我说，别人说好，我信。你好像不是来吃菜的，是来给我考试的。他说，还有别人给你考试不？有没有其他人，这阵子，点过这俩菜？我说，有你一个就难拿，还想来个祖宗？他追问，你记忆力好不好？我左右俩眼珠子仿佛左右俩筷子，没客气，上前尝了一块他叫的酥黄菜，噼里啪啦在嘴里碎开，慢慢嚼着。意思是，店小，利薄，人辛劳，往后少登门吧。我希望能在职业生涯里少记住你这样的，祖宗们。

二

上午给美光把今年的取暖费交了，头天我跟老板娘打好招呼，说今天晚点去，小军会先去饭店开门，顶一阵。交完钱我顺道买菜，车停在前妻家楼下，拎了两兜柿子豆角，给送上去。美光在家，敲开门，没让我进。不进就不进吧，她睡眼迷离给我开门，头发该是新焗过，一股药水味儿。离上次见她得有快一个月了，有些话想找她说，昨天好容易通了个电话，问她家里热不热，她急着挂，只撂下句没钱。我来是想告诉她，钱交了，别过两天屋里突然热乎了，你不知道咋回事。今天再见到，再听到门缝里有隐约的男人呼噜声，忽然对自己的所作所为感觉到没味儿。过了快十年，离了三年，三年里我一天也没从心里把她放下

过。为什么放不下？因为总觉得亏欠，觉得美光是因为跟了我，才没把自己日子过好。现在她找了人了，按说我不该再来，心却憋闷得比平时不见更厉害。门里，美光披了件男式羽绒服，光脚踩在地上，哆哆嗦嗦接去两兜菜，对我说，上次拿的还没吃了，往后别带了。我扭过头，看向天光昏暗的楼道，再扭回来，说，干啥跟个连取暖费都不给你交的啊？她说，你少管。我说，行，我犯贱。再不登门了。她说，死不死啊你。我说，不唠了，回去跟人睡觉吧。刚走出几步，身后两兜菜被扔出门外。我原地点根烟，回头看了看，等烟抽没，再轻巧走回几步，菜还是得带走。

又回店里，这趟路不好开，早起天儿还出点太阳，这会儿先是下雨，后又飘雪，雨刮器坏了半扇，视线模糊不清，轮胎也常打滑，给我气得连按喇叭。店里卷帘门刚打开，小军一人坐在柜台后头，看老板娘的黑白小电视，他想跟我搭话聊会儿，我没心情，直接进后厨备料。快中午了，零星两桌客人来，都不是来正经吃饭的，菜没点两个，大绿棒子要得勤，就指望在我这小店儿里猫会儿冬。我和小军都在柜台后挤着，看电视里的福利彩票兑奖，那些黑白的小球一个个，从轨道里滑出，它们没啥心事，球能有啥心事？管蹦跶就完了，不会想到有多少个人家在指望它们，博把大的，好让自己的人生回春。客人勾肩搭背往外走，小庞就顾着按她那个破手机，半天叫不答应。也是，小丫头片子都不听我的，都是员工，谁管着谁？小军去挨屋收拾桌了，剩我一人继续盯球，心想，要是我也能中五百万，高低给美光接回来。算了，不接，她是人家的了。要有五百万，老子找个更好的，先在市里买套楼，再自己开个小饭庄。等那些大姑娘来管我要微信。这么美滋滋地想，眼前总闪过美光的脸。嫁我时，她也是个大姑娘，笑起来眼睛细眯，一条缝，骂我时，大眼睛扑闪，跟那个雷电霹雳似的，真带人爱。雪下纷纷，雨落缠绵，中午好似黄昏，我不知道自己是在啥时候红的眼圈，好在没人看见。美光啊，凡是进我店的男女老少，不知道点个啥菜好的，我都能给掂对出一两道他们可心的。唯独对你，过十年了，也不知道你爱吃啥菜。真是我的失败。节目结束了，我一口嗑一个老板娘留在盆里的奶油瓜子，看着客人走，看俩服务员走，看小军也走，擅自都给他们批了假了。一会儿就准备关门，等晚上的吧，晚上再开炊烟。有人在门口徘徊，我没理会，徘徊没用，进门也没用，今天老杨也拿一把，任谁不伺候了。

张廷秀啊啊啊，那人进屋就啊啊个没完。只见他把顶破帽子一摘，拿眼在小屋里扫一圈，自己找了位置坐，却是正对着我。手指敲在桌案上，说不准是敲打我点菜呢，还是敲打自己唱的节奏点儿。我也用眼扫全了他，戏词儿还真想起来一句，这叫二目细打量。祖宗又上门了，祖宗今天穿的比前两次还不如，毛衣领都开针了，皮夹克也破了两块，一块棉啊绒啊都没有，破单衣。手指上每个关节，红通通都跟那个山楂果穿手上似的。脚踩二棉鞋，再一看就不合身的黑棉裤下紧着腾挪，是在桌底下也打着锣鼓点儿。我疑心，这人真是个花子。

师傅，劳烦你过来。他客客气气说话，我不能不应承。走到他桌前，与其相对坐下，把话说到头里。师傅我今天没心情，你也看见，店里没人，眼瞅要关门。你要是想再考我一把呢，赶紧，回家找点别的乐子玩。我做了个送客的手势，这人微微一笑，没回嘴。坐对面，又是白天，看得更清楚，他脸上一点不显脏，四十左右，浑身有股不知打哪儿来的文气。两手交叉一处，一会儿搁桌上，一会儿整整自己的领子，想起衣服不带扣，于是整整飞了线的毛领，眼睛清亮跟孩子似的，像想跟人要块糖。

师傅，我不点菜，也不用你受累。要瓶酒行不？想在你这儿坐一会儿。他说。我问，要啥酒？他说，二百以里的白酒吧，我想多坐会儿。我回柜上给他拿了瓶君妃，瓶上的美人像看着是昭君，英姿飒爽、红袄抱琴的，我和他都瞧着溜了神，不知不觉，两盅各自给倒满。我提杯问他，能行啊？请我喝酒。他咬咬牙，行啊。我说，给你炒俩菜吧，回来下酒。他按住我的胳膊，别炒了，整点花生米、小凉菜。我端两碟小菜回桌，顺道把卷帘门全拉下来，屋里没点大灯，就他这张单桌上，亮了棚顶一个灯泡。酒杯一磕，顿时生了交情。他还在那儿咿呀着，我听不清，但来点兴趣。问他，兄弟，你是唱戏的？他却只报了自己的名号，好像他这名就该传满神州似的。刘文臣，幸会。他来个倒装句，整得我一愣一愣，举杯和他碰下说，杨义，在下。

刘文臣缓缓夹起一颗花生米，嚼着说，一个霹雷一个闪，瓢泼大雪下得欢。我说，这都啥前儿了，还打雷。他说，差不多差不多，风雪扑面，天不好。我发现他虽然背对门坐，却总回头往门瞧，不回首，门外但凡有点动静，也竖耳朵细听，手握酒盅，盅面儿一直随手在颤。我问他是不是在等人。他说没有。我俩都没说话，他又重复了一遍，没有。突然抬头盯我说，师傅，这瓶要是喝不完，能存你们柜上不？我下回再来还能喝。我乐了，小店没这项服务。我知道他咋想的，别看眼前叫刘文臣这个人小词儿一套一套，此刻他兜里要能掏出超过三百块，都算我这些年白干服务业。再细端详他，记忆有点恍惚，一时惊觉，好像真在哪儿和他有过一面之缘。得是快十年前的事了，那时我刚从部队转业回来，在本市一个大酒楼里给人做学徒。也是冬天，酒楼年底聚会，我们这些干厨子服务员的，都有机会坐一桌，那时不兴看电影唱卡拉OK，请了一台戏班子在酒楼二层搞演出。我当时顾着追求当服务生的美光，上个菜，就紧着给她夹一筷，美光则和边上几个小姑娘，叽叽喳喳，拍手笑不停。后来有一男一女唱一副架的上了台，男女各着一身蓝，比起前头那些唱神调的、偶尔还甩两句粉词儿唱丑角的，别有番风采。上台先亮相，女的水蛇腰、鹅蛋脸，眉间带蹙，那叫一个俏。而美光这些十八九的小姑娘，注意力都集中在男角上，我死瞪了台上一眼，那小子眉飞色舞，举个飞花边的小扇，左右腾挪，举手投足都是彩儿。为和美光套近乎，我也问她，这啥戏？一点不招笑。咋都目不转睛，迷上了？美光说，闭嘴。我说，不闭，我文化浅，你给讲讲。她大致讲了一回，我没太记住，只顾着瞧她上下合启的红唇与银牙，还有那双随讲述偶尔泛出杏红色的眼圈。听她说起这出戏，男的结局掉河里淹死了，两人到底没成。傻玩意儿，我没忍住鼓个巴掌，惹当时美光给我这顿踢。

知道你是谁了，也知道你为啥落魄了。我心里说，给他斟了回酒，不老艺术家吗？落魄了，应该。他跟我始终客气，大哥，我自己来。我拦住他挡酒的手，意思是今天就给他这瓶造干净了，还想存柜上，瞧不起我的量啊那是。刘文臣再度回了头，门帘上纹丝不动。我说，痛快点吧，愿意唠啥你就唠。估计你也没啥朋友。他被我说中，臊眉耷眼一笑，这是我第一回见他笑。别说，笑起来，真有点过去名伶的意思，怎么形容呢，凄苦。就跟他昨天还在周扒皮家做长工似的，今天刚得解放，时时处处都把自己放得低。大哥，我是在等个人。他说，但我不知道能不能等来。我说，等的是我店里主顾？是的话，帮你留意就得了呗。看你这支支吾吾的。刘文臣说他不确定，好些年没音信了，来我这儿等，纯属碰大运。

我怀疑这人和老板娘同病相怜，我给这病起了个名，浪漫病。这病犯在小军身上，属于正常年纪正常毛病，就怕犯在这些四十啷当岁的人里头，老房子着火，不烧完不算。问他，是等女的吧？他点头，等我瑞莲妹妹。我说，名儿挺老派啊。你名儿也是。都是艺名？他说，瑞莲是戏名。师傅，其实我问过你。我说，你问我啥了？他抿口酒，辣得五官拘在一处，好半天闪动舌头，说，我问过你，雪衣豆沙、酥黄菜，最近还有没有人点过。我说，真没有，那女的也是厨子？他笑出排白牙，还拘束地挡挡嘴，德行。刘文臣给我斟回一杯，说，等的是我一副架。当年在剧团，我俩约会，下馆子，她就得意这俩甜的，女同志嘛。好些饭店不爱做，但还没有不给做的。这些年，是好多店都不给做了。有几次我提出加钱，给做一回呗。后厨师傅举个大勺，上桌就要抶我。我心里也有数了，想吃它们，需要的不仅是钱，还得是份运气。师傅，你是这一年里，给我做这俩菜的第一个厨子。我感谢你。谢你给我留了念想。人能找着个等的地方，也是种幸运。我起了兴趣，凭点俩菜就敢找人，敢死等，浪漫病晚期啊。我这也不是治病的地方。问他，还有什么凭证？他手指落桌面，轻点两下，哼出句九曲十八弯，等在蓝桥啊——

三

　　现在什么营生？我问刘文臣。他指指自己鼻梁上一块，还带点没洗净的红彩印儿，说，十五进戏校，十八进剧团，给人唱下装。总往地方上跑，忙的时候一天赶三场，村里老人多，听正戏的多。后来我一副架走了，剩我自己，只能唱小帽，偶尔打打板儿。再往后，剧团里也吃不下饭了，开始跑洗浴中心，跑俱乐部。现在这些地方也不要唱戏的了，观众不听，他们想听我唱流行歌曲，唱粉词儿。学过，不喜欢，上台不会浪，眼下吃饭就艰难点儿。昨晚上，给唱的《上北楼》，师傅要还活着，听我唱这个，能再给气死一回。我拆他台说，爱听啥就给唱啥呗。学学我，客人点啥我做啥。之前你不也给我出过难题，再烦再累，也给你做了。跑江湖的，腰板不用溜直。江湖江湖，将将糊口，别说你还是做戏的。刘文臣嚼完一口花生米，又把杯里干了。他说，我不是这么想道理。现在大家都在祸祸她，老人护不住，年轻人可劲祸祸，祸祸轻贱了，再嫌弃她。事情不是这个道理。你说呢，师傅？我爱她，我不忍心。不信你考我一出，看我丢没丢手艺。店里咋一直没上人？过去我在哪儿唱，哪儿的生意红火，就是出白活儿，跟其他出殡的人家唱对棚，也没让主家丢过脸。师傅，我来一出吧，当答谢你，给你热热场子，会有人听了进来吃饭的。

　　我越听越糊涂，祸祸谁了？他爱谁啊？我拦住刘文臣说，别着忙，今天下午就咱俩，上人得等晚上了。乐意唱，一会儿等我听没意思了，自己搁这儿哼哼去。作为东北人，我对二人转始终没啥兴趣。像刘文臣说的正戏，估计我妈活着还能是他一个听众，我一点不指望凭他能招人进门消费。他让一步，说，师傅，我重点还是等人。唱一嗓子，万一她路过听见了呢？师傅，打第一回过你这儿，站在马路对面，我当时眼泪就掉了，就跟看见当年我俩唱过戏的台子似的。打听一下，这名儿谁起的呢？是老板娘？浪漫。蓝桥，是我俩当年唱响了的一出老戏，我来魏奎元，她去蓝瑞莲。那阵我们总一块儿，随团里，坐长途汽车到外地演出。人家在当地等得急，我们没时间换服装，去之前都换好穿在里面，外披大棉袄。她家反对她唱，要是知道和我好，更不能放她出门了。在人前，只能小心着去关心她。戏服单薄啊，车上心疼她冷，就偷摸伸进袖子攥个手吧。现在我都能想起来，她小手冰凉在我手心里留着的感觉，真想人皮能给脱了，也罩她身上暖和暖和。她气管不好，唱久了好咳嗽，一到台上，找个机会，我总暗地里掐她一下，让她歇会儿，我把词儿给多唱点儿，她不就能轻松了？一到台上，她就没理智了，我们都全情投入，终成眷属没少唱，相思之苦没少唱，我巴望《蓝桥》能少唱两回，这戏苦到家了，结尾也没成全人。偏偏她爱这戏，观众也爱点，总唱总唱，唱成谶语了。后来我想，有些戏做多了，你的命就被戏的命给改了。结多大缘分，留多大遗憾。她和我闹了别扭，几天没来团里，到我想通了，想她想得不行了，人家退团，结婚了。嫁了个干工程的，没少挨揍，再后来，不见我了，她音信皆无。

他低下头，看着桌沿儿，盅里的酒有些没倒好，洒出去了，他用手将它们抹平、抹干。刘文臣抬眼，他眼珠已全成通红，像两只虹彩的玻璃珠。我上前够了下他的肩膀，拍拍，好些事都时过境迁了。他说得对，人和人之间，尤其讲究缘分。我说，你觉得能在这儿等着她？他说，我们好的时候，约定过，唱一辈子《蓝桥》。我说，兴许她改了行了。不改行，兴许也改了口味。人家不爱吃这俩菜了。他一杯接一杯喝，一瓶酒已经下一半，他整个人的状态也有所改变，不再怯生生、低眉顺目，而是美滋滋的，似乎还身处众星捧月的舞台上，眉间跳跃俏皮和得意。

我说啥你都跟我对着唱，是吧？他笑笑。我说，得帮你看清现实。他说，用你啊？一个厨子，做的也是不上台面的菜，和我唱不上台面的戏一样，高哪儿去了？我将酒瓶和两个酒盅挪开。门帘被人掀动，小军顶着一脑袋雪，先钻进来，后跟着个戴白耳包的小姑娘。两人有说有笑，在门口停下，不往里走。小军叫我，师傅。我没看他俩，手向后摆了摆。刘文臣脸上倏然出现的期待，随之消失。他面无表情地看着站在面前的我，没半点惧色。

你说谁不上台面？我看着他。小军过来劝，喝多了这是，坐下坐下，一个花子，师傅你跟他较劲。我看了眼小军，余光里刚进门的女孩神色鹌鹑一样，头直向毛衣领里缩。猜测小军在背后没少跟她说我脾气不好，现在她得到了印证。夜晚要来了，窗外开始出现街灯的光亮。小军估计是想趁这会儿还没上人的工夫，带小女朋友来个暖和地方，两人避避风，好说话。刘文臣含笑看我怒，看我消气，再看我坐回原位。这些年在外伺候人，他估计也没少挨揍。此刻他却像个对人情摸透看破的、把这出戏唱过千万回的角儿，手拿把掐，眼里甚至有怜悯我的意思。

我跟小军说，去，找个包厢，可着一个点儿相处。现在四点，五点咱俩后厨集合。这一小时，前面发生啥，你都不要过来。刘文臣说，师傅，我想坐到关张。我说，五点你必须走。五点老板娘要来，见你一人霸占一桌，赶你不说，也得呲儿我。你不要脸，我得要。他慢悠悠移回酒盅，视线追踪远去的一双小情人，抿酒，兀自唱戏文：咱二人青梅竹马情不断，两小无猜心相连。多年不见盼相见，天赐良缘在今天。我摩挲把脸皮，劝他，走吧，你等不着。日子还长，换个人喜欢，死等没好结果。他说，魏奎元等到三更天。我说，我们十点半就关。他说，没事，我在门口守。我起身搡他一把，贱不贱啊你。他梗着个脖儿瞅我，脸上还是笑模滋儿的。我说，贱到家了。知道你咋贱的不？他说，不知道。我说，人家指不定都和别人过上了。挨揍咋的啦，乐意挨揍。受冻咋的啦，乐意住冷屋子。现在想起过去时候的好了，过去他妈干啥了？这会儿来精神，知道你这叫啥吗？叫生生靠凉一桌好菜。门帘又动了，刘文臣僵坐着，感觉他心神稳了一些，喝酒速度更慢。我撇撇嘴，起身，招呼客人。一个大爷带四个大妈，风风火火进店，张口问，有没有热乎菜？那能没有吗，我用手挡着酒气，扯嗓子叫小军，叫三遍不来。刘文臣小声提醒我，孩子听话，前面发生啥，他都不过来。我把他攀过来的手推开，跟客人说稍等，我们刚开门，给老板娘去个电话，稍等啊。电话里老板娘也喝高了，说话颠三倒四，一会儿跟我说就到，一会儿跟我说，明天怎么怎么的，一会儿还问我，有没有对象。问完哈哈乐，电话里有男有女，也跟着嘲笑我。好在电话刚挂，小孟就带着小庞到了。把客人交给俩姑娘，我挨个儿站包房口喊，不敢进去，只能喊。军啊，提前上岗吧军。喊完一圈没动静，回厨房看后门开着缝，知道是小军带姑娘蹽了。

灶火拧开，熟悉的油嗞啦响，让我找回过日子的主心骨。前头动静听不着了，此刻周围只有肉和蔬菜、酱和豆油。一张张送进来的菜单子，是我同外界唯一的联系。没有小军帮手，我很快浸在了油与火的世界，机械而专注地掂对菜品。之后几个钟头里，我做了几十道菜，伺候了十多桌客人，小军什么时候出现的，没有察觉。他伸出在外头冻红了的小爪子，想替我接手时，我说了声反对的嗯。小军在我前后左右忙活，孩子今天心情属实不错，小曲儿一个接一个，是流行音乐，我听着也带劲。脑海中却更多回响着一些遥远的音符。小时候我妈听的戏匣子里的动静，小时候过年，村里戏台上的锣鼓点儿，以及那年酒楼聚会，刘文臣鼎盛时期，献给所有青春少女的《水漫蓝桥》。把最后一张单子上的最后一道菜送出后，我和小军一同坐下，点上两根解乏的烟。他不唱了，我问他，打算结婚不？

还没到这步。他轻声回答。我好像能透过他干净的黑眼仁儿，看见那个小姑娘与之心心相印的一双注视。小孟进来了，神态发蒙。我问她咋的。她说，有闹事的。小军迅速扯下围裙，我嘱咐他，好好说，别急眼。孩子没回头，跟小孟挑帘出门，剩我继续抽烟，预感随上升的烟雾一起，薄弱地被纠缠住。一根抽完，小军没回来，前面突然传来掀桌子的动静，盘子、碗，不知什么碎了，听响儿，碎的还不止一个。擀面杖别进腰里，我动身，越往前走，响声动静越大。

刘文臣让人给揍了，呈大字，躺在一堆碎瓷片里不起来。小军不知为啥，在帮他抵御更多的拳头。对方是两个喝红脸的大哥，他俩开出租的，我熟悉，总过来吃饭。我替下小军，拦在当中，问到底因为啥。一个男人指着小军说，问这小×崽子。小军嘴角挂着一缕血，看样儿肿得不轻，不知道牙碎没碎，可到底年轻，没太吃亏，说话的大哥也被造了个乌眼青。小军说，他们让他闭嘴。他说，不能闭啊，闭了我对象该接收不着讯号了。我看看地上的刘文臣，同小军合力把他拉起来。刘文臣像晕厥了，都这样了他嘴里还唱，不怕更深夜风寒，不怕雨大河水涨，怀抱桥桩，我等瑞莲。

四

开春，饭店到了淡季，客人不再扎堆儿来，等到饭口也都是一股股散兵游勇，翻台速度慢不少。下午两点以后，店里只剩一桌大爷没走，坐大厅，菜盘都给移到桌边，腾出地方四人打娘娘呢。老头们相当节省老保，不玩钱，玩弹脑瓜崩的。有个大爷连当五把娘娘，被弹得脑门儿通红，抽牌动作一把较一把狠，我在旁看得直憋笑。老板娘捅咕我，卖啥呆，桌捡了去。我说，小庞小孟呢？问完转头看看，俩姑娘又跑没影了，小军则根本没来。刚要把一盘只剩了蒜头葱叶的熘肝尖捡走，大爷拦住我，别捡啊，还有汁儿呢。我说，再给拿个馒头蘸着？不是我说你，大爷，你都吃几碗米饭了，老年人吃多了，容易积食。大爷说他是死活吃不下了，汁儿味道挺好，拿回去做炒饭，又是一顿嚼谷。我说，早说啊，汁儿我收薄着点儿多好。不行给你兑点水吧。他说也行。老板娘跟到后厨问，是不心里乐呢？我说，乐啥？她说，刷碗容易了呗，挺知道心疼自己啊杨师傅。我说，我心疼那大爷。他这把牌不好，坐他对面当娘娘那个大爷牌兴起来了。看吧，等他也当上娘娘，得被对面老头给崩死。她笑笑，问我，你下午准备干点啥？也没啥客人了，陪我去个地方啊。我看着她说，加班钱另算。她照我肩膀来一下，说，还美的你了。

老板娘领我去了她家，我在门口踌躇半天，跟每次登门看美光似的，感觉是有点感觉，信心到底不大。她在门口脱好鞋，看我这样，先啐了口，问我把她当啥人了。我只好进门。打量她家，收拾挺利整，瓷砖地溜光水滑的，每个沙发都匹配着一块布帘。阳台摆满高低不等的植物，有些开了花。我不懂，近些端详，花儿被侍弄得不错，有模有样，绿的油润有光泽，红的鲜艳惹人眼。目测老板娘还是独居，上厕所时，我只看见一个牙缸、一把牙刷，晾衣架上也没有一件男人衣服。老板娘跟我说，帮做俩菜呗，一会儿我姑娘过来。我一时颇为失落，尽力不露在脸上，问她，咋不让我在店里炒好呢？那多方便。她说，这样显得诚心。我没再问，怎么算诚心，怎么算不诚，诚心又诚谁的心。老板娘在厨房给我打下手，发挥平日小军的作用，给土豆茄子洗净各打了皮，没一会儿土豆的细丝、茄子的滚刀块都给切好了。我这边把油坐上，准备爆锅，整个地三鲜，却被她抢在灶前，自己给下了蒜。我问，又不用我了？她拿铲子在锅里翻腾，说，杨师傅，想劳烦你个事。我说你提。她说，姑娘爱吃雪衣豆沙。看我面子，能给做一个不？我说，这么个诚心啊。她说，姑娘判给她爹，平时我见不着。孩子中考刚完，娘儿俩能好好见个面，想给她整点可口的。平时你给自己孩子做这菜不？我说，没孩子。她直勾勾看我，你没孩子？我说，别瞎想啊。我前妻身体不好，我也没因这点挑过她。她抿嘴一笑，说说呗，杨师傅，和前妻因为啥离的，当我心疼员工。我说，可拉倒吧，你心疼我让我来做雪衣豆沙？我问一嘴，你家有打蛋器没有？

一个地三鲜，一个酸菜白肉粉儿，一个雪衣豆沙，三菜一汤标准量，一汤是紫菜蛋花。把厨房简单归置好，我预备走人。老板娘坐在沙发上看电视，放的是光盘，还是那部黑白老电影，什么什么蓝桥。突然感觉，一切似曾相识，又已相去甚远，过去和美光，也是这样，我做饭，她看电视，等做好了叫她过来吃。后期美光吃我做的饭，动静越来越小，我也往往累得没有话。有回吃着吃着，一样是紫菜蛋花汤，她把眼泪滴在了汤勺里。我没问因为啥，现在我百思不解，当时为啥没有去问问。老板娘也在淌泪，电视里放着首熟悉的歌，在我的知识范畴内，听出是《友谊地久天长》。我鬼使神差走到边上，和她一起坐下看。老板娘说，和我前夫，第一回看电影，看的这个。最后一回看电影，看的也是这个。我说，有点念想，挺好。不有那句话，忘记历史，等于背叛。咱不背叛自己的历史。她自顾自说，最后一回看的时候，有女的一直给他来电话。他外面早有人了，有人也不背着我了。我问，电话接了？老板娘抽出来几张纸，按在鼻子底下说，接了。我叹息一回，感觉手上应该有点动作，犹豫合不合适。老板娘转脸看我，等会儿你也一块儿吃吧。我说，别，娘儿俩见回面不易，说点心里话。她说，我觉得是时候，让我姑娘知道你了。

我还是没坐多久，听那个十五六岁的小姑娘喊了我几声叔叔，留下她们母女，自己回店里。道儿上，不觉哼出《友谊地久天长》的调儿，连等红灯时，指头也在方向盘上敲打节奏。这个时刻，让我想起刘文臣。春天总会来到的，春天这不来了吗？要耐心等候命运的转折，起码当它转折时，让命运知道你在，没溜班儿。眼前浮现出刘文臣最后一回躺在店里的画面，真想再见他一回，好好跟他说道说道。我上回状态不对，也赶在人生的凛冬了，现在则自信能有足够的耐心和信心，开解他，兄弟，你等的其实不是蓝瑞莲，是你刘文臣自己。到店，发现门锁开了，小军一人坐在桌前，刚灌下一杯啤酒。我纳闷他怎么这个时间过来，坐他对面，看看桌上，已空掉四个绿棒子。小军给我挪来一瓶，说，师傅，她考上大学了。我对嘴吹了一口，好事啊。他说，是，好事。她给我蹬了。我陪他又喝了一大口，说，天涯何处无芳草，你得给自己留出缓儿。小军笑了笑，他脸上又是红又是青，两只肿眼泡。才发现小军今天像变了一个人，不再是我的徒弟或儿子，更像个经风经雨的爷们儿了。过去我从不这样认为他。小军是好孩子，话少，靠谱，听吆喝。到底是孩子。现在他则和我平起平坐，酒瓶相撞，发出清脆的动静，人眼底有了虚浮，说，我很难忘记她。剩下的酒很快喝空，店里还没上一个人。我把外套给小军罩上，说，走，带你出去散散心。他看看墙上的钟点说，快到饭口了。我说，今天老板娘有事，过不来。就算她问起，也有你师傅扛着。小军说，师傅，别让你难拿。没事，我酒散劲儿了。我心满意足一笑，难拿不难拿的，反正师傅算给老板娘拿下了。

到澡堂和小军泡了一阵，脱去衣服，小军一排肋骨，我则已养出滚圆的小肚。他破涕为笑说，我也想要你这肚子。我说，也奇了怪了，干厨子的，其实没那么馋，怎么就都个个范德彪似的。估计还是油烟，吸多了。小军在池子里不住愣神，偶尔拍一下水面，打出水花，不知道是让别人清醒，还是让他自己醒神。我说，再泡就浮囊了，去大厅躺会儿吧。这个点儿，一般可以上节目了。洗浴中心大厅里，人也就四五个，我和小军各自躺在铺了白浴巾的躺椅上，面前是不大的舞台，正演二人转，一个唱上装的，描眉画眼，一个唱下装的，也涂了两个红脸蛋。不怎么唱，互相埋汰，倒也能逗我俩一乐。我在意的是小军，想让他乐一乐，这个年纪上的事儿我经过，牛角尖一旦钻不出，就是一辈子困厄。比如刘文臣吧。听着插科打诨，小军突然坐起，指着台下一角儿说，师傅，那人。我顺势看，真是他，坐在几个弹琴拉弦的人堆里，刘文臣呆滞地打着板儿。我留小军继续看，走到离刘文臣近点的地方，看清他边打板儿边嘟囔嘴，眼睛半眯，一脸沉浸。刘文臣也看见我，点了点头。等这出戏散了，他下台，盯着我说，师傅，来了。我说，其实你板儿也打得不错。刘文臣看起来，比上次还见瘦，脸色发乌。他说，有阵儿没去你店里了。等我再给人打两天板儿，就上你那儿消费。不知为啥，我心上一阵酸楚，想到小军，更想到刘文臣上回同我说的一些话。我说，你放心。他问，放啥心？我说，要再有人点这俩菜，我高低来告诉你一声。刘文臣一笑，又该用他打板儿了，拉弦老头扯脑袋破口大骂，喊，都快他妈要饭了，还会朋友呢！和他握了一回手，刘文臣的手留在我手心里的感觉，竟和当年我握美光十分相似。他感激地抿抿嘴唇，说，师傅，我等你。我说，还有句话，好好等等你自己吧。他说，放心，咋也能活下去。

春天到了，雨季也到，云稍稍薄了一点，雨水就忍不住落下，砸得招牌上叮当作响。老板娘久不看她的黑白电影了，那台小电视也少看，现在霸占它更多的人是小军。中午又是一场不算硬仗的阵地战，几个菜信手拈来，意识到甭管做什么行业，你其实都希望能来点挑战的事情，干我这一行，希望的是能碰上个给予你挑战的客人。甭管当时怎么不情愿，其实不情愿的哪是费工夫，不情愿在于，又要开始磨炼自己。而长久没磨炼，生活便要发钝，心气如果死了，锅里怎么烈火烹油，也没用。如果再有人点酥黄菜、雪衣豆沙，我一定会格外想去认识他、认识她。雨越下越大，东北下雨就这样，总是阵势连天，也总收场极快。我和老板娘、小军，三人都在柜台后卖呆，一家三口似的，默默眺望雨帘。小军不注意时，我和老板娘眼光总会织在一起，不用言语，也知道她说什么，我想说什么。我最近都计划给老板娘写诗了，好些年不动笔，字都有点生疏，此时听雨声，第一句诗在脑袋里冒出得相当来神儿：一个霹雷一个闪，瓢泼大雨下得欢。这句话让我心里抓挠，直想给小军踹开，现在就朗诵给她。和老板娘含情脉脉的工夫里，小军自个儿去后厨了，我都没留意是啥时候进来人的，又是啥时候下的单子。

　　来到后厨，我打算接手，见小军正玩命鼓捣盆里的蛋黄，黄澄澄的蛋黄不住旋转，围绕最中心一个无底的漩涡，直至没有杂色。他停下手里活儿，抬头看我说，这菜我学会了，能自己上手了。我匆匆赶回前面，见老板娘的身形正完整地挡住另一个身形。女人淋了雨，冻得哆嗦，老板娘给她倒了杯热水，后者双手捧杯，不住说谢谢。拿外套出门，出店后我迫不及待，一个电话打给现在的爱人，我下半辈子的东家，跟她说，死活把人留住了，小军手还是嫩，等我多买点鸡蛋回去，雪衣豆沙也给预备上。老板娘嗤之以鼻，你咋知道人家要点？又咋知道我能把人留住？我说，信你男人一回。她在电话里没声了，我知道，这就是感动的动静。提着一塑料袋鸡蛋，走进浴池，服务员看看鸡蛋，看看我，问，给存上不？我说不洗澡，我来找个人。

百花杀

一

　　号称"进口小牛皮"的黑钱夹捏在两根手指间，被徐英飞镖似的瞄着，准备往顾秀华后脑上摔。从她的店里出来，把左第一家就是顾秀华的店，摔是一定能摔上的，就是值不值得摔，徐英还在酝酿。此刻顾秀华在一片塑料珠帘后坐着，背对她，瓜子一个接一个往嘴里送，边嗑边唱：我在仰望，月亮之上，有多少梦想在自由地飞翔。徐英放下手里皮夹思考，摔出去后事态会怎么发展。如果只是吵架，顾秀华和她半斤八两，谁也得不着便宜；如果打起来，顾秀华目测一百五十斤往上，坐死她都没问题。徐英想，要是赵庆在就好了，哪怕身边再有个女的呢，两张嘴也比一张嘴会骂人，两盆水也比一盆水泼得狠。她想往顾秀华头上浇盆尿，那才解气，该用脏东西来侮辱脏东西，何用小牛皮？回店里，她将皮夹搁回货架上，将墙上贴的"概不议价"的字条，抚得更平顺了点儿。

　　事不大，但多会儿想起，多会儿感到憋气。憋气很可怕，因它总会向背道而驰的两个方向走，是该让烦恼的气球慢慢放气，还是慢慢打气看它最后破裂。发展不同，决定一段关系的走向不同。亲疏爱恨，往往也只落定在件件小事上，小事又怕积攒。徐英心里给顾秀华数着，加上今天这件，两三年中，对方下绊子，没十回也有八回，她已算得上仁至义尽。今早开门没多久，顾秀华就抢了她一个客人，在徐英已将价格咬定，即将攻破一个买货大哥的心理防线时，顾秀华站到她家门口喊，多瞧瞧，多看看，咱家有各式腰带、钱包、卡扣，品种齐全，童叟无欺，刚开门，不图挣钱，图打响第一枪，来你就有优惠。这话果然怂恿得大哥走了，再没转回来，这才有徐英拿起已准备包上的钱夹，心底恨透了的一股劲儿。论岁数，她该管顾秀华叫声"姨"，再不济，叫声"姐们儿"，现在她却只想叫对方"灾星"。灾星，克死自己男人还不算，谁家买卖好你眼红谁，一层楼里，几十户店面，总往外标榜你是老人，十年前就在这儿扎营，关键十年来你交下谁了？谁你也没交下。连中午吃饭，集体订麻辣烫，都没人替你取一回。哪回不是自己开张，自己收摊，谁亲近你一刻了？徐英是三年前才来到百花园市场卖货的，因人年轻，紧跟时尚，说话也八面玲珑，不得罪主顾，渐渐整座百花园市场里，属徐英精品屋的买卖最好。好些回头客来，不为买货，就为来和她聊会儿天。徐英以前总是劝自己，不气，不至于，身在高位，要能容人。今天她想，关键你是个人吗顾秀华？

坏就坏在憋着气的时候，眼前正巧来了个靶子。靶子是个四十来岁的大姐，一上午往徐英家溜达几趟了，一百二十元的皮夹，讲到八十元愣是不买。大姐手在皮夹上摩挲来摩挲去，眼神既像试探，又可怜巴巴，你少那十元钱啊，七十元我就拿了。徐英说，真来不了，没那个价。七十元我上的，你给七十元，我风里雨里，赚啥了姐们儿。你也不用堵门，店小，后头人都进不来了。不怕你比较，你再出去转转，看谁家还能有我这个品质，啊？说完徐英手拿把掐，继续应付新的客人。一上午了，效益不理想，卖出八个，净收益也就一百元，徐英觉得都不够费唾沫的。但话说回来，别的她又能干啥？啥不要本钱，不要帮衬，就是在眼前这个有窝有棚的地方，她都常忙得脚打后脑勺，恨自己不是三头六臂，心思赶不上嘴快。看一集剧的工夫，大姐还是转回来了，徐英笑脸盈盈，回来了姐？你要说就相中这个了，咱研究研究，完事了呗。大姐手上却已提了个塑料袋，打眼一瞅，里头也是个皮夹，和徐英卖的款式大差不差。她冷笑，买完了这是，花多钱哪？六十五元啊，是不是在我那儿一拐弯那家买的？大姐不置可否，继续摩挲刚才她相中了的徐英家的皮夹子。徐英想，你再给我摸出包浆来，跟大姐说，也别摸了，两个货拿桌面上比比，咱家卖的是广州货，她家卖的是啥啊姐。大姐嘀咕，我看也没差多少。徐英笑，都是同行，我不能诋毁人家。但是姐，她家东西你用用就知道了。夏天，就你买这个包，徐英拿过大姐刚买的货，经手掂量，不给你晒个双眼暴皮，算我眼瞎。冬天，得给你冻得跟个橛子似的，拉锁你都拉不开。大姐没讲话，半晌说，你让我再摸摸。徐英心有了底，摸呗，越摸你越犯合计。大姐摸来摸去，确认徐英说的是真的，两者比较，她是图便宜，买了个次货。大姐探问徐英，你说她能给我退不？徐英说，退不了，退你还打仗生气，吵吵巴火，给你退啥？那人脾气老不好了，咱都知根知底的。大姐露出一副"那可坏了"的表情，没想到精细精细，还是吃了亏。徐英给她支招儿，这样姐，要说你就是相中老妹家这东西了，价钱不妥，咱就研究价钱。可你也别出去说上那个当了。咋，真想退啊？徐英眼珠滴溜儿转，说，退也有招儿，可不能说是老妹教的。大姐拍胸脯，你就教吧，我不能卖你。徐英在椅子上盘住腿，小声招呼对方离近点儿，推心置腹道，就说是给你家孩子买的，孩子看了不可心，又作又闹，小活祖宗。你要不给我退呢，我找商管去。大姐连声嗯嗯，拿上东西掀门帘走了，徐英也不留，买卖成与不成，已无所谓，你一尺我一丈，解了气再说。

　　百花园市场过去总是摩肩接踵，客人有时都像高峰期时堵上的车，错不开身，挪不动步。到工作日还能见缓，那时徐英也有心情和人讲价，磨磨嘴皮，全作训练。但凡到年节，真是爱买不买，送客的话常挂嘴边，那啥，你再溜达溜达。今年则不知怎么，商场风云突变，客流锐减，往常七进七出的客人，今年就像诸葛亮得凭折寿才求来的一场风，成交都在侥幸。二〇一四年的春天，徐英和顾秀华彻底较开了劲，两人都从一样的地方上货，找一样的款式打版，你卖啥我卖啥，你降十元我降十五元，你送客，我招呼，双双成全了买方市场，彼此却是伤敌一千自损八百。不如此，各家也没竞争意识，以为生意永远是此起彼伏，千秋万代，不去想算计、想怎么经营。当秋风一吹，百花都见枯萎，人也真上了战场，别人再从自己碗里撺块儿肉走，跟从身上割下块儿肉一般，轻而易举结下了血海深仇。于是，当徐英在店里气定神闲看台湾偶像剧的时候，顾秀华如预料中的，风风火火，挑开了门帘，因体形壮硕，将门口全给挡住了。顾秀华直截了当，问徐英打算怎么着，商管，商管啥都管，包括不正当竞争。边上几家店里的小姐妹前来劝解，劝解多是观战，毕竟都久没见热闹了。徐英只是换了条腿一跷，抬手指着顾秀华的鼻子说，打算不打算的，你先挑的衅。话刚落地，顾秀华便上前扯住徐英头发，徐英力气不赶对方，唯有猛着去踹顾秀华穿了瘦腿神器因而单薄的下肢，往脚腕踹，对方就软了。徐英简直像骑着顾秀华，后者不断向上耸动，最后一耸，将徐英顶上货架，东西乱七八糟摔了一地。几个小姐妹这才敢上前看看。刚拉起徐英，她便往对方得胜了的后背上啐出唾沫，顾秀华往背上摸了摸，回嘴说，有你没我。

二

徐英自此和顾秀华斗下去。起初她也合计，是不是非斗不可。楼里这么多家买卖，都是竞争关系，可谁也没说要和谁往死了结仇，只有她俩，是人人心照不宣。在顾秀华当众抛下那句"有你没我"之后，这仇论理不是徐英奠定的。徐英反复想那天被顶到货架上，东西从头上往下落的声音。她后来抹着眼泪，一一放回原处，过程里有关破坏的记忆反复加深。她记性好，更觉不公平，凭什么是她的店被打成了烂摊子，还要她自己来收拾？那时候，顾秀华在哪儿？大约继续嗑瓜子，唱她没唱完的歌，复了仇的人快活地坐在月亮之上，梦想当然在自由地飞翔。重点不在梦想，而是想怎么干就怎么干的自由，顾秀华那天已实现。

仇既已结，往下就得循环。循环讲究果报，顾秀华种下的果，徐英心心念念，她还没有报。当然了，自己吃过一次亏，知道不能再在拳脚上和对方斗一斗。徐英想，知己知彼，百战百胜，她得在顾秀华最脆弱的肋骨上下脚，就如对方，仗着身体优势往她的肋骨上狠踹的那一脚。顾秀华最在乎什么呢？答案不难找到，钱。顾秀华为什么这么在乎钱？从别的小姐妹口中，徐英已对顾秀华的生活一清二楚，知道对方如今一人带儿子过。儿子在八中上学，到夏天高考。顾秀华把所有希望寄托在儿子身上，给儿子和自己投掷了同等的压力，即儿子好好念，她来好好挣，两人齐头并进，努力改变家族命运。徐英不想祸祸别人下一代，仇没深到那份儿上，拢共就见过顾秀华儿子两回。一回是他下午没课，顾秀华儿子来了，穿着校服，人精瘦，脸上一副厚瓶底，嘴唇上一圈黑胡子，坐在女装底下吃顾秀华给他叫的鱼丸米线，闷头，吸溜吸溜的。二回见，是顾秀华有事不在店里，儿子放寒假，背着书包来给妈妈看摊。那回光一上午，徐英就以杀疯了的架势抢下顾秀华约莫十来个客人。但凡有客人走进顾秀华的店，徐英就站到门口招呼，她家没人，来我家呗，我家今天搞活动，来你就合适。姐们儿，来来，你在我家买过，回头客你不记得我，我记得你。上回你买完，回头我还说呢，啥人啥穿戴，就没见谁比你再合适用这东西了。徐英那股亲热劲儿自不必提，挤眉弄眼加拱嘴，嗔怪显着亲热，和女的就这套话术，愣夸也是夸，夸人就能吸引人。和男的她更有招儿，细腰往外一扭，不说话，干笑眨巴眼，大哥大叔就一个个地往她家来了。对门卖文胸内衣的小文来凑热闹，到徐英耳边说，英姐，你这力气卖的，不知道还寻思你干过啥呢。徐英收钱之余，瞪她一眼，也带笑，妹啊，别人爱咋想咋想吧。其实服务业都相通，都是伺候人，她再压压声音，说，高低都忽悠人。

顾秀华儿子当然不会忽悠，青春期，连和生人打照面都显怵，不是徐英对手。等顾秀华忙完回来，徐英把店里音响啥的一

28

关，静气，听声。果然没多会儿，就传来不远处骂骂咧咧的动静。小孩儿也不会学话，可能他都不明白是被人家抢了客。徐英听了半天妈训儿子，再往后，就只听见顾秀华招呼儿子回来的喊声了。儿子没回来，顾秀华追他到了扶梯口，看儿子后背上挂着没拉好拉链的书包，跟个垂头丧气的茄子一样，正跟着扶梯下行，消失在弱肉强食的大森林。

当晚徐英回家，和在水站工作、给人扛了一天水桶的男友赵庆，叙述当天胜绩。一人四听哈啤，就着徐英从百花园地下买回的烧鸡，两碗酿皮，直聊到午夜。说到眼下终于吐出一口气，徐英含泪，想起一路来更多的艰辛，絮絮叨叨，从桌上这只吃得只剩骨头的烧鸡，说到小时候她多久才能吃上一顿荤，为了往后顿顿能吃上荤，前后付出过多少，可收获从不公平。她今天从顾秀华儿子那儿抢来了生意，是胜利，也带点儿悲凉。只有她知道，几次掀开门帘，看到转弯处的男孩儿，表情是如何惊慌：他看看书，再看看外头，看看从他面前经过的，不能留住的客人。一切无不让徐英想起了自己的成长岁月中，那些极为努力，又归于挫败的时刻。那年我十五岁，徐英拿筷子敲桌，仿佛在给经过了的人生敲锣鼓点儿，壮势。我也文静，不爱说话。大庆，你能想到我那样吗？赵庆喝得醉眼迷离，本就眼袋明显的五官跟着虚浮。人累了一天，此刻不是挠头顶，就是挠肚皮，他在不在听，徐英不能判断。她继续说，爸妈都是卖货的，先后下了岗，那时还不算个体户，算打游击，走街串巷的，要么卖点儿爆米花啦，要么卖点儿煮苞米啦，就这种。后来算稳定下来，固定在一个路口卖盒饭。我第一回上街卖盒饭，卖的啥我还记忆犹新，西红柿炒鸡蛋，配米饭，配萝卜丝咸菜。卖的东西没问题，问题是我张不开嘴，喊不出价儿来。赵庆不信，你还能张不开嘴？徐英笑，其实骨子里张不开。我爸妈你见过，都老实巴交的，倒不逼着我去卖东西，是他们也知道没办法了，知道学习上我不是那块儿料。我一上课就爱画画，画各式各样的衣服。美术老师很喜欢我，说我有点儿什么来着，设计天分。班主任看不上我，让我能学学，不能学回家，别浪费我爸妈苦天扒地挣的两个卖苞米的钱。赵庆问，当众说的？徐英点头，当众啊。还当众展览我的画呢。我脸红得什么似的，哭着跑出教室，直跑上大马路，隔几米远，就看到我爸妈卖盒饭的摊儿。他俩吆喝得跟领导讲话似的，平铺直叙，照着念稿：盒饭，六毛，盒饭，顶饱。话到此，眼泪流了不止一阵，徐英挂着下巴颏，凝望对面的赵庆。在许多个时刻，她心中都怀有和少女时代一样好高骛远的指望。十五岁时，她想当美术老师嘴里的服装设计师，设计出花样翻新的女装，给商场里一个个体形袅娜的塑料模特花枝招展地罩上；同时希望有个斗志昂扬的男孩儿，能在她偶尔挫败时，递上一角干净熨帖的格子手绢。给你，别再哭了。他脸上将显出最温柔的光辉，附带最有教养的微笑，永远等待徐英，期待徐英，来日精神抖擞，定会一鸣惊人。赵庆只是捏响所有啤酒的空罐，仰脖，摇出幸存的几滴，全晃悠进他大张的嘴巴里。

徐英醉后，天然想到，人生本没有仇敌。赵庆给她盖上被子，留她在夜里睁着眼睛。女人一晚接一晚，算的都是生意经。眼瞅过年了，百花园也不见上人啊，周围店铺的生意，一家比一家惨淡。要说现在大势就为让人黄摊子，那些空下来的档口，去干什么呢？美发，饭店？现在也就这些生意好，似乎不受影响。许是现在的人，都爱娇惯自己吧。偎到赵庆肩膀上的徐英，狠亲男人两口，想出了客流量减少的原因。你们不就怕讲价嘛，愿意上网买，又账号又网银的，更费事。就不愿货比三家，锻炼下自己的口齿和智力？早晚，她打起哈欠，还不得受个锻炼啊。

三

徐英给赵庆打了三十来个电话，一直没通。她魂不守舍坐在几摞衣服包上，没精神装货。她想赶紧把店关了，追到赵庆工作的水站，问问别人，不是从昨天和前天开始问，是从上个月开始，问到底是什么拿住了赵庆的魂儿，让他回到出租屋后一言不发，上床就睡，再不肯跟她吃上一顿饭，唠超过十个字的嗑儿。徐英一单生意都不想做，有人进店，她只顾着盯手机，头也不抬地回答说，没有，找不着了，去溜达溜达吧。要是来人非让她出个价，她就指指墙上贴的纸，不商量啊，姐们儿，今天不商量。一时的懈怠很快形成一时的对照，顾秀华家顾客盈门，徐英能清楚听到顾秀华的大嗓门，伴着爽朗的笑声，连绵不绝，和总也打不通的电话里那个女声一样，可恶至极。您好，您拨打的电话暂时无人接听。她俩的动静都属于一门，属于将人心放在火上煎的外语。

忙到中午，主顾们也得吃饭，饭点儿通常能有半小时的休息时间。顾秀华拿着盒饭，打徐英家门口过，刻意逗留，跟对门小文讨论说，今天这盒饭吃着可香啊。咋不香？肉管够，饭管够，啥都够够的。顾秀华说着，使筷子反复挑拣盒里的几块儿猪肉，就不进嘴，任香味透过珠帘，飘进徐英的鼻子里。小文平时和徐英关系更近，但她属于谁也不得罪的性格，何况百花园没几个不怕顾秀华的，她们全都目睹过她杀伐攻占的样儿，不论是吨位还是资历，对方都属于百花园大姐大，威名播撒在外。敬而远之是一贯政策，如果"远"做不到，就先可着"敬"来。小文边吃边给徐英使眼色，今天对方就像台失灵的机器，干坐着不运行，连盘好的头发都松下了，垂下几绺，和头一块儿往下低。小文向顾秀华说，姐，油水你是吃够了。顾秀华一屁股坐到小文家的椅子上，满屏满眼，是号码齐全的文胸和内裤。她将猪肉块儿大嚼进嘴，咽下汩汩油水，说，真他妈香。你说，为啥今天肉能这么香？小文笑笑，没说话。不多时徐英挑开小文家门帘，她眼周红晕一圈，嘴也哆嗦，指住顾秀华鼻子，问候对方妈妈和妈妈的生活方式。

说完不等对方反应，徐英脑子里早总结过几十回的应战方式，一一出现眼前。对方笨重，得用灵敏占先，攻其不备，再狠攻其薄弱。徐英就像只发疯的野猫，一腾，将自己挂在顾秀华身上，咬住顾秀华耳垂，妈的，一嘴油味，可她就像咬住了顾秀华的肥肉一样，想象那是溢出的油水，狠心往下咬。顾秀华直惨叫，两腿乱蹬，蹬不着徐英的身体。徐英知道早晚挂不住的，会被顾秀华甩下来，往死里揍。她只剩一个指望，就是抓花顾秀华的脸。为此她半年都没做美甲了，怕养出不带锋的指甲，总是隔一阵就用指甲刀做最简单的修理，棱角都给保全，给仇家留好，为等此时此刻。顾秀华脸上血道子淋漓，吃痛让人力气更大，再一甩，就把徐英摔到了墙上，文胸、内裤落满四周，一切就和上一回打架一样。徐英咬着牙等待，看顾秀华扭头向自己扑来。没人敢扔下手里的盒饭，去拦截这猛兽般的动作。小文魂儿都飞了，倒是一直在叫，别打啊这是我家。谁理她，顾秀华一巴掌一巴掌扇徐英的脸。后者闭上眼睛，想象是赵庆扇自己，边扇他还边说，求你了，明白点儿事吧。这日子我不过了，我不要了。我永远也不可能和你一起卖针头线脑，拿讲价哄人当手艺。我天地大着呢，送水？送水是我敷衍你们呢。孙子们，高楼总有高起点，软饭总有软跳板，爷爷我终于攀上，吃上了，嘿嘿！

徐英肿着脸坐在一堆内衣上，看顾秀华也挂了满脸的彩，在面前呼哧带喘，困惑带哭，望向自己。二〇一五年春节刚过，百花园里一片喧闹，客人们一进市场，不管要来买啥，都会先被里三层外三层的红对联、红灯笼、红鞭炮弄晕，刘德华《恭喜发财》的粤语腔循环往复，催眠每个人的耳朵，让人被动地去信，新一年有新一年的期望，而期望总该被实现。天王的声音如此厚实、磁性，每句歌词最后的颤音，都带发酥的安慰。徐英不知道自己是怎么在咬紧腮帮的状态下，还把眼泪淌出来的。顾秀华看她的眼神越来越虚。徐英一直在哭，顾秀华一直在看，小文和周围的人都不再说话。很快，楼里保安来了几个，都是大老爷们儿，在两人跟前更多是讪讪，将徐英搀起来，将顾秀华劝回她的铺面，没人想去深追究。女人间的矛盾，谁能说清楚，就连女人自己，事后回想，都觉得伤害自己的，很可能不是对方。

半小时后，徐英回到店里，盘算今天的账。开一天门却没开张，现在准备关门了，她该去算生活里其他的账。身上的痛慢慢醒过来，她想不起来是怎么挨着这些痛的了。门关后，她看到对面的小文正弯着腰，整理一片狼藉，心头过意不去。徐英过去跟着对方一起埋下头捡，将衣服扑棱扑棱，重挂上墙。小文僵着脸，说了句谢。搁平时，徐英有十几种办法将僵局打破，管保让小文心里痛快，对她没半点儿怨恨。今天她则在打完一架后，心理和身体双重败阵，像回到了磕磕绊绊的十五岁，在被自己设计出的对手前，未列阵，先缴械，感到除了真心，再无其他招法。等她和所有没在杀价之战中取得胜利的女人一样，空虚着走下扶梯时，身前身后都空空荡荡。心知肚明，迎接自己的，将是更无望的空落。事情已走向不可逆的结果，不到此，徐英也很难体会，什么叫徐徐下降。不是像坐直梯那样陡然从高到下，而是早就向下走了好一程，人却还在逛景。只看到了自己盆满钵满地赚，却看不到山穷水尽地远。

　　远啊，好远了，徐英以为自己还在和失散的人挥着手。还真有人跟她挥手，边挥边叫。是顾秀华，她站在扶梯口，居高临下望着徐英。徐英也站定了，看到顾秀华身边有两个人，紧着拦，说姐你别再去了。顾秀华说，我不揍她，和她说两句话。好啊，徐英等顾秀华坐扶梯下来，她现在没有斗志，一点儿也打不过顾秀华了，不知道后者还想要什么威风。顾秀华却说，来日方长，你放心，我就耗在这商场里，你怎么也别想挤走我。要不信，以后咱继续试。徐英眼睛红通通的，点头，挤出个笑，我试试，她说。两人对峙着看向对方，一方脸上都是血道，一方脸肿了两边。顾秀华仿佛没想到徐英会哭，露出看不上她这样子的轻蔑相，就像当年徐英母亲的表情。徐英问，再没话了吧？顾秀华问，你今天不开门了？徐英说，开个屁。说完转身就走，顾秀华追出两步，色厉内荏悄悄问了句，你他妈不是要告我去吧？徐英破涕为笑，没回头，只走她的路。

　　一眼望去，家里风卷残云，连赵庆平时睡的电褥子，都给卷走了。男人在她父母面前许诺过的两人的后半生，深圳珠海，巴黎夏威夷，种种梦幻，都似电热毯拔下插销，炽热不复，暖手还行，暖不了周身。徐英进门抱着赵庆在公园给她套圈套来的生日礼物，那个玩具熊，号哭到没声，晚上则喝醉到吐。翌日醒来，是彻底挨到了彻底，闻见小屋里酸醋似的呕吐物的味道。她利落地给自己洗上一遍，屋里拖上一遍，喷掉半瓶廉价香水。将赵庆忘记带走的一只四角裤头，也提住一角，点火烧出心碎的味道。

四

临到六月，街面肃静几分，徐英连日来平静地卖自家的货，尽量不跟顾秀华起冲突。对方同样顾不上她，摊子每天就开一上午，到下午风雨不动，买菜做饭，做好了装进保温桶，于夜色中准时带到阒静的教学楼外，等儿子出来，再等儿子和她隔着栅栏，站着吃完里头尚冒热气的饭菜。顾秀华壮硕的身形，不断变着方向站，为给儿子挡住四面八方的风，那些时刻，有她无法被徐英想象的温情脉脉。徐英曾向小文打听，顾秀华家孩子，成绩到底咋样？小文说，听顾姐说，挺给争脸的，从没跑出过前几名。徐英说，感觉有点儿学傻了。记得那回不，给他妈看摊，看得家里赔钱都不知道。小文附和，傻学呗，不然还能干啥。徐英和她碰肩膀，揪着对方一束麻花小辫，意思说，咱俩可不是那样人，真万幸啊。

高考连着三天，三天里顾秀华没照面，徐英家生意虽一拨一拨的，日子却失去精气神。价钱总是差不多就行，买卖双方，对成交与否，都不似过去重视。心思静下来，徐英发现自己盼着顾秀华出现，望着日益冷清的商场，常勾起许多怀念，觉得现在和从前是两个世界，不，两个时代了。在来买东西的主顾身上，变化也能见出一二。买货的人里，过去还有不少小年轻，叽叽喳喳的，三五结伴，看着架上的货，不敢和老人一样抬手就摸、就问价。她们哆哆嗦嗦，总在等徐英出一个合适的价格，仿佛等法官给个合适的判决，罪未犯下，神态已低人一等。现在都少见了。徐英不知道年轻人纷纷消失在哪儿了，他们不出现，让徐英再拿不准，市面上正流行什么，潮流又席卷到了哪一带。根据电视和手机里的信息，她几次一锤定音，上了点儿觉得能好卖的新玩意儿：什么胸口绑着鞋带的小半袖啊，脚后跟挂着玩偶的花袜子啊。到货后摆到最醒目的架子上，却只招揽了问袜子纯不纯棉、透不透气、能不能十元钱拿四双的老头老太。徐英常日里和小文几个干唠，想从对方身上侦查来有限的信息：怎么穿戴打扮，怎么开心活着，做单薄的参照。她渐渐在别人的眼里看出了，自己常怕去确认的一股情绪：泄劲儿，都是泄劲儿。她们都已不是几年前那批发色几天一变的小姑娘了，凭摇头晃脑就能招来无数飞眼，在城市潮流地标，熙攘的百花园中，当争奇斗艳的几朵花。如今竟都有了干枯相，眼神飞着飞着，飞出小气的味道来。她怕正是这股味道，才让赵庆义无反顾离开了。如今他在哪儿呢，两人再没联系。徐英犯合计，他是不是真跳上了更高的台面，吃着了更香的软饭，还是真也硬气了一回，当成了爷爷？想着想着，许多个独自醒来的早上，徐英咳嗽出前一夜的酒气，会觉得眼前的屋子和即将上班去的摊子，都浅成了个小水泡。水位持续下降，倒是被太阳晒得够暖和，才让人不忍起身，唯有一再降低期望的水位，想着，能泡上就行。可她身上已有越来越多的地方，被暖水泡不上了，日复一日，又枯，又冷，又浅。

她希望在顾秀华身上看到和自己一样的对未来的惊恐，却怎么也发现不了。徐英怀疑同为女人，顾秀华是通过有意撤除身上的女性特质来享受这份工作的。看上去，哪怕一辈子在百花园里干到死，顾秀华都甘之如饴。后者并不像别人以为的那么盼着离开这儿，她也不会和徐英似的，费神琢磨怎么把买卖做大做强。顾秀华先前每天来百花园上班，感觉和那些公务员去政府上班、程序员在电脑前噼里啪啦敲键盘没区别。从某个角度看，顾秀华心静如水。徐英心里像猫爪子挠，蹦出一个可耻的念头：她和顾秀华要是朋友该多好。她就可以向对方问明白怎么在这儿熬下去了，甚至能在许多个时刻，抱住顾秀华宽厚如山的后背，将眼泪滴上去。

咱家男包女包，单肩双肩，胸包手包都有，来，要啥往里看。徐英手往身后扫，坐在折叠凳上，轻跷着腿，招呼一个刚进门的二十岁出头小姑娘。小姑娘看上一个手包，徐英给拿了，边介绍，边打量对方穿戴，说，一百五十元，这个纯牛皮。小妹，你不用质疑咱家质量。女孩看看包，脸上没啥表情，只说，贵了。徐英笑，好的可不贵嘛。小妹看你也刚工作，这包吧，款式老，不适合你们小年轻的用。你拿这个，姐新上的货，明星同款，粉色黄色荧光绿，色都全。说完就要给对方展览自己最近的审美，女孩抬手说不用了，包是给我姥买的。要给我妈买，你这款式还行，我姥用啥荧光绿。徐英有点儿憋气，忍了，说那给老人咱就用点儿好的，都辛苦一辈子了。又从抽屉里取出个盒子，打开是个油光锃亮的长皮夹，妹子，可能你头一次来咱家，不了解，咱家是精品屋，不是说藏着卖，可也不是说谁都识货，好东西我要都拿出来，再给摸坏了呢，犯不上。你问这个？这个五百五十元。关键它版也大啊。女孩儿没太相中，眼神直往后瞥。你拿五百元得了。徐英给出第一个价。女孩说，一百五十元。徐英笑笑，妹儿，三百元，我让点儿，你添点儿，我爱做你们年轻人生意，你们眼光也和岁数大的不一样，能知道这是好玩意儿。女孩儿说，我再溜达溜达吧。徐英说，溜达你也找不着我家这品质的了。女孩儿指转角那个位置说，那家也开了，我去瞅瞅，不都卖皮具的嘛。徐英知道是顾秀华回来了，前两天估分开始了，给顾秀华忙得不行，钻门盗洞地给人不是送礼，就是找情，一心想给宝贝儿子估准了分数，确保去念个光宗耀祖的学校。她气定神闲，帮小姑娘挑开门帘，说，姐等你回来。她家不可能有我给你的价。小姑娘没回来，小姑娘走后再没客人进门，在被一集集电视剧稀释了的时间里，徐英感到再也坐不住了，当发现不知什么时候周围店铺都空了，她才后知后觉，原来半个商场都去了顾秀华家串门。

拐过弯，徐英一眼看见，顾秀华家门口，跟五六点钟的早市一样，仿佛改卖物美价廉的鲜肉包子，货正一笼一笼地出屉，而围着的一个个脑袋上，也都是举高了的、塞钱递钱的手。顾秀华搞大甩卖，正以严重违背市场规则的价格，在百花园打出一场绝户仗。不断嚷着别嚷的顾秀华，在喜庆的气氛里，难以周全，钱都数飞了，道谢的话则说不出个整句。小文和几个小姐妹的笑声也落在其间，从那些声音里，徐英听见了寒门、不易、一鸣惊人和状元及第这些词。簇拥中的顾秀华笑着笑着，笑出难听的哭声，她的哭如此有感召，让人群很快报以尊重的安静，不是给递纸巾，就是给捶后背的，那个刚还在徐英家店里的小姑娘，当得知顾秀华家出了状元后，眼里闪出飞星，崇拜地望着顾秀华壮硕的腰身，越蹭越近。顾秀华的眼泪也带动了徐英的情绪。回到店里，她一个人干坐。桌上小电视里，最后一集刚演完，演员表在黑幕上正爬坡似的往上冒。徐英长舒一口气，知道这下她再也斗不过顾秀华了，嗯，顾秀华要走了，跟着儿子去南方。能走就是翻身，顾秀华要翻身了。徐英自言自语，怎么可能再回来。

五

到了约好的饭店，徐英脱下外套，露出别在里面忘了摘的塑料红花，对方指着她的胸部，很快把手势和眼睛挪开了问，上午有活动，哈？徐英低头，把花取下，矜持地边喝茶水边回答，是，商场年中总结，表彰这半年的营业之星。对方是小文介绍的，大徐英十五岁，在粮食局上班，离异，不带孩子。聊得不多，两人都顾着饭桌上的炒菜，你一筷我一筷，即便如此，还有许多凉在了盘里。对方起身结账，回来时给徐英拿上几个塑料袋，说，你带回去热热，还能对付一顿。徐英带上两包剩菜，把外套扎到腰上，在烈日里独自往商场回。这时她眼前许多事都显得平淡了，清楚自己在别人眼中，也有同感。三十已到，过了这关，像过了人生所有关，从没人告诉过她，一辈子居然是这样。她站在路口等，两辆出租车经过，都空着，蹚水似的从人面前蹚着开走，车轮看着都那么黏。她步子更黏，分明没经雷击，也没遭雨打，只被小火慢咕嘟了几年，几年下来，感到自己都被熬透了。

再回百花园，徐英几次听见外面有熟悉的声音在说话，顾秀华走后，在她家那个位置上，陆续又开过两家，卖过玉器，卖过玩具，都没太长久。徐英好奇地出来看，看到前后走廊，都空空无人，卖货的个个都缩在自家小格子里，和被冷光照着脸庞的塑料模特面面相对，人和模特身后的每扇玻璃窗上，都结有雪花般复杂的灰。她一时分辨不出这里是夏还是冬，只有那个声音响在耳边，是分外亲切，给人生活里的真实感。找过去，居然真是离开了两年的顾秀华，正背对徐英，弓腰整理地上的货。几个货包被打开了口，里头还是熟悉的袜子秋裤，卫衣打底，也都还是顾秀华过去的品位，即充分照顾中老年女性市场。顾秀华多年来上货，都能精准定位在和自己同龄的女性顾客眼光上，即穿用上不必太出风头，但保暖，保质量。徐英还记得，过去自己如何一次次拿顾秀华的品位和自家店里的品位对照，俏皮话张口就来，常逗得主顾也好，同行也罢，都被影响着一块儿去嘲笑顾秀华的眼界，仿佛谁再要去她家买什么东西，就是承认自己也眼光浅薄，脑子不活。徐英站了一会儿，想再说句俏皮话，酝酿半天，无声无息，顾秀华已把包里所有黑色袜子、白色袜子分成了两堆，跟掰苞米一样区分出棒子和粒儿，侧回头，她也看着徐英了。

　　徐英说，姐，回来了？顾秀华直起身看她，才两年，顾秀华老了这么多，必是经了不少事。对着顾秀华一张大方脸上若有似无的笑意，徐英心里和顾秀华心里想的，可能内容一致。顾秀华将笑抿得淡了，说话还是很爽快，咋了，英，看着没以前精神呢？徐英哼笑两声。两人一交上火，战斗气氛立马回温，感觉脊梁骨又都硬了起来，脖子一挺，各自增高几厘米。徐英眨眨眼睛说，礼拜四，买卖次。没人上门，没啥斗志。咱这儿还不赶你走前的热闹劲儿呢。所以，你还回来干啥？顾秀华说，南方气候太闷，我不稀罕。孩子大了，也独立了，省心，不用我多陪。徐英说，啊。顾秀华说，咱说养孩子吧，真是不优秀你操心，太优秀吧，也不好。感觉这妈当得轻飘飘的，过分自由。我不行，我爱找事干，一辈子都是劳动人民。不像你，这辈子没儿女，省心啊妹妹。看着顾秀华眉飞色舞的样，徐英认定她除了更老，更烦人，真没变化，不知为何，这让徐英心安。她转过脸，故意扭两下细腰，仿佛转着不存在的呼啦圈，说，站一天了，真累。人哪，就得活动活动。临走她对着顾秀华粲然一笑，姐，我才过完半辈子，后面的事，谁能说得准。你不就又回来遭罪了吗？怎的，你儿子是不是翅膀一硬，都忘了有个妈了？顾秀华听着徐英嘴里不算新鲜的挖苦，脸上显出比先前刚见面时更老的态势。那表情显然是恨，但恨也模模糊糊的，让人拿不准，她恨的是谁。徐英直犹豫，该不该扶她一把，刚要走近，顾秀华字正腔圆，憋出一字，滚。回店后，徐英忍不住抱起椅子上的玩具熊，又亲又笑。瞥见镜子里的自己，正是副志得意满的小人嘴脸，但花枝招展，活得精神。揉着裤兜里的塑料红花，徐英想她一辈子就得意当个战士。

　　下午五点，市场准时关门，百花园属于小商品市场，不像其他大商场，会开到入夜，夜晚一到，这里的花儿啊朵儿啊便早早睡去，消隐在妻子或母亲的身份里，至少也是谁家的女儿。每当傍晚，独自坐公交回家的徐英，会在车上发着愣想，在生活里她还和什么人存有关联。窗外是深蓝色的天，人影单薄地活动在一些矮楼前，在楼的外立面上，贴挂着出兑的白色广告、招租的红色横幅，那些数字都异常巨大，像一个个嫁不出去的老姑娘，在婚介所里大声报出自己的姓名、年龄、工作单位。徐英才想起白天相亲的事。下午和顾秀华斗完嘴后，小文打电话找她，说男方回去后表示，挺满意的。只觉得徐英有点冷淡，而且人有点太瘦。他担心徐英是不是脾气不好。在百花园卖货的女的，哪有好惹的，话似乎怎么也不会好好说，夹枪带棒，指桑骂槐，仿佛这就是沟通的礼貌了。他跟小文说，的确，我很担心。小文委婉地把意思转给徐英，让徐英收收脾气就行。对方很老实，很怕因为老实，再受欺负。他就是被前妻给欺负惨了，脑袋绿得跟呼伦贝尔草原似的，颜色纯正不说，地域还广阔。这男人，先前过得不易。徐英无可奈何地听着，笑中有叹息，自己前半生在情感上得来的，也饱含难堪，落一身伤疤，谁容易呢。在跟小文回话时，她声音不大，但坚决，说，能处。脾气我一时半会儿收不了，但我没有折磨人的爱好。这点儿，他不用担心。

她知道自己是想嫁了，但徐英也奇了怪了，发现她竟然也不想就此离开战斗过的地方。顾秀华比她大十来岁，不是撞过"南"墙，也回来了？徐英觉得她就属于百花园，不是不能属于别的地方，而是到了别的地方，她不再是徐英，顾秀华也不再是顾秀华，有些花儿是没法嫁接和移植的。但毕竟很多人都走了。小文跟老公一起搬去了浙江下面一个县，没说去做什么；同一排店铺里，陆续走了一半的人，剩下的一半，基本三天打鱼两天晒网，和顾客心情一样，拿百花园当消遣精神的地方，走过路过，闲了看看。徐英刚放下电话，相亲的男人给她发了信息，问晚上有空吗，一起用餐。他说话总不在点儿上，但心是好的。徐英见门口晃过一个人影，像大白天见着鬼影似的，赶紧起身叫，来，来，进来看。顾秀华怪模怪样笑着，和徐英相遇在空荡荡的通道上，面面相觑。

中午整个一层就她俩订了饭，叫的米线，泡在塑料袋里，用饭盒装好，一人一碗，坐在二楼最高一级台阶上，两人边吸溜，边睥睨着脚下的安静。视线正对百花园大门，那里过冬时安下的几重棉布帘，还没全拆，现在臃肿地挂在两侧，她们偶尔就抬头望，看谁还会来。徐英酝酿着，对于现在这样的特殊时刻，该说点儿什么好。也许她该和对方说点儿带歉意的话，也许话说出来，便变了味道。她转向吃得一头热汗的顾秀华，再问了遍，交实底吧，到底为啥回来的？顾秀华嘴上都是红油，拿手背擦，巨大的两颗门牙和舌头交织一会儿，慢慢咽下一口米线。顾秀华脸上，当年与徐英战斗留下的抓痕仍在，不过已细微难见。她说，我在那边儿，找不着北。你明白那种早上睁眼，看着钟表过去，却不知道该干点儿啥的感觉吗？我明白。躺床上我就想袜子、秋裤和皮带，想百花园里那股臭皮子的味儿。徐英心里一动。轮到顾秀华问，你呢，准备还在这儿干？徐英说，干。没跟你斗明白呢。顾秀华将塑料袋系好，顺手帮徐英也收拾了，过会儿才笑，就你，斗明白我？徐英没说话。两人没什么好说了，两袋吃过的剩饭，都抓在顾秀华手里，被她拿着走下台阶，准备扔到外头垃圾桶里。望着眼前空落了的大环境，好些感受是从梦中带出的：只能属于梦的聒噪、热闹、沸腾，红火不再，花儿四散。梦从未被收走，尽管落在命运前头，它注定是颗送死的卒子。徐英突然笑起来，想招呼顾秀华快回，好分享当下这种没头没尾，却终于清晰了的感受。她想说，姐，咱俩其实不早被别的对手，给双双斗败了吗？

美味佳药

一

　　喉咙里憋着东西，我确定有什么一定憋在那儿，憋住的东西不会顺利往下滑，始终停在一个位置上，掉不下，上不来。这种情况出现次数太多，小时候我奶认定我是真被什么给卡住了，带去医院，无果，大夫举着刚照完的片子，言语不乏暗示，即大人别对孩子说的话太往心上放。往后再说憋得慌，就没人信，只有我妈，还会帮我揉肚子，但哪能对症。我渐渐习惯，状况一来，喝上一大口可乐，像给下水管里倒溶解剂一样，往死给自己疏通。疏通十来年，还是去照片子，大夫这回告诉的人是我爸，你儿，骨头快碎成渣了，怪不得现在走道犯劲。我爸说，不能，他那是胖，压的。又过几年，我在南方上完大学，再回来，家人们围住看我，只觉得惊奇。我瘦得像变了个人一样，虽然还是腿脚不好，一瘸一拐，腿上几个关节总不敢使劲用，用就嘎嘣响。但既然能从胖瘸子变成瘦瘸子，毛病就还是骨头脆的事。毕竟我一直也没停了拿可乐当解药用的办法。渐渐别说打嗝，连呼吸，都能闻见自己腔子里的酸。所幸我也不怎么说话，我嫌累。

始终觉得，别人不喜欢我，不怪我自己，怪始终没碰上那些注定和我去将就的人。时间早晚的问题，早晚能有结果，如此笃定，原因在眼前我这群家人身上。从小我就没停过研究他们，研究都在内心，但成果颇丰，也形成一套理论：就这些人里，没一个是招人喜欢的。可他们该结婚也结婚，该生子也生子，该有工作也去上班，像我爷和我奶，也能走到相濡以沫、白头偕老。如今他俩坐在桌首，两张老脸往块儿一搁，看着都银发银丝，笑意慈祥，跟礼品店里卖的老夫妻娃娃似的，摇晃着拨浪鼓一样的胖脑袋，在头上飘着"一生一世"这样的艺术字祝福语。我爸打三十岁就开始谢顶，坚挺十来年后，终于决心剃了秃瓢。此刻他锃光瓦亮起身，脚在桌下碰我的坏腿，一块儿往起站。我站了，他祝酒，我附和最后一句，每每如此，感谢二老养育之恩。感谢是得感谢，我一杯灌下去，谁也不敢劝一句，他们都有点怕我。这种态度打什么时候开始，记不清了，许就是从我咕嘟咕嘟边灌可乐，边脸红脖子粗的时候，齐齐，我姑的女儿上来要抢，被我一巴掌扇飞开始。这事我记得，当时，我妹哭，我爷骂，我爸指着我鼻子喊犊子，喝完最后一点可乐底后，我像大力水手刚吃完菠菜，上去给了他个电炮。发现声音居然随后神奇地集体消失，家人也都丧失了表情。我爷曾在背后，不止一次，小声指着我不利索的腿脚说，纯纯讨债来的。我装没听见，怕再一转头，给他还能活动的那半边身子，也吓瘫痪了。我不怕他瘫痪，而怕我奶更不好料理。毕竟她看着傻，实际也真傻，从不真担事。

我现在自己住在南马路上一套小屋里，带电梯，十一楼。说是小屋，就一个屋，带个厕所。每次回我奶家这幢小楼，都看不出这里一点变化。屋里没一套现成家具，全是在我爷我奶结婚前，我爷托厂里打的，每寸木纹都见包浆，摸着滚滑。客厅餐厅功能两用，灯照永远不亮，一到晚上看得人眼睛发酸，上厕所且得加小心，两三平方米的小方形里，进去还得迈两层门槛。人坐马桶上，会觉得棚顶特别矮。好在小时候用的深粉色卫生纸，如今再见不着，那纸磨屁股。给我爷我爸，磨出两代痔疮来。在用纸上省的钱，不抵两人手术费，让我爷懊丧了许久。除去客厅，一个两人并肩就磨不开身的厨房外，还有俩屋，难为怎么设计盖的。每屋站的都不能超过四人，就这还分出了大小。大屋进门一步是床，小屋床沿靠门脚，东西都往床下搁。过去爸妈带我住大屋，墙上挂着一张海滩风景画，作为屋里唯一的装饰，盯着它，我度过了整个童年。从脱色，看到没了色，再看就跟黑白画似的，海不见蓝，沙不见金。我爷我奶住的那屋更局促，常年通风不畅，充斥一股废品站的味。全因我爷爱攒东西，听说一九八几年的报纸都留了两捆。当年不扔，现今认定有历史价值，更死活不肯。连留不留给我爸，都在心里掂量几十年了。

今天这顿，是在一年前张罗下来的，当时我还在南方，听我爸在电话里嘱咐，务必赶回，庆祝我奶七十大寿。我姑和齐齐要坐晚上飞机到，目前她们生活在上海。我姑刚被上海某大学聘为副教授，出息大到连我姑父的工作、妹妹的上学，也一块儿都给解决掉。最牛的，是住房也安排了一套，虽说没产权，也算是在最繁华城市里落了脚。我妈还透露给我说，你姑已在备孕了，要生二胎。今晚我妈来不来，我心里没准。她和我爸，在我上大学后头一年，悄悄离婚，看样子是想瞒我。想起这些，会觉得我妈有意思。她总以为我看似冷漠，内心其实软和得兔子一样，常对我抱诸多不切实际的希望。都说知儿莫若母，可她知道我，就跟我知道宇宙多大，人类打哪儿起源似的，似有个见解，其实隔岸观火，只看个大概。快晚上六点钟，菜全摆上，菜色都黑漆漆的，打眼就知道，今天这顿，由我奶出品，除了一道黑白菜，是我做的。老姑一家终于敲门了，带进来冰天雪地的白哈气，站门口两人这顿跺脚。我那不到十五岁、体重已达一百六十斤的妹妹，跺得尤其地动山摇。看她一眼，她不动了，装看不见我，"高傲"写在她们母女脑门儿上。六点过半时，我知道我妈不会来了。她会在每天的六点十五分下班，她伺候的那家人，每到六点回来人。

杯一齐举到我奶下巴上时，她热泪盈眶，咧一口假牙，手不忘将上根根白的短头发，准备说生日感言。她会在每个阖家团聚的日子里，都不忘感言，常是像现在这样，对一桌饭，模仿电视里人的口气，说她今如何感动，如何知足。她还会说下面这句，在我第一次看到外国电影里别人家一桌吃饭时，就联想到她这句话。我奶几乎在进行餐前祷告，充满感恩，又出于国人的朴实，不感谢神，她感谢饭。感动又感谢，我奶抖着手里的酒杯说，能吃上这么一桌丰盛的，美味佳药。她不知道"肴"念几声，谁也没纠正她。我妹想笑，被我斜去一眼，咋不药死你呢。

二

我手揣袖子在小区门口站着，周围有几个摊，卖冰棍的哗啦啦摆了一地，远看跟书摊似的，冰棍都放得相当板正，十个一排，共有五排。左边蹲着个大姐，手边一侧一个桶，往里看看，装两桶冻梨。此刻大姐正跟一对老头儿老太太砍价，从十个十元，砍到十个八元，十个七元五角了，我终于听见头顶有人喊：赵乾老师，五楼，把左！喊完，人头迅速从窗里消失，窗关得也快，就跟他知道外边冷似的。我不清楚喊我名的，是等会儿要教的学生，还是学生家长，走过那老两口身后，没忍住也喊出一个价，七元拿着了。说完我拐腿跑进楼群。

　　来之前我妈说，这个朱叔，人特别好，先前在单位时，很帮衬我。现在人家有需要，咱互相帮助，还能给我解决工作问题，何乐不为？我没好意思点破，她上那两天班的地方，算不上正经单位，是在我高中食堂里，台北炸鸡柳的铺位后头，给人炸鸡柳，调色素奶茶。朱叔也不过是个承包了两年食堂的过路贩子，第三年就被我们学校开了。毕竟再不开他，直接影响一茬学生的发育，男孩愣拔不上个儿，女孩都胸部奇大，没给他判两年算不错，还帮？我妈在电话里说，他儿子，和你以前情况挺像的。不爱说话，但认学，听话，你朱叔跟我说，他儿志向可高了。我问，多高？我妈说，和你一边高。我在小屋里睡了快一白天，醒来看见地上都是可乐瓶，和外卖吃完没扔的塑料盒，胃里直犯恶心。窗帘整日想不起拉开，人也是等尿憋急了，才起身去回厕所。冷不防看见镜子里自己的脸，总感陌生，就这么睡，还是挂上了一双黑眼圈，在鼻梁上冒出好几个粉刺头。不挤，都自由培育吧。挂电话后，我在床沿上干坐，想打开电脑，玩会儿游戏，更想就这么睡死过去。可我睡不死。手机里除了我妈刚打的电话，整日一点响动也没，眼前情形在我从南方回来前，都已考虑过了。同学们都该上班了吧。学文科的男孩，按说也好找工作，可我就是不想工作，想像狗一样万事不忧，先混一阵，解解心乏。学习、上进、立业这些事，我从六岁到十八岁，为之努力，吃过足够苦头了，结果证明，学好学赖，对我并无意义。它们毕竟也没让别人许诺给我的梦境，哪怕照射进一点现实。

朱叔家也不大，但比我家亮堂，体面得多。我进门时，朱叔已穿上外套，准备出去，一手抓着黑手包，一手给我递双拖鞋。小赵，你可来了。他一笑，我跟着笑，我会挤出相当难看的弧度来，我知道。同寝室的室友四年下来都没适应得了我的笑，说我一笑就让他们想起马加爵。朱叔愣了下，背转进卧室，跟老师开完会回来，拍自己班教室门似的，口气带着恫吓，出来，见人。一个看不出年龄的人挪出身体，我看他，他低头，顿时我一点不自卑了。他扁肥的脚掌踩在一双粉色棉拖里，两手背腰后，声音沉稳，像唱美声。男孩说，我叫朱怀玉，可以叫我怀玉，请问老师怎么称呼？我说，叫我老师。朱叔拍我肩膀一下说，一会儿就该熟悉了。小赵，帮我给他补补历史、地理两门。他们老师说，这孩子吧，数学、英语上想再有个冲刺，费劲了。现在离高考不剩多长时间，抓紧补补能死记硬背的东西，分数抓点是点。我这边先走，有事来电话。费用嘛，咱两个礼拜一结。朱叔又从冰箱里给我掏出瓶矿泉水，在朱怀玉耳边说了几句话，后者一概应承，点着肥大的脑袋，头不抬一下，声音闷闷的。我喝着水，跟朱怀玉往里屋走，听身后朱叔把门带上，防盗门吱啦一声响。朱怀玉默默引路，他屋里窗帘也没全开，一股烟在头顶缭绕，熏得呛鼻子。反正他爸也走了，我问他，你抽什么牌子的烟？挺香啊。

他说，老师开玩笑了，我不吸烟。我说，那这啥意思？他说，刚上完香。说完他世故地点头，就差跟我双手合十，或作个揖了。朱怀玉坐在学习桌前，旁边给我留好一个座位，四下看，发现他屋里还有菩萨像，有个龛。拿红布罩三面，龛前放香炉、水果、几串佛珠，地上有蒲团，铺了块蓝布，留两个膝盖坑印在上头。一张毛笔字贴在前方墙上，写道，知止不殆。除此外，桌上就没几本书，看着书页也极崭新。我端详他，朱怀玉侧脸对我，视线正对桌上一本摊开的练习册，神态如对佛经。桌上还有台大录音机，当下我毫不怀疑，按开了，放的绝不会是英语听力，得是《大悲咒》之类的曲子。他问我，老师，咱怎么开始呢？我回回神儿说，先确认下情况。你这几模，考多少分？朱怀玉嘶了口气，没怎么刮过的小胡子杂乱黢黑，长在两张厚嘴唇上。他脸也是黑乎乎的，和朱叔脸形一致，看年龄也直赶他爸。他想半天说，不好意思，有点惭愧。这小子是真能整景，我追问，到底多少？他说，怎么说呢，进步还是容易进步的。我问，空间挺大？他点头，挺大。问他，到四百了吗？朱怀玉摸着嘴上的黑毛，羞愧一笑，快到了，两百六十七。

后面课上，我尽量不问他问题，晃着手里的练习册，我抿嘴笑，张嘴笑，突然对这份工作充满热情和宽容。像是能第一次站在不一样的台阶上，去看待这世界上比我还弱的人，想观瞧他是如何生存的。可以想象，像朱怀玉这样的人，绝不会只在学习这一件事上不如意。在学校，他会受到从同学到老师的全方位欺凌，等被扔进社会——我都迫不及待，想看到他那时是怎么哭的，情景将会比看到游戏里的怪物剩一丝残血，坠入深渊时，来得更有趣味。从他家出来时，天还没黑，我在北风里走，兴致高昂，敞怀迈瘸步，绕远道回小屋，路上连打几个滑刺溜。

晚上我在游戏里虐怪时，我妈电话没到，我爸电话来了，劈头问我，上回是啥时候搓的澡？搁平时，我早撂电话了，今天还认真想了想，俩月得有。他在电话那头一样热情迸发，鼓动我，现在来趟澡堂呗，经理不在，客人也不多，爸给你好好搓一回，奶、酒，都给你拍上，再去大厅看会儿节目，都免费。我咧嘴笑，鼠标又点几下，说，今天我上班了。他不太信，啥工作，这么快？我说，给人补习。他说，行吧，先干着。干好了来爸台里接班，跟你说那个普通话考试，放心上，抓紧考。我乐得更厉害，电话挂了，还没忍住笑。其实，每当我想起，我爸白天在广播里念"我是记者赵博，晚上再到雾气熏腾的澡堂子里给人搓泥灰"时，就想乐，比看什么搞笑节目都管用。据我所知，我爸在电台，多年来靠一月两千元的工资生存，苟活不见亮，不是说不说得好普通话的问题，是他根本就口吃。每回在广播里，除了他第一句说的，我是记者赵博，再没整句子能念完。这也许是他干上十来年，都转不了正式编的原因，也许还有深层的原因。初学给人搓澡时，他一脸忍辱负重，当晚我奶给他烧了一桌菜，望着儿子的秃瓢，她满含深情与悲壮。儿，美味佳药，你啥时吃，啥时有。妈活一天，经管你一天。啊，儿？给人好好搓。记着，出来进去都戴口罩，别被人认出，你是记者赵博。说罢母子垂泪，当时就给我看得拍桌狂笑。一个四线广播里的编外记者，认啥？认磕巴啊。

三

我给朱怀玉当补习老师，已经当了一个月。学校会在过年期间放十天假，作为高考前最后一个长假期。那十天，我们将朝夕相处。朱叔告诉我，他要回外县老家过年，想把朱怀玉留下补习，让我最好搬来住下，说有我看着，他放心些。我觉得搬不搬不重要，重要的是给他看儿子，钱要再加。搬来后第一晚，我在朱怀玉床上睡着，床边放着我带来的行李包，里头装两套衣服，一套牙具，几双袜子几条内裤，再就是一本书。在我睡着前，他还在挑灯夜读，我醒来后，却看见朱怀玉站在床头正翻我行李，被我突然睁眼吓了个半死。不知半夜几点了，我俩僵看对方一阵，终于听清刚才的响动，不是哪个疯子外头燃的炮仗，而是一屋之外，有人咣咣砸门。我问朱怀玉怎么回事，他兴奋异常，居然小跑去开门，语气温柔体恤，没冻着吧，姐？我有些无措，抓过被朱怀玉翻出来的那本《牛虻》，半扣脸上，装在睡觉。

一个穿白羽绒服、戴绒球帽子的女孩走进来，边脱外套，边说她没带钥匙，更打听我是什么人。原以为我是她弟弟的同学，等朱怀玉说是老师时，女孩半天没动静。我听着周围声音，女孩突然把书拿走，我俩对视。她挑着细眉毛说，嗯，老师睡眠不好。哪来的老师啊？看着还没我大。她拿走书，在手里翻翻，举给朱怀玉，就教你这个？我摩挲把脸，靠在床背上，也问朱怀玉，这什么人？他说，姐，我亲姐姐。我不太信，朱叔怎么从没提，也没见她来过？女孩把书扔下，抱臂膀朝我乐，就你还审上人了。我说，是朱叔托付我，这十天照看朱怀玉，我算他十天里的监护人。咋的？她说，不咋，你可以下岗了。接着她脱下毛衣上两只套袖，转身去厕所，放水洗脸，朱怀玉跟随其后拿毛巾，递水杯。我坐在床上，看窗外夜色深沉，周遭楼群里一个个黑洞洞的窗户眼，有点恍惚，没全从睡眠中清醒，不知自己身在何地。我在朱怀玉房间衣柜里翻找，还有没有别的被子，打算搬外头沙发上睡。女孩洗漱好后，嘴里咬着发圈，腾手给披散了的头发重新束好，瞪了我一眼，还没走？我说，工钱不是你给我开的，你没资格赶。要么你现在给朱叔去电话，他让我回家我就回。大半夜的，哪儿还有车。女孩说，真赖。我说，明早八点，还要给你弟上课，你少废话，我要睡了。女孩气得走进另一个始终屋门紧闭的房间里，我从没进去，也没见有人从里出来过，原来是她的房间。朱怀玉捧一床被子给我送到客厅，解释说，我姐脾气不好，赵老师，别往心里去。我说，你也别废话了。还有，别再动我东西。书可以看，不许折页，不许画线，不许舔唾沫。

早上我被鞭炮声轰醒，耳边还有其他动静，阵势不小，像刀枪剑戟齐着舞动，厨房里热火朝天，看表，还不到六点。裹被子坐起来，又一次思考自己在什么地方。显然，这不是我成长中有过的场景，否则我会怀疑仍在梦中，是梦见了过去的片段。我不记得自己具体多少年，没吃过热腾腾的早饭，常是一瓶牛奶，加半袋吐司面包，揣在校服袖子里。冬天，用身体焐热，站在人挤人的公交车厢中，随摇晃吃完。经过厨房，我看见女孩手拿笊篱，在沸水里捯来捯去，闻见了面味。那么她是起早就包了一锅饺子，空气中还有韭菜香，应是韭菜鸡蛋馅。我没吱声，女孩听见我起身，也只将侧脸露出来，没个问候。进厕所，我拿凉水拍了拍脸，洗漱好后，路过朱怀玉卧室，见门还关着，细听，里头呼噜声没一个。若是他能每天早起一个点来背文科，在这节骨眼上，成绩还能蹿一截，毕竟人清晨记忆力是最好的。他没这么做，也没人提醒他，按说我有这个义务，可我又只想做好自己分内的事。

女孩在厅里支下一张折叠桌，在朱叔布置的红木家具中，这张桌子显得不伦不类，上了岁数。我不好意思，想动手帮她干点，又想自己未必能做好，问她要不要叫朱怀玉起床。女孩说不用。她动作干练，神情冷漠，兀自端一盘饺子、半瓶老醋、一碟萝卜干咸菜上桌，看我一眼说，厨房还有凳子，想吃自己搬。我搬来在桌边坐下，盯着盘子里二十来个饺子，寻思锅里可能还有，是家没盘子了？她今天穿了件淡蓝色的高领毛衣、牛仔裤，皮肤倒白，脸上细看却有雀斑。身材很瘦，发育一般，见我愣着，将筷子横在碗上，说，没承想你也能这么早起。我得早走，饺子就下了一盘，剩下的在屉上，给我弟留的。你要想吃，可以吃俩，但不敢说管饱。我笑了，你家这么招待人的？她说，谁说我要招待你了，你又算我什么人？我索性不吃，有点憋气，准备看会儿电视，刚按开，她就给我闭了，说怕吵她弟弟睡觉。合着她刚才在厨房里上演全武行，客厅没安门，就为了吵我。我盯着她，她正有滋有味给自己搛饺子，蘸醋，韭菜香从被咬破了的饺子肚里逸散出来，她边嚼也边看我，好像我就是台无声的电视节目，让她看得很有意思。我问，你是不有点儿毛病呢？她说，我要是你，醒了就该卷包滚了。我爸就是脑子不好，我弟遗传得都有点脑子不好，没看人的眼光。雇你要是有用，打开始就别让朱怀玉上学，念私塾多好。我又问，你在哪儿上班？她说，五院。你想咋的？我不信她是大夫，当护士差不多，还得是那种从不给你宽心，添堵才是一绝的；扎针一针扎不定，要连戳三四个眼，还埋怨你血管长不好的一类护士。想想，有点同情她，但凡有些本事的年轻人，哪有留在这儿的。我是自愿变废，不算。她算自愿在了哪儿呢？越细看，越得承认，朱怀玉他姐有点姿色。便说不想咋的，想单纯认识认识你。

从寒流暖流、德国鲁尔区和南北回归线间回到现实，是正午刚过，我和朱怀玉前后离开书桌，补课不能补一天，他不休息，我也得享受生活。告诉他厨房有饺子，他跟我出来，看着我穿鞋说，我姐是真好。我没接茬，外头有点飘雪，开门能闻见楼道里也有一股火药味，除了每年的这一点鞭炮响，你都不能信，其他时间里城市中还藏着这么多的人，各猫在各的屋子里存活。瞧见朱怀玉浓黑的小胡子，我问他怎么也不想着刮一刮。他又低头，说他不会，也刮过，刮出许多道口子。想到过年朱叔也没把他一起带回老家，又想他还有个不知打哪儿冒出来的姐姐，我心里生出不少疑团。可估计朱怀玉不会告诉我。这点他和他姐倒像，说话从不走正常神经，一个架着火炮砰砰发射，一个掉着书袋闷闷不吭。到我走的时候，朱怀玉还低着头，似送别好大一团空气。

又一个年到来了。今天除夕，约定好，晚上都在我奶家见面。下午我回家打会儿游戏，睡了一觉，再看外头，已点亮不少红灯。沿结了冰的湖面往我奶家走，一路棉鞋踩得雪地咯吱响，路上过往的脸，无不行色匆匆，各有各自着急赶赴的地方。落座后，是千秋惯例，我爸祝酒，我奶提杯，今年我姑一家没赶回，除了我爷我奶，桌上就我们一家三口。饭是我妈下午过来做好的，一道酱烧鱼，炖好后放我边上。他们絮絮谈话，我则一筷头一筷头地分解鱼肉，看电视里无声的春晚表演，花团锦簇，一团下去，一团上来。烟雾和酒味渐渐在桌上缭绕，年年如旧，哭声会埋伏在最后，像颗几乎要被遗忘了的哑弹。我妈开始拿纸巾，擦她两只肿眼泡周围的眼泪。一张小圆脸上，四十来年中，浮现出的永远是低眉顺眼和委屈巴巴，我都看厌了，我爸更是，搡她说，乐意哭，下桌哭去。我奶不说话，有冷眼观瞧的意思，待我妈又哭一阵，我那坐在轮椅上的瘫爷爷干脆把半杯白酒泼过去。

55

我还置身电视节目里，精神被花团锦簇包围着，看一团下去，一团上来，眼花缭乱，感到平静。

　　我不断抽烟，烟灰掸到脚面上一片灰迹。我爸自己下楼去放炮仗，和十来户从没交集的邻居站一块儿，从窗户里看，他的秃瓢很好认，他一人放鞭的架势，也很好认。毕竟别人家都三五成群，有大人，有老人。老人嘱咐小孩别离太近，小孩则不断跑在鞭炮周围，连他们帽子上的绒球，也跟着一跳一跳。这让我想到女孩帽子上也带绒球，粉色的，想到她白色的长款羽绒服，以及粉白的脖子和手臂。散桌时，不到晚上九点，我走到我爷我奶面前，三人都无话。还是我爷先破题，看啥？你都工作了。我奶劝我，大孙，有句祝福就行，奶奶早包好包了。我只说，新年快乐。我爷恼怒地挥手，走，走。我等我妈跟我一块出楼道，我俩将在出小区后的岔路口分离。我不知道她现在住哪儿，但她说有地方住，我也就没细问。烟花在离我俩头顶不远处爆裂开，我瘸着腿在前，半天不见她跟上，回头看，我妈原地仰头，傻看着烟花，两手交叉着都塞进她两只套袖里。她薄薄两片紫嘴唇全咧开，跟孩子似的，包不住一口四环素牙。临别前，我妈从一只套袖中掏出个红包来。我接了，听她带哭腔说，妈还是希望，你能快乐。

四

　　我没想到自己今晚会登上这些台阶，来到别人家门口，理由仅是，在这个年与年交割的夜里，不想再独自睡去。门很快开了，开门的是朱怀玉的姐姐，她伸手拉我进去，态度与昨晚和今早相比，像变了一人，丝毫没察觉我此刻心上是多火辣辣的。毕竟，这是有生以来，头回有同龄异性亲热待我。她脸上红霞一片，招呼朱怀玉快再添个杯，老师来了，得尊师重道。还喜滋滋地给我展示姐弟俩今晚的伙食，早上剩的饺子，加晚上炖的一条鱼，就算家人团聚，大年三十了。朱怀玉呆瞧着我，他杯里是茶水，他颤巍巍给我递上一根烟，被他姐劈手夺去，离近时，闻得见她身上酒味浓烈，再看桌下，绿瓶子跟保龄球瓶似的列成几行，桌上还剩半瓶白的，便知这姑娘酒量在我之上，一时不敢跟她碰杯。见我矜持，她巴掌拍上我肩膀，震得我杯里酒洒一半，听她说，没想到啊，没想到。风雪之夜，还有客人。怎么称呼啊，贵客？我说，赵乾，乾隆的乾。她说，什么破名，听着追名逐利的样。我请问她芳名是怎么脱俗的，女孩双手撑脸下，摆出个葵花向阳模样，笑嘻嘻说，秀秀，朱秀秀，秀色可餐、秀外慧中。朱怀玉目不转睛，看着他姐。这让我怀疑，自我进门前，现场就是这么个现场，在木讷的朱怀玉跟前，朱秀秀一人就包揽了春晚上所有节目，从相声到小品，如今又祸祸到歌舞身上。厅里不足十平方米的面积，成就她扭着秧歌步，一颦一笑，一扭一摇，一手君妃，一手塔山，仿佛登台在维也纳歌剧院，身段看不出咋好，嗓门十足亮堂，像在屋里就炸开了几挂鞭。

喝到深夜，我和朱秀秀已亲热地脸贴脸，抱在了一起。朱怀玉始终警惕，留神时间，不知是到几点，他默默捡走桌上碗筷，把酒留下，一个人到厨房里刷碗。我不敢放掉朱秀秀，放掉这个脱离孤单的机会，虽然理智仍存一线，在和自己说，你并不太中意她，但手还是不受控制，往她细瘦的腰身上，上移，下探。她总能在我以为她要醉倒的时刻，如回光返照，给我一个不算羞辱的嘴巴子。抽到五个还是六个的时候，我恍惚听见，朱怀玉回到自己房间里，放起佛乐，从他屋里又飘出那股熏眼睛的袅袅紫烟。朱秀秀突然问，你觉得我爸人咋样，我弟人咋样？我说，对你爸不了解，对你弟，好奇占比更大。没见过像他这样的小孩，说他什么都怕吧，他好像什么都不在乎。说什么都不在乎吧，他好像什么都揣着点担心。担心和怕是两码事。因为他信教嘛，你爸也信？朱秀秀摇头，不信。她说，这是朱怀玉做过的，唯一勇敢的事。他只在这件事上一如既往地反抗我爸，以此做交换，别的他什么都听我爸的。朱秀秀又笑，说她其实很清楚，自己这一家，在外人眼里，要更为可笑。她说，朱怀玉不会在学业上有什么能耐的，他很能坐住凳子，却是空坐。空空如也地坐着，站着，活着，这些他都会做得很好，吸收知识就不行了。我想朱秀秀说的是打坐，难道打坐不用理解教义？朱秀秀告诉我，朱怀玉不是在打坐，也不会念什么经。他每天按点回屋，在蒲团上跪下，念的是阿弥陀佛，对不起。念一遍佛，就像跟佛打了个招呼，再说对不起，是说自己的心里话。他是为我俩的妈，去和佛说对不起。见朱秀秀忧伤起来，我劝她喝酒，轻声问，对不起什么？她说，朱怀玉信，我妈这辈子过得苦，死得早，人生到最后几年成了疯子，都是命里业债。他希望她下辈子能活得好。他还信，自己这辈子让人瞧不上，是上辈子欠下了业。这事要怪我妈。我弟从小在她身边长大，那时她就已经疯了。她告诉朱怀玉，自己身上有债主，他身上也有。我当然都劝过，没什么用，最没办法的时候跟我爸一起，绑过她几回，想送医院。但这种病治不好。她最后几年里一人被丢在老家，我爸把朱怀玉也从她身边带走了，带到市里念书，可带不走朱怀玉已经接受了的童年教育。我还记得啊，有年回到老家，看他们娘儿俩的背影，双双跪在菩萨前，低眉，弯背，被紫烟笼罩，看着那么荒唐，可他俩眼里的彼此，又那么相爱。我妈是朱怀玉唯一的知己，哪怕她是疯的。她一走，朱怀玉的魂也跟着去了，变成个彻底的傻小子，可以被任何人随意指挥，做我爸最忠诚的孝子、接班人。我啊，我爸眼里从来没我。当他后来发现一个他好些年不管不顾的姑娘，长成了大姑娘，和他在同一座城市里狭路相逢时，这老王八蛋简直吓坏了。

朱秀秀贴在我耳朵根下，又突然说句话，让我感到喉咙里再度不上不下，卡了个枣核，卡了个原子弹。我咳嗽不止，跑到她家冰箱前，想找碳酸汽水喝。幸运的是，还真有瓶大雪碧。不幸则是，在看到我憋成紫色的脸，逐渐被灌进去的汽水拯救，恢复常态后，朱秀秀也恢复常态，再不跟我提，关于睡不睡的事。她看看我的瘸腿，又看我的脸，说，原来你毛病不止这点，基本废人吧？回到桌上，我杵着自己的脑袋，费劲抬头，看清眼前的朱秀秀，是以怎样眼光看待我。她言下之意，我太过熟悉，和多数人一样，是抱有稍纵即逝的同情，和将长久伴随的印象，即这样的人，活着没大价值，还拖累旁人。不一样的是，朱秀秀眼神里还有另一层内容，让我感到恐惧，更后知后觉体会到比睡一睡这件事，深刻得多的兴奋。今晚她给予我很多第一次，让我终于亲耳听到有人对我说出那句，等待已久的话：你到底预备在什么时候，把仇恨全给放出来？我们都笑得不行，一屋之外，烟花沸腾，每到年节，总有那个被释放到夜空去的时刻，花团锦簇，一团上，一团下。我抓上朱秀秀的手，告诉她，咱俩都有不小的仇恨。有关我的，具体的一切，还没计划好。但如果能有同伙，哪怕拉对方下水，我心也全无愧疚。你可以当我是个自私透顶的人，这点从一开始我就没打算隐藏。你呢？你其实也是。要不，你不会今晚和我说这些。

当晚躺在朱怀玉家的沙发上，我什么也没盖，屋里很热乎，朱秀秀睡了一会儿自己起身回房间，带上了门。世界归于安静，我眼前再度出现，出现了无数次的设想，我爷、我奶、我爸、我妈、我小姑、我妹妹，包括我小姑即将到人间的第二个孩子，都会和这夜晚一样，集体安静，灵魂出窍。所有人的世界都会在相聚时刻，在一张团圆餐桌上，走入终结。那将他们召集在今生，结为家人的缘故，也会送他们出今生，到下一站地。他们将在站台上整齐地继续等待。到那时刻，我们都是等车来的陌生人了，因为客气，对待彼此，反生出许多今生没有的温柔来。

五

我是赵乾，冬天到了，我准备写遗书了。

其实我一直有写点什么的习惯，没让别人看过，多是闲愁杂绪，也写过小说，讲一个生来两只眼睛都呈金色的少年英雄，是如何独步武林的。写到最后，英雄茕茕孑立，众叛亲离，脚踏一片寂静江湖，两眼都生了翳。在去南方上学的前一天夜里，我在屋里生了个火盆，把它们全烧了。父母闻见自我屋里散出的浓烟，想确认我是不是抽了一条塔山。是离家前的愁绪吧，大概他们这么安慰彼此，毕竟那一晚，都没人来敲我门。还记得的是，那晚面对屋里飞烟，我的喉咙从没那么痛快过，是有什么被短暂地给烧灭了活气。说回写遗书的事，此刻坐在电脑前，我用脚拨拉开地上的外卖盒，以及半空的可乐瓶，踌躇了好几个点，还踌躇在一个开头上。记得上学时老师讲作文，强调说开头就要把人拿住，能用排比用排比，给人往蒙了排，阅卷老师一蒙，就容易喜欢。我最终写下的是：生活是一盏灯，我把它灭了，因为它从来就不怎么亮；生活是一盘菜，我把它撤了，因为它从来就不怎么香；生活是一把刀，我把它抽了，因为它扎得从来就不深；生活是一堵墙，我把它推了，因为它立得从来就不稳。

　　思绪飘回过家中，自己住的屋里。家里头婆媳战争进展到我上初中时，父母终于取得阶段性胜利，从奶奶家搬出去住了。十四岁，我拥有了第一个属于自己的房间，一个可以不用跟任何人解释，想哭就哭，想笑就笑的窝。我屋里只摆着从奶奶家带过来的一张乌木床，一个爷爷打的铁皮柜子，当柜子，也当桌，弄把椅子来，就能在上面完成我的学习任务，再搁下所有沉甸甸、养人又埋人的练习册。我一直记得那个屋子里所有细节。它的上一家住户是对老夫妻，铜包的窗框，早长满了锈，每块地板之间，都生有半指宽的缝，有块地板上恰好有个圆孔，我在里头塞了一颗围棋黑子，十分合适，再也拿不出。屋里有暖气片，床摆在它旁边，半夜冻醒来，我总会摸摸那微温的铁片，就像小时候，和爸妈挤一张床睡觉时，摸见的，不知属于谁的一寸皮肤。屋里墙皮脱落的地方，被我贴上了几张圣斗士星矢的海报，看着它们，我会做拯救世界的美梦。梦里快意恩仇，能用手臂传出光束，一甩开去，消灭学校里所有嘲笑我是瘸子和胖子的声音。我还能用治疗术让妈妈重获新生，长出她没嫁给我爸前，留在照片上的相貌。更能在我爸每次深夜醉酒归来时，堵他的臭嘴，将他震到百里开外的地方。在那儿，唯一陪伴他的将是我爷爷。他们会被流放到一片鸟不拉屎的岛，致力于收集所有生活素材，废纸废布废木头，最终无事可做，除了看守他们无用的财宝，幻想他俩是他们世界里的王。

至于我奶，我设想是，隔一周放她去岛上看望爷俩，给他们做一桌黑漆漆的美味佳药。我爷将吃一口吐一口，吐一口打她一拳；我爸也跟着打，他边打，我奶边哭。三人循环往复，哭声将他们团结在一起。无数个孤单凄惨的夜晚，我靠幻想活着，靠仇恨教给自己做人的道理，还靠可乐维持生存，说着说着，我已对排比信手拈来。意识到不能轻易写下去，陈述痛苦过于容易，而容易不属于我复仇的一环。我已蛰伏其中二十三年，因此我决计写下一篇最好的悼文，流传后世，让它出现在每一台教育青年人心理健康的晚会屏幕上，再复印成册，辗转到每一个少年犯手里。当他们读到我写下的遗书时，会在冰冷的看守所里颤颤发抖，热泪奔流，为所有做过和没做过的恶念，给自己下跪，祈祷他们各自的明天。

除夕过去，到年初五，朱秀秀基本没出现，回来了也和我没几句话。但我知道，那晚我们说过的一切，都已刻进彼此记忆，不容忘却。有次上完课朱怀玉突然问我，我可以和你聊聊那本你带来的《牛虻》吗？我说，行。看完了？他说，没看完，看到亚瑟回来了，再次见到琼玛，她已认不出来他。我当然记得那本书里所有段落，从翻翻就能掉页和上头遍布了的可乐污迹来看，我看过不知多少回了。他说的内容，一度让我非常迷恋，试想复仇最美妙的部分，不就在于此，除了主人公自己，无人知晓背后的因果和审判，除了主人公自己，其余人都以为，事情业已过去。

我和朱怀玉一起站在他家阳台前，他为我开了窗户抽烟，还偷摸吸两口我吐出的烟，滚圆的小肚子在他穿的墨绿色毛衣下，原形毕露，随呼吸一动一动。我说，我看书不多，就这一本，翻来覆去读。其实你该多看看别的书，学习之外的。懂我意思吗？他说，开卷有益，对不？我说，不对。我这话单指你。你就别对学业抱太大希望了，有工夫多看看这世界其他部分。他点头，老师说得有理。其实我也是第一回看小说。我挺惊讶，那你容易迷上，真的。朱怀玉说，我爸总跟我说，少想别的。所以我基本都不想。我会想想的，是我买的老子的《道德经》，话不是都能看懂，但总算都是字，我也认识字，能看下去。我问，悟了吗？他说，谈不上，我是觉得老子状态挺好。他能想说什么说什么，说完让人费死劲去猜。我一直怀疑，是不是总说让人听不懂的话，别人就能高看你一眼？我不知道朱怀玉想得对不对，我有过类似的想法，却不是凭借和他在同一年纪里，掌握的其他学问。我曾试图让自己在所有人都竞赛的学业上，一骑绝尘，也真做到了。可除了让老师不再针对我，让瞧不起我的同学渐渐对我敬而生畏，并没换来其他。连我当时喜欢着的班花，也没在我傲人的成绩前，多给我说一句：同学，你好。我的心越来越贴近于牛虻，死心到了南美洲，受尽人间凄苦的牛虻身上。后来他以战斗者的姿态回归故地，看待他人总一派轻蔑，收获了褒贬不一的名声，再无幻想地去做事和做人。牛虻用慢条斯理的语调讲话，来掩盖口吃，用绫罗绸缎的衣裳，掩盖身上的伤口和被人打残了的瘸腿。用恶语伤人，藏住他心里火山喷涌般的热情和执念，更用面具似的嬉笑，藏住他对琼玛的爱，和最后那份善良。我絮絮说了一些，说到朱怀玉眼里放光，我直盯着他笑。他或许觉得这是超越了师生关系的友情，于我内心，更像看到了一只家养的猪，表情居然有了属于人的向往、人的热情。

晚饭时朱秀秀意外回来了，羽绒服下还穿着白大褂，头发盘成一团，一个黑卡子竖在脑袋上，没别好，天线似的。那晚我下厨，拿她家冰箱里剩的鸡蛋和青椒，炒了一盘，外卖叫了两碗米饭，正和朱怀玉闷头扒拉，抽空提问他，洪都拉斯首都是哪儿？他被我问得噎住。朱秀秀听见，端出给自己现下的一小锅方便面，加入我俩，坐桌边翻我一眼。安抚弟弟跟安抚儿子似的，说，你赶紧咽，别想别的。朱怀玉笑了。饭后朱秀秀在厨房里刷碗，我假装拿东西，在她身后走来走去。她突然说，不想上班了。我问，是跟我商量呢？她拧紧水龙头，拧不紧，水滴总慢慢积蓄着，她便拿了个不锈钢盆子，接在下头。我不知道她心里正在想什么，但朱秀秀看一滴水，看了很久。她回头说，你的事，不许牵扯我弟弟。明不明白？我说，压根儿扯不上他。你怎么这么说？她又说她不想干了，早有此意。她打算高考之后，带朱怀玉去南方。我问，朱叔知道吗？她说，他和我是一个想法，但我们都不会带上彼此。我俩都想带朱怀玉走，不管我俩谁带他走，对他来说都是另一种活法。我问，我一定得支持你吗？朱秀秀一笑，你可以支持我，那样我也会支持你。我知道你想干什么。我追问，我想干什么？对话声都越压越小，朱怀玉在他自己屋，听动静，又念经了。朱秀秀说，我可以帮你，真的，我们可以互相帮一帮。她这些话，让我又想起我妈，女人是不是都喜欢互帮互助？还是都只为自己想做的事，去找个合乎理由的借口？朱秀秀和我脸对着脸，她又一次拿走我手里攥成圆筒的一卷书，《高中地理疑难详解》。我现在最大的疑难就是她。听她说，这几个晚上，在朱怀玉睡着后，她会把《牛虻》拿来看，跳着看，已经知道结局了。她继续笑，说，我知道你为啥喜欢这本书。我问，为啥？朱秀秀背转我，不锈钢盆里已落进一盆底的水，仍有水滴缓缓在水龙头上蓄积，预备一跃加入。她说，因为你和姓牛的，都是瘸子。

六

我爷在瘫痪前，还没这么精神。先前他嗜睡，现在却能瞪直眼睛，在轮椅上耗一整个白天，孜孜不倦，研究晚报上的错别字。我疑心别是纠错有奖，我奶告诉我，还真有，一字一元。你爷现在一天往五元钱的指标奔。要是当天没有，他就翻早先的报纸。此刻我爷一人坐在纷繁的纸片前，正搁下放大镜，嘴里骂骂咧咧。我奶谄媚地给他递去苹果，他咬了一大口，再度递回，我奶再顺他留的牙印啃下去。他是因为听见我奶刚才说他被人骂了的事，才不高兴的。原来我爷昨天和我奶去超市，看见卖姜的货摊上立了一块牌子，写着"掰叉罚款"。他本就哆嗦的手里，正好掰一个生姜的叉，被售货员逮了个正着，罚款五元。我爷张口问候对方祖宗十八代，连祖坟外头的人也没饶了，爹妈奶奶立时飘于半空，盖住了店里放的流行歌曲。最后还是在对方诅咒我爷瘸三代人的送别语中，由我奶扔下五元，推着老英雄匆匆出战壕。我爷今天立志找出十元的错，不然觉都睡不着。我奶没忍住又透露给我这些，被我爷在脑袋上骂出了花。我盯着他，老东西，闭嘴。他也盯回我，泛紫的嘴唇束成小口。我上手去摸他的头，哄孩子似的，这就对了。我被他使狠劲，一巴掌打走，同时嘴里喷口浓痰，向我射来。我没躲开，我奶紧着给我擦。不用擦，我起身，去我爷那个各样工具都置备齐全的老屋里，掂出一把钳子来。他口齿不清看着我说，我是你爷，我看你长大。我蹲在他轮椅前头，脸上还挂着他口腔里的味道，憋着呼吸说，是，我给你卸个轮子吧。

我给你卸个胳膊腿吧。我教你走直线，你倒是走啊。疼？忍就不疼了，我主要就锻炼你个忍。看见饼干就伸手，你就要。那是你姑孝敬我的进口饼干，你他妈哭？跟你死妈一个德行，外头号丧去。说完，我爷照着我十一岁的腿骨打去，手里拿着一把钳子，砸，一砸定音，你是瘸子了。

老赵，你这干啥呀，就一个大孙子。好孙儿，不哭，不吱声，咱不理爷爷。奶奶都心疼，好孙儿，再走两步，你不疼，你能走。听话，等你妈回来了不许和她说啊，不许说是你爷打的，说自己摔的，你这么说，奶奶还能疼你。不这么说，就是挑唆我和你妈打仗了。那样的话，你爸妈就得离婚，你就没人要了，啊？奶奶抱着我的半截身子，看我的两条腿悬在空中，在她吆喝声下，我上下蹬腿，仿佛空中骑行，的确没有障碍。

我奶扑在轮椅前，不许我卸。按说今天我不该来，但也必须来，给他们送上这两包朱秀秀拿给我的兴安岭小叶木耳。我奶在骂声中送我出来，我俩一起走在除夕当晚我妈仰头看烟花的那条路上，仍一前一后。不同的是她精神矍铄，一头短银发，看着都红光满面，比我妈寿数要长。她追上来说，别理你那死爷，他老糊涂了，我都不爱搭理。我两手插进棉袄兜里，默默打量她。记起家里曾说起过，我奶为何要在当年那个波涛汹涌的年代里，下嫁给戴着"臭老九"标签的我爷爷，只为爱他鼻梁上卡着的一副眼镜片，说它们看着那么透亮，跟着显得镜片后的人，也那么知情达理。或许人都会在其他地方，收获来自不同人不同的评价。我不想说话，感觉喉咙又发紧。回去一路上，我压步子走，怕速度快了呼吸急。只有这样，我才能撑到汽水流进身体的时刻。

回去，见我妈等在楼下，她总是这样，不提前联系我，会突然抵达，好像也对最终能不能见到我，抱随缘心态。她穿着十年前的红褐色羽绒服，还是戴双臂的蓝花套袖，棉布口罩将她本就高原红的一张小脸，盖住了三分之二。剩下三分之一，都由那双动物性的眼睛里带出信息，像里头刚下过场雪，还挂着冰霜。我妈每次来，都携带这样的目光，虽然她从没告诉我理由，但其中充盈的，对自己崽子的怜爱，却是每一次，都让我感到难受。她说今天下午她不用过去给人看孩子了，雇主一家去北京过节了，她可以休假一回。说着，她跟着走进我狭小的家，没由我说什么，已经熟练地边撸袖子，边奔去厕所和所有脏污了的地方。我坐在沙发上看电视，看不断重播的春节晚会，有两个瞧着脸熟的笑星，正演出一场喜剧《尾巴上的教育课》。他俩一时泪水涟涟，都长出我妈的样子来。喝完地上剩的两口可乐，我打出嗝，再从兜里掏出烟，点了一根。我妈问，你今天什么时候去朱家，他家那个儿子能离开人吗？我说，能，不是残废。我妈没说话，半晌她从墙后偷露出半张脸，看我神情如何。我问她，你这活，打算干到什么时候？她说，我才刚收拾。我说，你给那家人干到什么时候？她想想说，快了，这种主顾，没有长的。她手里的活跟着停下，站在原地，看我抽烟，看我看电视。我瞧她，有话？她点头，愿意跟妈去南方吗？我问，多南？她说，佛山。我挺惊讶她能说出一个具体的地方，看来早有计划。她说，你朱叔跟我说，想去佛山办个厂，要是你愿意，他一块安排你。我问，可乐厂啊？我妈说什么工作她没问，但觉得朱叔是真心帮我。我招呼她过来一块坐。

我妈又瘦了，离近看，脸上肉一条一条的。她搓着手上红白不一的皮肤，手背上是先前被我爸烫下的几块儿烟疤，一受冻，就通红成梅花，看着醒目，仿佛受苦的艺术。她转头看我，儿，总得想想你以后。我说不想去。她问，为啥？我说，不为啥，去了没意思，不是我想干的。我现在就想待在家。你无非担心我待废了，你没必要。我又没啃老。她说，妈怕别人看不起你。我问，谁看不起了，朱叔？她说不是，是我爸，是我爸总在和她说，她把我给惯废了。我说，也许他只是看不得我自在。我比他过得自在多了。她说，天下父母，哪有这么想自己孩子的。把烟掐灭，我严肃地看着她，我奶是这么想的，我爷也是这么想。所以让他们儿子，让我爸一辈子活得窝窝囊囊，没大出息。事实不就这样吗？她又有要哭的趋势，我心里烦，别过脸去。再回头，看我妈正从深处呼出一口气，身体前倾，人看着更干瘪了。我想拍拍她后背，或帮她捋一下头发，很难做到。半晌我问，预备什么时候去佛山？从她眼神里，我知道自己说准了好些事，也叫我猜准了。朱叔人怎么样我不知道，希望能比我爸对她强。我告诉她的是，妈，我去不了，在这儿我有女朋友了。没告诉她的是，妈，其实你也去不了。除非，那天你不来。

七

　　朱怀玉各门功课都有一定程度的提升，他先前所言非虚，进步空间，的确挺大。他不断和我畅想，关于他毕业后的打算，总而言之，他一定要跟我屁股后头走。照朱秀秀说的，是拿我拜了大哥。殊不知，大哥眼前路并不长，紧着掐算，最多剩两站地。一站是技术关，一站是心理关。我已想得很清楚，只是不能和人商量，心里时常憋得慌，面对朱怀玉天真的眼神和劲头，我哼笑，无法陪他沉浸其中，像他也无法真沉浸于做个好学生的梦。朱怀玉说，他往后想做个手艺人，做微雕，做紫砂壶，还想做和尚，做道人，做个吃斋的好人。有时我会和朱秀秀一起听他讲，眼神偶尔掠过他头上，默默交织住，再无奈双双看回他，像看回我俩的孩子。老天做证，我真觉得这十天，是我人生里最好的一段时光。我虽没得到爱，但也没被爱束缚住，我计划仇恨，又到底还没实践它。我清楚自己的人生会停在具体哪一刻，我看着那个爆炸键，在眼前平稳安放住，随时间慢慢耗。一切都不耽误，每到晚上和朱秀秀朱怀玉一双姐弟，看同一场电视节目时的平淡与温情。温情，就是不必开口。情绪流动像小股的电流，它吱吱作响，可不叫人受痛。

　　我终于和朱秀秀说，请你，教我做道菜。朱怀玉正睡午觉，今天朱秀秀没值班，从早到晚在家。她手刚离了水槽，听我这么说，腰上围裙重新束紧了，也不问什么，将我带到锅台前。我问，家有白菜木耳没？这菜好像就这两个原料。她从冰箱给我拿了半棵白菜，木耳装在袋里，往出倒，拿小碗接着，问我使多少。我说，试验品，不用多。她倒了一碗底，接水泡上。我问，木耳泡多久能吃？朱秀秀抱着肩膀，说，半个点就行。你是一点生活常识没有，这些年咋过的日子，少爷啊？我心情不错，咧嘴大笑，看表情，朱秀秀也是给吓一跳。于是我问她，我笑起来真这么吓人？她说，吓人，跟没笑过似的，连嘴也是现割的。我已经习惯朱秀秀的说话方式，但到底不好意思，看着水盆里的木耳，不用一会儿，它们就从枯叶似的小片，膨胀成黑色的肉朵。朱秀秀默默打量我，不知道她都看到了什么，可她神情语气都变了，一声叹息后，手把手教我做菜的一切，热锅凉油，先热锅，再爆锅。噼里啪啦的声响，白菜先下，炒软了搁木耳，倒上少许酱油和糖，盐最后放。

我用铲子压锅里的白菜，让它快些干瘪。几滴油迸裂开，跳到脸上，我直龇牙，被朱秀秀推去身后。说我既然第一回学，学她手法还是以观察为主，一边看着就好。我看着朱秀秀锅台后的腰，多宽，有多宽？两手一块儿差不多，能给抓很紧。她说，让你看，没让你卖呆。去，捡个盘，装菜。就着一盘黑白菜，下酒，朱秀秀和我又坐在那张浸满油花的圆桌边，听电视音乐台里放着的二十世纪八十年代的老歌，"我无语问苍天哪，为何满腹柔情尽消磨"。她喝着朱叔放家里的白葡萄酒，使白酒盅倒给我。一人一杯，酒香都混了营，中西合璧，格外上头。我掐着自己的喉咙，希望它这时候无论如何不要噎，我有话说，我有攒了好久的话想说。朱怀玉却醒了。还是趿拉着他那双棉拖，步伐沉重，推开屋门，惊讶地发现我俩在喝酒。我说，你不行再睡会儿吧，下午晚点上课。朱秀秀招呼他，弟弟，你来。我手里酒盅顿时千斤重。朱怀玉坐我边上，被我剜去一眼。朱秀秀瞧见，酒盅直冲我，你啥意思？我一口喝了，再看朱怀玉，只说欢迎加入。我还想说，我他妈没话说了。朱秀秀对着朱怀玉，眼含万般柔情，说，后天他就回来了。我们再不能这么逍遥了，是不？朱怀玉说，姐，我还是希望你多回家来。她说，姐会的。姐不想以后，姐想和你说明天。朱怀玉脸上突然有种奇妙的光彩，过去我从未见过，此时他看着差不多七八岁大，还脸红，还抿嘴偷笑，不是观察我，就是去观察他姐，更显出一种惶恐。我问，明天到底什么日子？朱秀秀说，明天是我弟十八岁生日。他生日大，每年都赶正月里。正月一忙，总被人忘了。今年想好好给他过一回。我说，那停课一天吧。朱秀秀和朱怀玉四掌相击，惹得我也没忍住笑。这回我笑，他俩都在笑，我没引来他们的害怕。过后我想，大约因为情绪相通。人情绪相通的时候，身边便没有异类。

晚上，我去订蛋糕，蛋糕店出门一条街，是我爸干搓澡的地方。那条街上没怎么亮灯，北风刮得凶，人都穿暗色衣裳，看步态，没几个岁数小的。我犹豫要不要过去看一眼。我想起了每一年自己的生日，想起因为和我爸生日相近，每年爷俩都分享同一个蛋糕。先给他过，蛋糕吃完放进老冰箱，制冷效果近乎于无，到给我过时，奶油都放酸了。我突然瞧见了一张很像我爸的脸，戴着包耳朵的棉线帽子，正挑开澡堂的棉门帘，往外走，在夜空中呼出一团白气。有人跟着挑帘，在后头喊他，我爸看来十分热情，笑容憨厚，回身接过对方送来的，他先前可能忘在店里的东西，搁回到他自行车的前篮里。那个篮子，还是后编的，为给我放书包用。放了几年，往后他不再送我，我也不再和他于夜晚中照面，除了年节，除了真是被他醉酒吵醒的时候，父子俩失去了独处的时间和缘分。那些夜晚，我总缩在自己房间被子里，没一晚不在睡前反锁屋门，恐惧他来自酒鬼的打扰。现在我爸，早不是记忆中那个样。他灌风蹬车子，踩向十字灯中，光线越见璀璨，他背影看着越佝偻。我能想到，在他抓着车把的一副棉手套下，每个手指都晕了多少层的皱，人若总在热气里蒸着，是会变得松懈。站着看了一会儿，扭头往朱怀玉家走，路上收到朱秀秀的信息，奶油要多，水果别放酸的，我弟不吃酸。回她，知道了。我总是羡慕那些在冬天过生日的人，每当头顶像现在这样飘下雪来，我都羡慕生在冬天，并死在冬天的人。前者老天给他们放礼花，后者还有老天，给他们撒纸钱。

八

晚上的蛋糕我一口没动，都分给朱怀玉和朱秀秀。他俩都珍惜这一天，感觉不当朱怀玉的生日过，也当个特别日子庆祝，朱怀玉今晚甚至喝了一点酒。奶油沾满他的黑胡子，看着像刮掉它们前，涂上去的泡沫。朱秀秀送了个檀木手串给他，我送的则是早想送的电动刮胡刀。朱怀玉木讷地一手拿一件，不知内心在想什么，随眼眶一点点积蓄。当整点报时的钟声从身后响起时，他人打了个哆嗦，说这会儿该去念经了。话说完他屁股还犹豫在椅子上，是不想走。朱秀秀把他抱进怀里说，妈今天不会怪你的。你今天可以好好玩。朱怀玉还是说了声，阿弥陀佛，对不起。天早黑下了，但外头并不昏暗，有人在楼下放烟花，不远处公园结了冰的湖面上，也能隐约瞧见被灯泡围起的冰场，人影在上头绕圈滑行。我独自站在朱家阳台上抽烟，听见身后，姐弟两人又抱在一起，哭成一团。我想的是，人都说，儿的生日，娘的难日，从不想，儿到人间第一声就啼哭，是不是也有诸多不情愿。喉咙又不太舒服，没忍住，我咳嗽两声，被朱怀玉听见，端着可乐杯子过来，看我喝下。身后一片安静，朱秀秀许是醉了。我俩面面相觑，同看晚间的焰火和灯照。他脸上泪痕未干，像个小兽犊子似的问我，赵老师，我到底是不是个废物呢？

我没回答，他胡子上还挂着一块奶油，我抹了问他，甜不？朱怀玉点头，他哪胜酒力，两手撑在窗框上，看着像个秤砣，称不准他自己人生的分量，更别说，去掂量别人的。朱怀玉突然说起，他在老家度过的童年，和妈妈住在一起，就他们俩，长年累月，谁也不觉得孤独和奇怪，似乎别人家都会是这样过日子。他当然知道爸爸住在城里，也知道他为什么不在家，理由都是妈妈告诉的：你爸变心了，人也变坏了。朱秀秀在十五岁时离开老家，那年朱怀玉九岁，也是在一个过年的夜晚。妈妈在饭桌上监督姐弟俩，分别给朱叔打去电话。她期许的不是已拔起个子的大女儿，或是虎头虎脑的小儿子，而是希望他俩中任何一人，能动用亲情，去帮她勾回失去了的丈夫和旧梦。口水从她嘴角直往下掉，滑成一条银线，无数次落饭桌上头，落在每一个无法接通的滴声后头。朱怀玉转头看我说，我爸那天没有接电话。我妈实在受不了，抬手掀了年夜饭，人在满地饭菜里打滚，她抓自己，还不断朝空气里磕头。我姐也受不了了。我其实分不清，她那时是在扶妈妈，还是打妈妈。站在当中，我被她俩分别拽住一只手，往两个方向拉。我笑说，你还是个香饽饽呢。朱怀玉跟着笑了下，在别的方面我不是。我问，后来呢？朱怀玉说，后来姐姐收拾东西走了，妈妈像找爸爸那样又去找姐姐，那阵子我总一个人在家，晚上面对满墙神佛，很害怕。姐姐一直没回来，我很快也被爸爸接走了。接我走那天，我妈还躺在医院床上，嘴终于不再往外吐沫子，之前她一直吐，一直吐，医院都不爱收拾了，满屋都是农药味。她抓紧我一只手，在我手上抠下五个血道子。朱怀玉把他那只黑胖小手放在身前，让我端详，道子已不十分清晰，内里却还能露出鲜红色，是抓得深透了。我不知道朱秀秀听没听过这一切，朱怀玉说，他姐其实不是护士。她只是初中毕业，进不了城里的医院干。朱秀秀现在一直在药店给人站柜台，有时要值夜班，兼给人打更。她爸爸不喜欢她，嫌她没有学历，说她早就废物了。

朱秀秀拿酒瓶敲着我俩身后的门框，示意她醒了，节目继续，进行到哪步了？我一时怀疑，老天爷其实正在满足我一直以来的愿望，他不是正给了我两个，愿意和我将就的人吗？天知道，我将做些什么。如果老天一直不把他们派给我，我会做得义无反顾。反正遗书已快写好一半，菜也即将练会，势在必行，只差一个日子了。我们各自把外套、帽子、手套穿戴好，踩得楼道台阶咚咚响，我几乎是跳着走完，有点逞强，但喝醉了的朱怀玉和朱秀秀，此刻都不会比一个熟练的瘸子，将步伐走得更稳重一点。三人摇摇晃晃，朱怀玉走在当中，被我和朱秀秀各揽着肩膀，向夜色进发，我们都被一样的寒风吹得脸色发红，眼睛发烫。经过公园外的烟花摊时，我们买了一些，带进古树参天人影稀疏的园里岛上。破碎了边角的石砖椅，变作了我们仨的露营地。朱秀秀在石椅上坐，看我和朱怀玉将烟花抱去冰面，选好了头顶一块最安静的天空，准备燃放。她尖细的嗓子未等烟花绽放，已叫嚷不绝，等烟花真在深蓝色的天空上冒开了，她声音又消止。朱怀玉一眨不眨地仰着头，没人知道他心里想什么。我和朱秀秀都在更早时候，贴近他一侧耳边，说了同样一句，你不是废物。弟，祝你生日快乐。

　　和朱秀秀坐在石桌旁，我沉默下来，看看烟花，再看她的眼睛，发现她看我的时候更多，光照不明，只有一霎的灿烂，能叫我看清她眼里有多少红丝。她说，赵乾，其实我不知道你要干什么，也不想问。但希望你知道，这些日子，我和我弟十分快乐。我说，你也可以问。她问，你要杀人？我说，对。再问。她说，你要杀你家里人？我说，又对了。问我原因吧。她低一回头，复又看我，和你的腿有关？我说，不用客气，和我的残疾有关，和我这儿有关。我指指喉咙，从外衣口袋里掏出一瓶两百五十毫升的小可乐，放到桌子上，说，这是我的心宝，得随身带。我不知道自己什么时候，就会喘不上来一口气。那种感觉习惯了，也永远不可能习惯。朱秀秀说她明白，能试图明白。我也想了想，你知道我为什么不吃蛋糕？和朱怀玉一样，我也没什么机会享用蛋糕，不是没钱，是没人意识到，这是个应该买，应该让我吃到的东西。有天晚上，我家里人都睡了，那已经是我爸生日过完三四天后，快到我的生日了。我家那台冰箱保鲜不了这么久，我也不想再吃酸蛋糕了。所以那天夜里，我从父母房间溜出来，到厨房，打开冰箱，努力不发一点声音，准备用手挖冰箱里的蛋糕吃。我不敢开灯，好些奶油都被我糊到鼻子上。可我终于吃到了。朱秀秀笑问，甜吗？我摇头，已经酸了，但我就是忍不住一直吃，我怎么也忍不住。灯很快就亮了。是我妹妹，她起夜，见我在厨房，满脸白，以为看见了鬼。她尖叫不休，人都被她叫醒了，我爷、我奶、我爸、我妈、我姑。他们团团围着我，除了我妈都在笑。边笑边说我是个心机重的饿死鬼。饿死鬼，还心机重，我只有八岁，我不会是他们想的那样。朱秀秀起来，从身后抱住我。我抓着她胳膊，让她的手背压住我的嘴，我不想再打嗝，再像那晚一样被诅咒似的，在笑声中打嗝，打到我抱头鼠窜，找不到一个安全的角落。我的自尊心，我有自尊心啊，我的自尊心往后被活吊在喉咙里。隔三岔五，要用可乐杀一杀。

朱怀玉喊我们，烟花都放完了。他不敢走近，面无表情看着我和朱秀秀，像当年他困惑姐姐和妈妈的动作一样，分不清我俩是在彼此拯救还是互相放弃。这种问题的难度，超越他解答的能力。硫黄味在岛上窜离，远处，别人的烟花仍继续放出，我们静静观赏，身上已全空无。除了回程路上仍肩并着肩，手连着手，还拥有的，就只剩各自心底，那不能被继续说明的酸楚。

九

我曾问自己，是不是非得如此，没有别的希望在，别的路好走？当然有，我还这么年轻，虽说一直没干正经事，但我信，我会找到工作，来养活自己，幸运的话，还能组建家庭，担负更多责任。我问自己为什么非得做这样一件事，我能预料它引起的影响，社会上的讨论，和对我所有的谩骂和攻击。孝道，在每个国人基因里刻下的痕迹，太深了，它长久要求着单方面的容忍，要斑衣戏彩，要卧冰求鲤。我不要求我的家人自我出生，就非得委屈自己喜欢我。喜欢不能勉强，毕竟我全不是按他们满意的后代模样，来到这个世界的。对他们我同样不能勉强喜欢。是爱，是所谓血缘，将我们组合到一个家庭里，而爱是责任。从小到大，没人教给我责任和爱会有亲密伴随的关系，让我总以为，责任是痛苦，爱又是传说。二十来年，我的生命离不开他们为我尽的责任，可我仍要说，更多的是靠我自己摸爬滚打过来的。如果一个人仅靠物质满足就能变得幸福，变得珍惜生命，那么大约是，他从来也没养成过珍惜自己精神的习惯。我却不是生活在荒岛之上。在我周围，有许许多多的参照，日复一日向我传达，你缺失，就算你假装不缺失，你低人一等，就算你努力证明，不低人一等。若人被剥去骨皮，比试心灵，我很清楚，我会是如何惨败的。更会让你们看到，相比我的瘸腿，我丑陋和令人讨厌的个性，还有更让人恶心的千疮百孔。于是我非得如此，为讨还二十来年生命里遭受的，为惩罚伤害我和本该保护我不受伤害的家人们。他们有意也好，无意也好，都实现了对一个人完整的摧毁，让一个人从生到死，也只能依靠他的亲人（仇人）们，从中去借取能量，而始终也没得到一段友情、爱情，哪怕只一次，得到他人的欣赏。看客要说，可怜之人必有可恨之处，还会说，造成今天，也因为他自己。我想回答的是，站在地狱外面看地狱的人啊。你们长久远离烈火，已经不会相信火能够烧到人身上，将人烧焦。更不知道在东北这样的地方，人们多属开朗灵活，个体如何能走不出一场火阵。毕竟这儿有漫长的冬季，和那么乐于让人傻、好着活完一生的天然牧场，喂人吃雪，再天生长出，所有降低沸点的粮食。可在我心里，火烧了二十来年，那么也许我，就是老天爷于万千之中，投下的一个恶作剧般的残次品。能信吗？所有见过我，和我说过一两句话的人，你们能信吗？在那个面恶嘴损的赵乾，那个笑容惹人硌硬的赵乾心里，其实藏着漫天野火，和无数举火把的人。你们不信，当你们只是习惯性地忽略灰尘，忽略我。

我僵着手，让它不抖，不把字敲得太激烈。手机响了，我挺激动，想许是朱秀秀，其实我弄不清楚我俩现在的关系，但一定有点进展。这种进展总叫我忍不住幻想，更忍不住对自己叫停，总之，千难万难。没想到，却是上海人赵齐齐的信息。齐齐和我有微信，加上后不怎么说话，压根儿没兄妹情分，现在她能找上我，跟对我当头棒喝差不多，这让我联想到小时候，多少次为她挨过的打、遭过的骂，手抖得更厉害。齐齐问我，现在有没有女朋友？我说，不关你事。她回个偷笑的表情，我没理，手机搁桌上，去厕所撒尿。再回来，看她发了个女孩的照片，美颜痕迹十分明显，下巴跟瓶起子似的，往上直翻卷。她说，这我同学，便宜你了。我发语音过去，不用，爱便宜谁便宜谁。齐齐打字回，我上课呢。告诉你，过这村可没这店了。我问，你才多大啊，你同学多大？齐齐说，上海本地的，家里两套房，就你还想咋的？我说，滚。她发了个翻白眼的表情。看我半天没回，又发张图，还是那个瓶起子下巴，照片上女孩脸也只露出下巴来，再往下，该露的都露了。我点上烟，放大端详一会儿，没大意思，基本没有发育。齐齐撤回图片，问我，现在愿意处了不？我问她，你妈知道你这样吗？她也发了语音，两秒，里头一声轻哼。再回我道，放心，没人会找你麻烦。你和她处呗，反正她啥你都看过了。我说，赵齐齐，我能知道为啥吗？她说，因为我恨她。我们都恨她。我想象瓶起子被人扒光在学校某一墙角，拍下照片时的场面，想象她只顾着捂脸，周全不了上身和下身，想象赵齐齐一双铁臂，是怎么重捶她小腹的。刚才那张照片上，女孩小腹几个拳印，瞎子才看不见。我感觉自己就差咬碎了牙，想把赵齐齐也扒光，任人观看，更想让朱怀玉这样的小孩去踢她肚子，一下一下，踢到她吐。回手我把赵齐齐删了，看她再发给我的验证消息是，祝你好死。

我乐得嘴缝闭不上，照厕所里的镜子，反复感恩天意。天意让我饱满了我的动机，好妹妹，算你一个吧。高三再度开学，年节彻底结束，和朱怀玉姐弟俩，再不能像那十天里，朝夕相处。我又回到了我的腐烂小屋，回到黑白颠倒，被网瘾和烟瘾两头包容的环境中。照着镜子，我好好收拾了一番，冲过澡，刮掉了胡子，再给腋窝里抹点花露水，穿上件最板正的格子衬衫，准备到下午五点，下楼出门，赴我有生以来第一场，可能也是最后一场约会。

在西餐厅吃完一顿提前买好优惠券的晚餐后，夜色将至，我送朱秀秀回药房。她在离药房一拐角的地方，在我脸上吻了一下。可以说猝不及防，可以说意料之中。我僵着笑容，像痴呆一样，瞧她全冻红了的脸，和绒帽子下的头，没压住的纷飞碎发，一时非常想伸出手臂，与她拥抱。朱秀秀对我说的是，不剩几个月了，等朱怀玉拿到毕业证，她就带他走。我可以和他们一起走，也可以随后赶上，在南方会合，这样行吗？我伸手碰了一直想碰的，她的白脖子。她撇撇嘴，笑意一掠过去，看着我说，你要放弃那些想法，你知道吗？从你找我拿木耳，到让我教你做黑白菜，我心里便一清二楚了。我问，哪些想法？朱秀秀满怀哀痛看着我，只能这么形容，她过去伶牙俐齿损尽我八辈祖宗的作风，已在什么时候，随寒冬逝去，一日日变得若隐若现，不再是确定的性格。我低头说，风大，快走吧。她站了一会儿，转头离开。离远看，我第一回发现朱秀秀居然走路是内"八"，也是有些古怪的。这发现让我笑得不行，像被人往鼻子里灌进了醋。

秀秀、怀玉，遗书也是信的一种，我最后说给你俩听。怀玉，我不能骗你说，你不是废物。在一百个人眼里，你都是废物，哪怕在你爸眼里，都如此。可你应该还记得牛虻，记得他在琼玛心目中，无论受多少屈辱，都仍是当年的亚瑟，往日的英雄。人的心，是最容易，也最不容易变化的。以你的智力，我希望你多听你姐的话，她爱你至深，所有爱你至深的人，都是你一生中可靠的灯照。别信其他，其他你把握不住。秀秀，我爱你。

十

我奶过几分钟就到厨房来，她实在不放心，我到底能不能分清，开燃气和闭燃气的开关，是往哪两个方向走。明天到她七十大寿，我说，奶，我没挣下什么钱，也不给人补习了，没能力给你买好东西，当天给你做盘菜吧。我那儿没灶，想今天在你这儿练练手。我奶说，都行。泡这么些木耳？小盆里的确长满了木耳，她看着直可惜说，一次吃不了这么多。我也知道吃不了，可我就放了这么多。我说，剩下泡好的给你们放冰箱，想着吃啊。我奶歪脑袋寻思，说她好像在哪儿看过，木耳不能泡太久。我说，那就扔了，明天我过来，再泡一点。我爷始终听着厨房里的动静，"扔"是家里不能出现的字，一听到扔，我爷就恨不能给轮椅飙车，赶来阻止。他进来后，嚷着不扔不扔，虽然声大，气

80

势已减弱许多，直躲在我奶身后，暗暗和我眼神交汇。他还没忘了前一阵我试图卸他轮子的事。和全已花白的头发和胡子不同，我爷脸上一对眉毛始终黑而浓密，好像一件他自己也知道是唬人的武器，除了拧眉，他再也使不上别的回击了。

晚上我去我爸澡堂，想在大日子前洗个澡。路上给我姑去了个电话，讲了齐齐找我的事，我姑说她知道了。她那边听起来挺忙的，我和我姑的关系一直如此，我俩没有话，即便她不忙，也没有。她倒从没对我怎么不好，如果忽视也是不好的一种，那其实，她罪不至死。我已经好几年没见过她，但总会听到关于她的信息，就像你即便从不出门，也会听到社会上又发明什么，人类又突破了什么。我姑在家里，代表着永远的向上和高级。她似乎生来就该被崇拜，什么都做得好，很少被责怪，但我总觉得，每一次看到她，都使我喉咙卡得更厉害。她修剪成利落短发的脑袋，架在身高马大的骨架上，也戴副眼镜，和电视里那些你清楚与自己永无交集的精英一样，即便她是你姑，你也从不该指望，她会把眼神落你脸上，当真和你说句什么心里话。今天我能打电话来，她很意外，更意外我张口就说出了赵齐齐的恶行。小时候每当我和齐齐有矛盾，总由爷爷奶奶来裁决，即便是我打了她的那一次，在我姑进门听说后，她也只是安慰女儿，将齐齐穿着粉秋衣的小身体抱进怀里，说姑娘不难过，姑娘别放在心上。她对我的不责备，让我当时恨透了她。像齐齐不是被自己哥哥打了，而是被石头绊了一跤，被风吹出了感冒。我挺想试试的，这一次，她总该跟我说点什么。

赵乾啊。她说，我姑始终叫我大名，言谈相当客气。不要总是仇恨你妹妹，她还小。我问，这件事你知道了，作为母亲，打算怎么办？我姑又在和边上其他人说话，再说她知道了，她会处理。我问，你其实一点不信，对吧？她说，姑明天回去，和你妹一块儿。到时让她和你道歉，这样好吧？我说，那个女孩怎么办？齐齐拍了人家的裸照。我姑一声叹息，你们啊，就是能闹。她再不说话，我也无话好说，挂电话前，我最后向她确认，你怀孕了？我姑笑起来，啊，是。

澡堂我很少去，所有让我必须赤诚相待的地方，于我都像地狱。何况这里蒸汽腾腾，进了门，非得脱得精光，再剥层皮，才能离开。我倒是第一回看我爸飞着热汗，跟躺椅上的大哥，眉开眼笑，说，受累，咱翻个面吧？我长久站在一束水流下，默默被浇，看清我爸所有动作，是既熟练又做不好。他不断被客人要求，没吃饭啊，不舍得使劲。每当此时，我爸就吞一口气，力量不为人知，全积蓄到澡巾上，犁地一样去开垦陌生男人的皮肤。落下的灰尘，就是他土地里的收获，不当穿，不当吃，还叫人有点恶心。我也躺到那张新换了塑料膜的椅子上，趴着，让他先来背部。我爸放下澡巾，问能不能让他歇下，今天活太多了。他到旁边找了个空水龙头，给自己浇。那一刻，他不知道我正起身端详他。我想到的，是记者赵博。想赵博不应该出现在这里。他该心怀电视台，惦着利比亚，成为电视里的战地记者，当着万户千家侃侃而谈，没一句磕巴的话。还想起青年赵博在他儿子小时候，对后者信誓旦旦，你爹我，力拔山兮气盖世，不比奥特曼都能耐？

澡堂里，瓷砖昏黄，白雾腾空。几乎都是老头，都在池子里泡自己，跟泡瑶池似的，幻想益寿延年，更借此逃离现实中种种。我爸冲完水，一鼓作气，搓我的下巴颏、肋骨和大腿。搓着搓着，雾气中问我，还想添点服务不？我问有啥，他如数家珍，奶、酒、盐、醋。只有客人想不到，没有老师傅做不到。你又瘦了，咋整的？说着，我爸拍一下他好些年养出来的小肚子，手上缓了缓说，爷儿们，你吃劲啊。我说，过去我一百六十斤。我爸说，想不通，咋能减下那些肉的。一直想问你，是不是在外地念书那几年，出什么难事了，你总也不说？我向后看他，他没看我，我爸嘴咬开醋包的一角，让我躺平，往下浇开，酸气弥散，到我背上凉凉的。我说，说了有啥意义？他没回答，醋水在他运劲下温柔地包裹着我，从没有过，被他这样柔和地对待。从几岁起，我爸不再抱我，也可能是我主动，先去拒绝了作为父亲的他每一次笨拙的示好。很长一段时间里，我总恐惧他碰我，看到他的手，会让我神经紧张，毕竟随那只手带起的掌风，曾无数次刮痛我的脸。如今我所有被他清洁着的地方，几乎都没逃过他的揉，逃过他身体力行的教育课。他当时怎么叫我来着，肥猪，大傻儿子？我想起就笑，当他后来再也打不过我，我可以在任何时候想笑就笑。我一笑，他话顿时变得少。

冲冲去吧。他拍我的胳膊，想说记下手牌之类的话，到底没出口，和他并排站在水流里，他的身体，我的身体，两个世界上最大限度相似的灵魂和肉体，永远在面对面时感到尴尬，语言阻塞。洗好后，我穿好衣服在外头抽烟等他，他以为我已先走，门帘挑开后看见我，下意识惊讶地笑。给他递烟过去，他看看烟标，问我，咋不抽点好的？我说，不抽给我。他利落地点上火。借门里一点热乎气，我俩僵站在澡堂外头，谁也不知道有什么理由，要让彼此在冰天雪地里双双沉默地抽完一根烟。想起来，我问他一嘴，当年你俩离婚，谁先提的？他低头跺脚，不关你事。

我说，我妈要走了，你知道吧？我爸不信，逗呢，她走得了？我扔掉烟头，给他把车推来，看我爸踩上去，并将他泡皱了的双手，前后塞进里头都已破了棉的手套中。踩了踩车链子，他回身嘱咐我，你也干干正事吧。就我跟你说的普通话考试，抓点紧。趁我还在岗，给你安排进台里完事。我直乐，逗呢？他剜我一眼，骂，小白眼狼。明天你奶生日，早点过来。说完，蹬车子，他蹬远了。

十一

一桌菜都是黑色，我炒的那盘黑白菜，摆在外围，也是一团黑。在我姑带齐齐也入席后，一家人终于少有地团聚，除了我妈不在，可谁也不觉得多遗憾。我奶刚说完她那句代表性的祝酒词，美味佳肴，家庭氛围是多么重要啊！重音勾在"多么"上，抑扬顿挫，定下基调。我爸起身，将放在桌下的寿桃蛋糕拿到厨房去，打算等晚饭吃完，再切它。我奶张罗大家动筷，眼神扫到黑白菜上，咧嘴说，这菜，乾乾做的，咱们今天都多吃，多猛攻它。我说，做得不好，但比较用心。我爸先起筷子，我从没觉得，时间可以这么漫长，一块普普通通的木耳，在他筷头上，被我想象成秤砣，两根木头又如何夹得住，如何能被安稳放进嘴里，滑到胃中？我想克制自己发抖的手，想在他放进嘴的前一刻，说句我的祝酒词，说出来，或任何能打断他的话。可我还是闭上了眼睛。门铃在响。睁开眼，我爸起身到对讲机前，询问对方是谁。听不清答语，他也开了门。门开后，朱秀秀站在那儿。

她手里拎了两盒红通通的保健品，说从自己单位拿的，不成敬意，今天贸然来，是想认个门。我的家人们，全都不知所措地或站起，或僵着表情，看待这如同天外来客的女子，是如何自来熟地，笑着问问这个问问那个，问还有凳子不？凳子搬来，她插空坐我边上。我看着朱秀秀，打一看到她的眼睛，我就清楚了，她已经找着了我留的信，那封被我在今天出门前打印好，夹在《牛虻》里的信。《牛虻》那一页中，应景写着亚瑟赴刑场前，留给爱人琼玛的话：在你还是一个难看的小姑娘时，我就爱你了。那时你穿着方格花布连衣裙，系着一块皱巴巴的围脖，扎着一根辫子拖在背后。琼玛，我仍然爱你。

朱秀秀总也坐不住，站起来，她拿我的酒杯，先敬我奶。这是奶奶吧？她看向我问，我有点不好意思，她跟着自我介绍，我叫朱秀秀，叫秀秀就行。我是赵乾对象，今天您过寿，来祝寿星生日快乐。我奶忙不迭跟着站起，捧酒杯相碰，姑娘，你真是吗？大家都笑。朱秀秀说，奶，我真是啊，和赵乾，我俩都好多久了。他您还不知道，老藏着不说，今天算他长心，刚才嘱咐我，也来参加生日呗。我才下了班，寻思没啥带的，拿了点壮骨粉和维生素过来，想您和我爷岁数大了，保养自个儿总没有错。我爷想跟着碰杯，有点踌躇，憋着不动。只见朱秀秀和我奶一人造了半盅白酒，都客气个没完。我不知道说什么，朱秀秀带来的寒风，让我从刚刚灼热的呼吸中，暂时解脱，却又晕个不行。我爸在底下捅咕我，小子，行啊。我嗯一声，也喝了半盅。赵齐齐咯咯笑，不住打量朱秀秀。朱秀秀注意到了，隔远给赵齐齐摆摆手，一副待小孩子的和蔼与包容，向我确认，这是妹妹吧？妹妹啊，老听赵乾说起你，说你学习可好，可聪明了。我不信地看着朱秀秀，她还是我认识的那个没好脸的朱秀秀吗？来前她还化了妆，没醉脸上就有两块红，画得跟中国娃娃似的，透着喜庆和热乎。像她从来就是这么待人接物，嘴总是咧着，从不觉得累。

我爸去和朱秀秀攀话，姑娘，我是赵乾父亲。朱秀秀要给我爸敬酒，我爸有点被她吓着，姑娘，咱不急喝，先捋捋情况。他踹我，快点，你介绍介绍。我闷声说，这我对象，在药店上班，处两个月了。我爸摸着他的秃瓢，跟朱秀秀讲，你看叔叔也没准备。朱秀秀嘴倒是快，爸，不用准备，我们小辈的，不给你们添麻烦就行啊。我插话，没到这步，真没到。朱秀秀笑着，赵乾，都是自己家人，你老装啥玩意儿。咱俩的事，你就一点没透风？众人再齐刷刷看我，像我和朱秀秀已该生米成熟饭，已该领证，更该在外有了个孩子。我没比其他人更能摸得清状况，只好说，你来讲。朱秀秀简直英姿飒爽，敬完我奶敬我爷，敬我爸，还敬我姑。姑，你就是姑吧？赵乾最佩服你，说你在上海，老大能耐，有文化，有水平，对他也是没说的，"纯纯"教诲，不遗余力。赵齐齐说，谆谆，是谆谆。我瞪她，还是应该药死她。朱秀秀给我一下子，斜楞人孩子干啥？妹妹说得对，嫂子我是没大文化，但心里热乎。一看到你们这家人，我就知道，赵乾所言非虚。再找不着这么相亲相爱的一家了。我一口酒好悬没翻出来，拽她一把，坐下吧，倒霉娘儿们，话咋寻思说的呢。

但我也被她嘲笑，这种感受前所未有，和设想中看见所有人都死我跟前的震撼，是相差不多。当所有人都怀着，小子，能耐啊，这样的眼神问候过来，酒也让人格外上头。我不敢再看朱秀秀一眼，怕这不过是死后的梦。朱秀秀又张罗吃蛋糕，看到桌上这么满，她自言自语，得找个地儿放啊，蛋糕呢？我说，有，厨房。她端起我那盘黑白菜，问，厨房在哪儿？所有人都指给她，姑娘，身后就是。我跟她一起到厨房，见朱秀秀以迅雷之势，将我做的菜倒进了垃圾桶。我搡她一把，还想给她一巴掌，我红眼了，可我知道无论如何，自己也下不去这一巴掌。朱秀秀凛然说，身后可没有子弹等着你。你不是注定上刑场的牛虻，知道吧？我反问，拿你自己当救世主了呗？她说，不和你辩，现在不辩。说完，她像发现新大陆似的发现了厨房里的蛋糕，啊呜一声叫，惹所有人都急着问，赵乾你咋了？朱秀秀笑嘻嘻地捧出蛋糕，说，为啥不先唱个生日歌，点蜡烛，许愿呢？我再没理她，独自在厨房里站着。听外头桌上，大家都跟被催眠了似的，照朱秀秀吆喝的做。他们拆开了蛋糕外盒，在寿桃周围插下蜡烛，我爸关了灯，好些声部齐着唱起生日歌，由朱秀秀领唱：祝你生日快乐，快乐快乐，多快乐。她还加词，是加了我没能加入的词。片刻静默后，掌声稀落。再片刻，我猴子捞月似的想抓起垃圾桶里的木耳和白菜，徒劳无功，再也抓不出一盘菜。

全喝多了，除了在沙发看电视的、后来小猪似的打起呼噜的赵齐齐，当我再回到饭桌时，只看到朱秀秀趴在我爷轮椅上，露半只眼，对我贼笑，说她现在可以回家了。我爷嫌弃得不行，赵乾，快给送走。我搀她走，除了近距离看我的朱秀秀，没人注意到我脸上泪痕新一重，旧一重，哭得眼泡都肿了。走出楼房，我俩还和守在窗口、一头银发的我奶挥手。我奶喊，吃得咋样？朱秀秀喊，没治了！她靠在我肩上，我俩在路灯下坐片刻。我问她，朱怀玉在哪儿呢？她说，在家，准备高考。我说，替我跟他说，放弃数学和英语听力，多背几篇英语范文。她说记下了。我说，好不容易准备的菜，就被你这么给倒了。她说，我倒了，有谁说了什么吗？我点头说，是，没人在乎。朱秀秀转脸一笑，轻声说，那你干吗在乎？眼前车流和人影都很匆匆，这是第一次有异性靠在我肩膀上，只要靠上，顿觉自己软弱了。软弱，很软弱，我是死过一回的小鬼。

十二

往后的事，一半在我们设想的美好之中，一半没在，没在的一半，倒像是成全了前头。即我和朱秀秀一块儿去了南方，朱怀玉也顺利地被朱叔和我妈带走，飞到更远的佛山去生活。我已和家里断掉所有联系，似乎合该如此，也是最好的结局。朱秀秀进了杭州一家电子厂，我则进了一所教育机构，我俩活得都不累。每晚回到小出租屋，做饭，看电视，攒钱，计划旅行，日子进了令人昏昏欲睡的节奏中。有时晚上醒来，借月光看她，我会忍不住笑。我总想到那晚我奶过七十大寿，她作为一级演员表现出来的样子。毕竟那晚过去后，朱秀秀仍我行我素。当我有时加班回来晚了，她会温柔地问候道，还没死呢。

又到一年年底，没考上任何大学的朱怀玉，早给我们来了信，说朱叔拧不过他，准备放他从厂里出去，念专门的佛学院。他希望有朝一日，能走进个收容自己的山门，过上真正想过的日子。他学会了用微信和上网，常在网上的社交平台发广告：朱怀玉，男，无不良嗜好，诚征好友，男女不限，贫富、智力不限。我看了和朱秀秀说，你弟还是应该出家。朱秀秀端着一锅没咋热透的紫菜鸡蛋汤，甩给狗似的甩给我，说，吃都堵不上你嘴。你少影响我弟弟。朱秀秀和我，渐渐像找着了自己落生以来就该留下的荒岛，再多一个人就足够，岛上我们两人伴随，无须计较男女、贫富和智力。我已经攒了些钱，辅导好了几个家里殷实的高考生，此刻可以拍胸脯应承她，也应承朱怀玉，北方咱都待够了。什么雪啊，烟花啊，咱该看看以前没见过的景。朱秀秀咬了一嘴紫菜，黑黢黢的，抬眼瞧我，比如？我说，比如大海。她笑了，我也呼出一口气，说，我知道，你想看大海。她说，没见过，听我爸讲过。他现在住的地方，离海不远，螃蟹二十元买四个。我说，小螃蟹吧，指定没肉。她说，有肉没肉，那是海，是蟹。你咋知道是小螃蟹？我说，我妈说了，那点玩意儿，还不够她塞牙的。

可我还会做噩梦，还会在半夜或什么时候，感到喉咙塞得厉害。我坚持不去医院，朱秀秀这点最好，她从不勉强我，只嘱咐我勤刷牙，多喝水。所有让你感到不舒服的事，解不解决都看自己，但不要去影响别人，这样就可以。她有她的善解人意。毕竟在我俩最困难的时候，冰箱里也从没断过碳酸汽水，在我腿疼的时候，她也会边看电视剧，边给我按。有时看到她心潮澎湃了，手下力道也没准，但我受用，疼也是生命的体验。在梦里，关于腿被打折，关于叫我忍耐，关于我爸的掌风、我姑的忽略，当然，还有那个小猪娃娃赵齐齐的嘲讽，从未消失过，但越来越像一团风。梦里总是颠三倒四吹过去，吹得我于昏睡中也知道，吹风又能把人吹怎么样？可我永远不会说，那都过去了。在接下来的十一月份，在和朱怀玉约定好到三亚去见面的飞机上，好不容易等着两张打折机票的我和朱秀秀，于起飞前漫长的等待中，开展了一次关乎未来的对话。

朱秀秀第一次坐飞机，看什么都新鲜，什么又都不敢露出觉着新鲜的样子，怕被看低。我替她拉起窗边的遮光板，扣好安全带。她眨着一双单眼皮眼睛看了看我，说，我妈也是一辈子没坐过飞机。我说，你还不到一辈子。她低头笑，是，我没到。我说，秀秀，对不起，我不敢结婚。她问，咋了你？我说，一坐飞机，我就想到坠机。我看了太多灾难电影。她说，想点好事吧。我说，想了，更不敢想。空姐过来提醒说，飞机可能晚点，我们有各种饮料，二位选什么？看着推在过道里的饮品车，我不用选择，要可乐。空姐给倒了一杯，我接来，再问朱秀秀要什么。她跟空姐说，一瓶啤酒，你搁这儿就行，别倒了。我压下朱秀秀的胳膊，和人家说，一杯水，谢谢。朱秀秀不可置信地看着走了的空姐和车，问我，凭啥不给，不各种饮料吗？我后来无数次觉得她可爱，她可爱不自知。朱秀秀也有点不好意思，啜着纸杯里的水，说，别这么看我。我说，秀秀，我愿意和你永远这样。我不会是个好父亲，所以我们别要孩子了。我把你当女儿养，行吗？她喝着水，乐了。她坐着总是挪来挪去，座椅始终不能调到叫她舒服的角度上，掰狠了，被后头人踢了一脚。解开安全带，我起身看后头，后座是个戴眼镜的胖子，和我过去的模样差不多。我没说什么，只是笑了一下。胖子却立时转过脸去。快起飞了，朱秀秀忍不住偷摸在我耳边说，你笑就像马加爵，不好看。但是你笑吧，真管用。

　　没让朱怀玉去机场接我俩，所有难为他的事我和他姐都不做，自行坐车到朱怀玉住下的酒店，敲响他的门。现在不是旺季，这家离海不远的酒店价钱不高，朱怀玉已提前住了两天，给我们仨开好一个套房。我和朱秀秀睡里头，朱怀玉在外，这样也不影响他每到钟点就得进行的念经和打坐。房间里檀烟袅袅,朱怀玉现在蓄了胡子,虽说视频里也见过他这样,再见到,还是吓我一跳,不敢以姐夫身份对他吆五喝六,怀疑他已在哪儿得了道,有了神通。可朱怀玉还是朱怀玉,还会在给他姐一个僵硬的拥抱后,隔出几步,对我作揖,赵老师。我脱口而出,免礼。朱秀秀骂骂咧咧,边摆弄房间里所有设施,边回身瞪我俩,少丢点人吧都。

先前自己来南方,我已见过海,再见到海,还是深深知道,这是不属于我基因里的,异世界的美梦。海滩上人不多,但跑跳着的青年男女,无一不让你觉得,他们是真该生活在这儿并享受其中的人。椰林树影、金沙滩、蓝海岸,恍惚中我看到小时候在奶奶家看到的,房间里的塑料贴花,重现眼前。当时何敢料想,有朝一日,我身畔也会有一个姑娘,虽然朱秀秀看不上那些穿比基尼的女郎,只肯穿连体的深色游泳服,可当她走在我躺椅前头,不留神舒展下身体时,还是叫我万分得意。屁股和腰,都是我的,今天明天,都是我的。至于一个女人的子宫和来生,说穿了,我没半点兴趣。我深知自己不会做得好,我深知自己在东北的最后一年,是如何度过的,对于往后,便看得更清楚。海滩上放着旁边旅客带来的音响旋律,是首英文歌,朱秀秀受教育程度有限,朱怀玉受教育白费,那么惭愧惭愧,也只有我能懂,虽然我一样叫不清歌手是哪国人,歌属于哪种流派,但就如那年冬天,我们仨在一起看到的,视野有限的天空和烟花,何用相识?相识就是旧相识。

I want to know

Have you ever seen the rain?

I want to know

Have you ever seen the rain coming down on a sunny

day?

我不相信谁都看过，谁都经历过。人的心，是最容易，也是最不容易变化的。

朱怀玉沾了满身沙子走来，我第一次看到他几乎裸体，想给自己眼睛戳瞎了。闭眼再睁开，身边如此真实，还真是金黄沙滩，碧蓝大海，三人都躺在白色沙滩椅上。我突然想阔气一把，跟朱秀秀商量，叫生猛海鲜来吃，叫顶级厨子给咱做。我已能想到，大个儿的蟹钳肉入口，是什么滋味的。朱秀秀揶揄我，啥都吃，不怕有人给你下毒啊？知道来龙去脉的他俩，对着笑我。我只敢拧朱怀玉的肥脸说，非亲非故，下什么毒？他居然还笑，还甩脱我的手，奋力奔远，挑衅我去追。我当然追，为啥不追。毕竟一个瘸子去追一个胖子，对彼此来说，都是痛苦，也都是锻炼。

三手夏利

一

周一，吴天华做好了迎接客人的准备。地拖过，水果摆满，和洗净的茶杯放在一处，每个天青色的小杯子上，都映出清早的光泽。吴天华唯独没主意该怎么打扮自己。在玄关放下一排拖鞋后，她坐在破了皮的沙发上，养的两只狗，妞妞和闹闹，都来脚边绕。她推推它们，怕狗毛沾上新裤子，等待中，又拿出手机，端详起节目组发来的卜文彬的相片。卜文彬穿着件天蓝色衬衫，胖瘦、身量都合适，皮肤还比她白，两只肿眼泡，没精神地溜在镜片下面，头顶徒剩几根白毛。他比她大十二岁，面相看是个福气深厚的好老头儿。吴天华没留神点了根烟，她不知道对方抽不抽，在她二十岁、三十岁、四十岁上，若像今天这样要去相看一个男人，都会想藏住自己的缺点。现在她觉得不该藏，起码有些事儿，不该藏。

门铃响了，狗跟着叫。吴天华迎四人进屋，三个年轻的，一个年老的，不用说，最后那个蔫头耷脑的是卜文彬。年轻人里一个穿鲜红毛衣的小姑娘，热气腾腾攥上吴天华的手，嘱咐两个同

93

事怎么站位。机器都架好了，姑娘笑靥如花，把卜文彬推到镜头前和吴天华站一块儿，夸，姨，你家真亮堂啊，哟，还有两只小狗儿。叔叔喜欢狗吗？卜文彬低头乐，喜欢。他两只肥厚的大脚掌挤在吴天华的小拖鞋里，走路有点儿局促，闹闹正紧着闻他裤腿上的气味儿。红娘坐到两人当中，手里的话筒，不是递给这个，就是递给那个，面前有摄像头，让吴天华怪别扭的，感觉自己被当成了小孩儿。他们这个岁数的人，其实不用被虚头巴脑地介绍来，介绍去。她答完一个问题，紧着张罗别的，问摄像喝不喝水，问红娘一行咋过来的，坐车还是走路，坐几路呢？卜文彬始终低着头，招手逗狗，在他没系严实的衣领下，透出一截挂钥匙的红绳。他还在脖子上挂着钥匙。红娘的又一个问题被吴天华忽略，她越过红娘，直接去够卜文彬胳膊，你咋回事儿，她拿笑话人的语气问，怕丢啊？卜文彬把钥匙绳从领口捹出来，像个让老师检查的学生，老师，就是个钥匙。老师，我记忆力不行，今天儿子把我带出来，说不能来接，等会儿我自己回去，怕给锁外面。

红娘说，姨，你俩等会儿再唠。咱一步步来，节目有流程。吴天华又有点儿忘了摄像头，她多年走南闯北，跟各色人等打交道的本事，都在身上攒着，此刻很想使用。跷起二郎腿，她说行行，要掏烟，冲红娘耳语，你抽不？红娘看看两个摄像，他们放下手里机器，都笑了。吴天华说，这也不能播。那，吃水果。都是我自己地里收的李子、杏，没打药，可有果子味儿了。红娘说，姨，你得让人说话。吴天华便闭上嘴。这回是卜文彬拿话筒，他说话没口音，慢条斯理开腔，我呢，先前是车辆厂工人，年年劳模，挺认干活儿。家里就我和我儿子，都单身。我妻子是十来年前，肺病没的。我没啥不良爱好，爱走个象棋，不影响正常生活。红娘把话筒给吴天华，这回说吧。吴天华问，你们想知道啥？红娘说，照叔叔说的来。吴天华说，退休前，我在长途客运站当售票员，跑大车。有个姑娘，有个外孙儿。老头儿也走十来年了，也是肺病，但死在脑溢血上，走得挺静悄。我爱好多，不知道良不良，可能影响生活，但要是不管我呢，就不影响。

卜文彬扒一个又一个李子吃，他挺馋嘴，吴天华偷乐。红娘说，叔啊，别光顾吃。吴天华拿下巴颏点她说，我数呢，看他吃几个。卜文彬擦手，不吃了，问能不能下地走走。吴天华说，走呗。他背着手挨屋瞎转，一个摄像跟他，一个留下，录红娘和吴天华。红娘问，觉得叔叔人咋样？吴天华说，可能有点儿痴呆。红娘笑，姨，咋这说话。吴天华说，下象棋挺好，我不下，但好些老哥们儿都下，说下棋讲究走一步看三步，能锻炼脑子。我建议呢，他最好把麻将也学上。麻将更活，还锻炼人察言观色。红娘说，您意思是，叔叔不太会看眼色。您这方面挺擅长唄？吴天华寻思下，我也得练。姑娘你多大了，成家没？红娘说，我……姨，叔叔其实挺抢手的，在我们台一挂上号，好些老太太去电话问。您看，有劳保、有积蓄，身体健康，人谈吐也文雅，您俩一动一静，多合适啊。吴天华撇嘴，不当一回事儿。卜文彬转回来了，站到吴天华面前欲言又止。吴天华看他，你想说啥。卜文彬说，想问你，李子搁哪儿买的？吴天华笑，我说他痴呆吧。说了自己种的，刚才听啥了？拿走吧，回你家吃去。她扑扑身上的衣服褶，相比拉近关系，她更擅长对一段关系下总结，说，算了吧，你们感觉呢？

卜文彬不会玩儿，这点不行。她最后跟红娘这么说的，问题已经不是能不能成为伴侣，而是连和这人处哥们儿都没意思，你们还没明白我的诉求。红娘说，姨，咱到这岁数，不求稳定？我不太信您这个理由啊，叔叔是家里条件，还是颜值，不可您心？吴天华说，他年轻时应该挺耐看的，现在凑合，但我不讲求这个。红娘也泄气了，说，吃喝嫖赌那样儿的，我们也不能给您找。吴天华冷笑，姑娘，工作几年了？理解人的能力没有？红娘说，我是不明白啊，咱俩差四十岁。吴天华说，我在你这个岁数上，不这么唠嗑。我会耐心听我不明白的话，脑袋得转啊姑娘，不能老让别人顺你转。红娘说，咱走吧。她招呼两个在阳台抽烟的摄像动身，其中一个既劝她，也劝吴天华，说他听半天了，有点儿明白。姨，他拧了烟头，您其实是想找个幽默的老头儿，对不？吴天华眼神温柔，凝视对方，你咋理解幽默的？男人说，说话受听。他逗不了别人能逗您笑，让您心情轻松。吴天华一声叹息，可惜啊，小伙。她说，我和我姑娘这辈子都没碰上你这样理解人的。不行你俩往一块儿走走呗？她示意红娘，红娘拂袖而去。

节目没播出，吴天华给电视台去了几次电话，抗议此事。她觉着应该播出，让别人知道，老年人有她这样的，除了求稳求感情，还求点儿别的，什么来着，心情轻松。不播出不耽误她跟周围人输出这场经历：卜文彬吃得一手红汁儿，不住嘴塞李子的场面，被她播讲得活灵活现。生活里什么样儿，她那天表现出来的，就什么样儿。她想卜文彬也没隐藏自己，这点很好，但也许两人是缺了头回见面的客气。姑娘晚上来陪她唠嗑，听她说完，埋怨不休，说幸亏没播，没给她丢人。咋想的，还电视相亲？你也不缺老头儿啊。我王叔、李叔，你们秧歌队那谁的爸爸，可别让我替你记了。愿意往前走一步，谁也没拦过你，可你不能这么闹。酒过三巡，吴天华委屈，我闹啥了？你们还是不理解我的诉求。姑娘摆手，得得，就这句絮叨，谁也不理解你的诉求，你上访吧。姑娘一走，吴天华站在窗后，看着黑色吉普驶出小区，风驰电掣，姑娘开车手法颇有她当年雄风。吴天华过去也开一手好车，往北去草原，往南到沿海，总在最痛快的时候踩下了刹车，没能一直跑下去——这是近二年她给自己人生下结论，认定的最大遗憾。

二

岁月是什么，人生又是什么，在被她拿到地里糊墙用的报纸上，有篇文章讲这些，吴天华看下去了，还在心里转了几转。文章说，岁月是坛美酒，人生是装酒的容器，那人呢？是酿酒的？酿给谁喝？吴天华不禁去想自己这坛酒，都同谁分享过。女儿当然是一个，可吴天华始终不明白，为什么她爱女儿，事事第一个想到女儿，却从未在对方那张如今也已长出黄褐斑的脸上，看到过领情。枯苗之间，吴天华坐下来，蹬开脚上外孙子不穿了的运动鞋，突然很想亲近土地，想躺在上头。她躺了，在阳光下晒着，继续想酿酒的事儿。退休后，她订了不少报纸，看过不少电视节目，里面总会谈到，父母子女之情。她想辩解，我们那代人，其实不会爱孩子，不叫宝贝儿，不会亲亲，太忙了。我们忙着生存，生存下来后还忙着奔，想比别人家过得再好点儿，这贪吗？吴天华不信理论，觉得有严重的误会在其中，而这种误会，她见过太多。如果不是到老了发闲，她根本不觉得这是个问题。

她也想起了老伴儿，想他在世时的样子。在眼下她住的那幢楼房里，过去老伴儿总背对她，坐在床沿，戴着老花镜孜孜不倦地研究他那些X光片。她会对他说，研究自己啥时候死呢？人生最后阶段里，老伴儿总呆呆瞪着儿童似的眼睛，面对吴天华，像面对无解的一生之敌。

　　父女俩都怨自己，怨恨藏不住，没法儿藏。要是她晚生三十年就好了，就能想去哪儿去哪儿，把车随意开上一段公路，到大漠里扎营，谁也见不着谁，就谁也不怨谁了。吴天华最近常这么想。虽说平时跟麻将桌上的老姐妹儿，你家长我家短，闲不下嘴，唯独对这桩心思，吴天华隐藏极深。她知道，这太小儿科了。唯有像现在，躺在离城市十几公里远，这个她在女儿默许下动用储蓄，买下的小农家院里，吴天华才好无所顾忌想好些可笑的事儿。对着太阳，她一会儿睁眼，一会儿眯上，不断傻乐。屋里广播没关，一再强调，说众志成城，说万众一心，她隐约感到一点儿现在情形不对。最近她在小区里遛狗，保安看她的眼神不对，可没敢当面和她提。他们找到她姑娘，姑娘又在晚上过来，问吴天华，你就没观察观察，现在街上别人什么样儿？吴天华说，还那样儿，这两天冷啊。你屋子热不热？姑娘厌烦，说你不戴口罩的事儿。你得戴，这样上街谁不烦你。吴天华说她知道，有疫情，不严重，在武汉呢。姑娘声调拔高，你到底能不能听明白话？戴口罩，难理解吗？吴天华沉默地看她，最后蹦出一句，滚你妈的。姑娘滚了，吴天华一人看新闻，抽烟，寻思别的。当年她们姐儿四个都在世的时候，一旦吵架，也这么互相骂娘，都占不着便宜，但乐此不疲。

她知道自己说话不好听，这辈子成在嘴上，也亏在了嘴上，可谁也别想改变她。吴天华给自己倒上半杯白酒，入夜家里从不开灯，借电视的蓝光，屋内明暗闪动，好几次，她就在沙发上睡。狗会躺在她大脚趾破了洞的袜子旁，半夜蠕动，被她冷不防踹一脚，还动，人和狗都在午夜寂寞地哼哼。闹闹最近反常，黏人得厉害，每天就期待着出门看看新鲜物，好散散精力。翌日吴天华醒来，早忘了口罩的事儿，擦擦哈喇子，像清洗桌台面一样卖力清洗自己的假牙，戴稳当了，领狗出去。出了门，她才记起口罩。街上的确没有不戴的。老娘儿们冬天怕冷，没疫情也戴，不足为奇；现在连大小伙子也戴上了，每人嘴巴上都糊块儿蓝布，见着吴天华和她的狗，见到病原体似的，紧躲忙逃。吴天华清楚往后真得戴了，这事儿不难，只要别把两只狗嘴也糊上。抱着知错就改，明天再改的态度，她今天特意带两只狗去了远点儿的地方转。走上沿江修筑的大坝，工作日四周肃静，她带着闹闹跑了跑，妞妞则始终跟在她脚边。妞妞老了，眼睛都发白了，走走就停住，像不知道自己落在了哪儿。后半程，吴天华抱着妞妞走，坝上没人，有人她也不怕，放嗓子唱，九九，那个艳阳，天来哎哎哎哟，十八岁的哥哥——唱着唱着停下来，当她看见，差不多八十都有了的哥哥，正站在前方路上，老熟人似的对自己挥手，嗨，那个谁！

吴天华走近了笑，能不能讲点儿礼貌，哪个谁。卜文彬脸红，两手揣进棉衣口袋，还戴顶鸭舌帽，上面写着两个吴天华能认识的外国字——OK。自两人上回见面，过去已有半年，由夏入冬，彼此却都感到熟悉。卜文彬说他常来坝上遛一遛，尤其礼拜一到礼拜五的白天，就他自己，相当自在。吴天华和他找了个路边的公共座椅坐下，望着眼前一片银装素裹的洼地，江水没有浮沉，冻得很结实。他手揣口袋，口袋看着鼓鼓囊囊的，原来是他戴着棉手套，还往兜里揣。吴天华看他就乐，没话的时候，吴天华放声大笑，哈哈哈哈。卜文彬脸更红了，你精神真好，他说，那天我就瞧出来了。吴天华拿眼睛飞他，那天你咋那么完蛋，回家儿子没批你？卜文彬承认，批了。她问，批啥？卜文彬说，说我贪吃，惦记你的李子。吴天华没笑背过气去。不是，她说，这事儿你也和儿子讲？他说，得讲，儿子现在是我监护人。说笑间，吴天华一张瘦条脸上，肉渐渐坠下来，透出她也不知道啥时来的同情。卜文彬是她最不希望成为的一类老人，可现在这样看着他，又总会叫吴天华想起她那研究 X 光片的、绝望的老伴儿。

　　她发现卜文彬衣服口袋里，鼓囊不说，还簌簌发响。问他，藏啥呢？卜文彬真一副藏着掖着的样子，不好意思说，话头儿也打上磕巴。吴天华追问，他只能解释，我口齿不灵，平时练一练。他到底掏出来了，是一卷打印稿，标题《长江之歌》。吴天华拿过来瞧了两段，词儿挺硬，朗朗上口不说，光看都让人心潮澎湃。她念着念着，想起来了，外孙课本里有过这篇课文，当时孩子在她面前，还激闹呢，做崩溃状仰倒沙发，说，姥，我万念俱灰。吴天华问他怎么灰的。外孙说，背诵全文。此刻卜文彬却在她面前，声音由磕巴到连贯，由胆怯到激昂，脱稿背得一字不差。卜文彬忍不住从椅子上站起来，面对茫茫冰野，把吴天华和世界都甩到脑后，帽子摘了攥在手套里，背影岿然不动。吴天华瞧见他头上的几根儿白毛，都在随风摇曳，随诗念出了长江蜿蜒的形状，经风一吹，成为气魄。她像个乖顺的学生听卜文彬朗诵：

　　　　你，跨越横断山脉健美的臂膀

　　　　一泻千里的行囊，若野马脱缰

　　　　创造源源不断的能量

　　　　你西接蜿蜒曲折的雅砻江

　　　　连起岷江的山高水长

　　　　酿造天下醉美的纯酿

　　　　任嘉陵江、乌江依岸相望……

　　朗诵完，卜文彬发现吴天华根本没看他，便默默把帽子戴上，摸摸两只狗的脑袋，丢下一句，妹子，我先走了。吴天华点头，走吧，留联系方式。卜文彬说，不用，有你电话。说完，彼此看一眼，有种微妙的革命感情，就这么各回各家了。回家后，吴天华反复转一个合计，她到底是为什么突然看上这老头儿了。朗诵并没多浪漫，几十年来她遇到的比他会玩儿会浪的老爷们儿不胜枚举，都成为她生命中一厢情愿的过客，如今一个个又老、又秃、又痴呆，浪的那几个，还落下一身病。相比之下，卜文彬似没什么特别，可她非想给他安个特别。又是半杯下肚，枕着重播新闻睡觉，她听到说武汉形势不容乐观，只有您减少出行才安全，十四亿人才安全……那些漂亮年轻的面孔苦口婆心，没一个不以她姑娘的口吻说着话。但此时此刻，借助酒劲儿，吴天华很想对姑娘说，妈动心了。妈这种感觉，不太安全。动心不为别的，为他今天朗诵时脸上的小孩儿模样。我没想到，千人千面，连一个人也会有一千面。

卜文彬就像大漠里一段没怎么被人探索过的、陌生的路。当晚梦中，吴天华梦见卜文彬，他俩都是老人模样，却都穿着外孙的校服。课堂中，卜文彬被点名抽查，背诵《长江之歌》。等他背完，屋里一人不剩，只有她，还说着粗话给他拍巴掌。受宠若惊的卜文彬，张口结舌，打出一个嗝，从嘴边淌下紫红色的果汁儿，离近了，他张口都是李子味儿。卜文彬对吴天华鞠上一躬，转头将脖子上的钥匙绳，套到她的脖子上。

三

一周后的一个工作日下午，天光暗淡下来，吴天华家的二楼窗下有人喊她名字。家里狗跟着叫起来，打开窗户，吴天华见到一个不认识的男人——四十上下，体格不小，戴灰棉线帽子，五官在见着她时全被笑容挤在一起，有些面熟。男人身后停一台夏利车，没熄火，暗红色的，车身脏兮兮的，有不少划痕。他从车上陆续取下豆油、大米，两箱啤酒，还笑着跟吴天华打比画，哪个门儿？吴天华以为是女儿的朋友，打开门禁，听着男人抱着东西的、敦实脚步声越来越近。男人把东西都搬进来，在地垫上蹭脚，哼哈出连续不断的白气，说，姨，真不好意思，知道您讲究礼貌，可在外面找您的时候，我必须喊您大名，关键我不知道这楼里几个吴姨啊，我爸嘱咐我，东西得亲自送您手上，才算交代。吴天华整整头发，没大用，她穿了条破绒裤，一边儿腿上一个洞，要多邋遢，有多邋遢。当得知男人就是卜文彬的儿子，这趟来送年货，也认认门儿，她有点儿紧张。小卜看出来，吴天华是下午觉刚醒，顿觉冒失，连说就不坐了。吴天华缓过劲儿说，起码坐下喝口水。你不待，姨心里不明不白的。

小卜坐了十分钟不到，话说得很明白，让吴天华觉得，节目没播出，真是个好事儿。她那天对卜文彬不够客气，对所有人都不太客气，以为自己到一个岁数，就能享受岁数的特权。事实却像那天红娘对她说的，世界上还有好些人和你不同，去忽略他们，有时很残忍。卜文彬没记恨，她就挺高兴，没想到卜文彬还这么感谢她。聊天知道，卜文彬和儿子两人过生活，爷俩儿也会像吴天华和女儿一样，说好些没对错，没结果的话。卜文彬告诉儿子，他第一眼就看上了吴天华，知道对方没有看上他。现在他没别的心思，只想交一个像吴天华这样性格的好朋友，因为他觉得，自己一辈子过得无聊。他不属于会唠会玩儿的爷们儿，被人冷淡惯了，连小卜母亲都嫌弃了他几十年。他希望能和吴天华一起度过一段时间，从她身上学点儿什么。吴天华点头，说她大概懂。小卜起身要走，吴天华让他把东西拿回去。她还没开始带卜文彬玩儿呢，没必要这么早交学费。小卜说，姨，我爸知道您会开车，想让您教他开车。我这辆夏利不打算要了，太旧太破，也拉不上活儿。你们留着玩儿吧，先放您这儿。吴天华更惊恐，这怎么行。小卜说，姨，听我说完。上周我爸坐公交吧，让人赶下来了。现在这个疫情，大家都害怕，他上车没有绿码，身份证也总忘带。人家赶他，他没说啥，说个好嘞，自己往车下走，我听了挺心疼的。说让您教，其实也就是陪陪他，您开车，带他各处转转。他岁数大，上道我更不放心，不像姨您，看着就年轻爽利，心眼儿也活。

小卜走了，夏利停在楼下，吴天华怎么也想不到现在它竟会属于自己。她打电话问姑娘，夏利现在值多少钱。姑娘说她也不懂，等回头问问姑爷。姑爷得知车是三手的，年头已久，此前小卜也跟吴天华承认，除了能跑能刹，不剩啥功能了。姑爷说，三五千吧。吴天华下楼看车，拿小卜留的钥匙开门，座儿又冷又硬，烟灰积蓄在每一个卡槽，玻璃上鸟屎斑斑。她几乎是颤抖着去摸车上的一切，心说，老天爷呀，你咋么知道我想啥，那么惯着我呢。我是真想大跑啊。她熟练地拧火，听发动机就跟他们这个岁数的人一样，发出运行前呼哧带喘的咳嗽声，胸腔逐渐蓄力，好能平稳说出一些没人听的话，继续跑它慢悠悠的泥土路。和过去一样手稳，油离配合，挂挡，拔营。开着这辆三手夏利，她在小区不大的面积里转上四五个圈儿，见自己后视镜里的脸，门牙随笑容一咧，龇出来，也那么闪光。姑娘当晚过来，跟吴天华说，赶紧让他来把车开回去，这事儿不对。吴天华说，放心，我不让卜文彬开，我就是教他一些原理，我开，带他遛。姑娘急了，你也不能开。你驾照还在我家呢，我拿着扣分用。吴天华说，那你还我，明天就还。姑娘似老师一眼看穿小孩的心思，不遮掩地轻蔑问，你到底咋想的？吴天华也急，碍着谁了？我咋想的，碍着谁了？

卜文彬穿着第一次见她时的衣裳，羽绒服脱下扔后座，里头是小格衬衫，配枣红色毛背心，他这次把钥匙绳好好地藏在了线衣里。吴天华也打扮了打扮，坐驾驶位上，打趣儿地看他，今天你咋过来的？听说坐公交车让人赶下去了。卜文彬把兜脸的蓝口罩取下，手在两条腿上边摩挲边说，走路。我老忘东西，还老想着出门。吴天华问，在家待不住？他说，不知道干啥。吴天华说，看报，看电视呗，手机也有不少好玩儿的。卜文彬说他就会打电话,想看别的,手机老让他交钱,他点啥,手机让他买啥。吴天华说,我反正是不买,但电视上好些东西看着还是不错的,我身上这件外套,你看咋样?卜文彬扫了一眼说,黑棉服,看着像领导穿的。吴天华说,巴黎货。电视上说,刘涛同款。知道刘涛谁吧?他说不知道。吴天华一声长叹,演媳妇的。老卜啊老卜,你太封闭。卜文彬又不知所措地揉自己的腿。吴天华最后问他,想去哪儿?今后我就是你司机。卜文彬不假思索,上大坝,爱看江。

坝上总那么安静,卜文彬下车掏出他的朗诵稿,这次是《沁园春·雪》。吴天华留在车上,听卜文彬的话,不跟着他,让他自己走,自己念,享受没人笑话他的一段时间。她也给卜文彬准备了个小礼物,或者说课件——一本她到新华书店买的《机动车驾驶员考试科目一通用教材》,信手翻翻,吴天华发现变化挺多,她也需要学习。外头起风了,卜文彬小跑回来,吴天华把书交给他,嘱咐说,第一页,你看二十分钟,二十分钟后考你。咱一页一页学。卜文彬乖顺地翻书,看书的时候,他后背坐得很直,聚精会神。吴天华把从家带的、洗好了的冻柿子,摆在旁边,两人就这么开着一条窗缝儿,在封冻了的自然里上他们的老年大学。回答吴天华每个提问时,卜文彬都眼皮略往上翻,想半天,他想尽可能准确答出来,一遍过。答对了,他就能吃上吴天华准备的冻柿子,他会小心拿牙嗑开外头的冰皮,吸果汁喝。柿子清甜的味道在车里溢开,吴天华也馋,拿起一个,和他一块儿吸。吸溜声不绝,时光也倒退,让她想起小时候放学回家,和邻居家孩子一起分享那个年月里难得的零食。他们当时比谁吃得慢,好能延续美味。现在他们则比谁吃得干净,吃得体面,像提防着衰老，怕它通过生活里每个细节，每次将自己打倒。

四

他们竟成了彼此晚年意外的好朋友。吴天华想，可能她再也不需要别人关心，不需要被人需要的感觉了。冬天漫长得像过不完，年却已经过完很久，这是个很没滋味儿的新年，让人忧心忡忡，怀疑自己在制造一场灾难的历史。吴天华每天期待的就是开车，在市里泥泞的街道上，她和卜文彬以无人知晓的雄心壮志，把路上那些比他们年轻得多的驾驶员当成对手，超越一辆又一辆的车。吴天华坚持自己付油钱，虽然除了拉卜文彬到处玩儿之外，她平时不开这辆夏利，她只是在享受给车加油的过程，感觉自己真拥有了这辆车，还能在加油站工作人员看到她摇下车窗露出脸时，露出的诧异表情中寻回一种满足。对方会问，姨，车您开的？寻思谁呢，漂移着进来了。吴天华把钱从腰包掏出，递进对方一双棉手套里，说，要不是结冰，我能漂得更带劲。一旁的卜文彬捋着身上的安全带，心有余悸，偷看吴天华一眼。吴天华温柔地问他，老卜，又吓着了？卜文彬说，我在习惯。他说话还总会低头，臊眉耷眼一笑。在和卜文彬越来越多的相处时光里，吴天华有了一份感触，她看到了一个和自己完全不同的灵魂是怎么度过另一种人生的。他也会被人喜欢，被人当珍宝呵护着，可很多时候，他自己全不知道。

闹闹、妞妞紧贴着吴天华的腿和脚，不知道几点了，吴天华发现自己又睡在沙发上了。她最近容易困，也许是白天心情太好，也许是和她那些养在地里的苗儿达成了共识——它们都对眼下不抱期望了，想着多睡会儿，等春天到来，冬眠成为安心的选择。醒来她看到还亮着的电视，新闻早放完了，现在是某个访谈节目的重播。窗外显得比室内还亮，月亮大又圆，感觉离人间很近。四处是熟悉的安静，电视里说话的几张嘴还絮叨着，都像默片演员认真对他们的台本。吴天华去厨房烧水，知道这个点儿一旦醒了，难再睡着。她准备等到天再亮一些，趁清晨无人，到小区里自在地带狗玩儿一会儿。狗都老了，都不爱动，妞妞的眼睛最近有了问题，看着浑浊，里头白色的东西在扩大，听到吴天华叫自己时，它总生硬地把头转到另一个方向，可能耳朵也不好了。吴天华泡上茶，捋着两只狗的皮毛，想找找哪个台还播电视剧。这时候，电话响起来。她忙按住心口，几十年的人生经验告诉她，这时间来的电话，充满惊悚色彩，每次接到，她都必须接受失去。像一只跳不灵便的老蛤蟆，电话里她怯声问，谁啊？小卜声音哑着，姨，我爸走了。吴天华说，哦。什么时候的事儿？他说，今儿晚上。送医院已经不行了，他让我带给您两句话。吴天华想想说，等我拿笔记一下。小卜说，好，话不长。吴天华进屋拿纸笔，端端正正搁在腿上，手直打哆嗦。小卜说，第一句，早认识你就好了。吴天华笑了笑，唉。小卜也笑一下，说，第二句是，现在认识也不晚。吴天华想她这时候应该掉眼泪，可眼眶很空，许多时候都这样，父母葬礼上，姐妹葬礼上，和老伴儿见最后一面，她的眼都是干涸的，像杀人犯。

吴天华说想现在过去，送老头儿最后一程。小卜劝她不要来。吴天华问，为啥？我能帮忙啊。他说真不用，我就带两句话，还有很多事儿要处理。我现在安慰不了别人的情绪了，姨。

小卜反复道再见，吴天华只好说，到底让我把车给你开回去。小卜说，不要了，也是我爸的意思。往后您开车的时候，能想起他这个老朋友。她问，你们在哪儿？我不添乱，看看他，行不行？小卜忍无可忍，不用。电话就这么被挂掉了。吴天华充耳不闻，往腿上套棉裤，披她那件巴黎货，黑漆漆的，这个场合正适合穿。打开车门，车里就像个冰造的世界，冷硬，没半丝温度，她半天拧不着火。吴天华想，我差了一个重要的步骤。摸出口袋里的塔山，她给自己点上一根儿，另一只手也拿一根儿，点好后，搁上车窗。老卜不抽烟，听他说起过，曾经抽，在他出了一件大事儿后，很多习惯都变了。当时听他说起，吴天华也像现在这样，在车里抽烟，打量卜文彬那张已显露出老年痴呆的脸，很难去信，这么个人，还能经历大事儿？卜文彬说，曾经我一天两包，真的。吴天华给他递烟，示意抽口看看，好知道他说的是不是真的。卜文彬摇头，戒就是戒了。吴天华又说起她在青海开车的事儿，讲述一天开三百公里，牦牛围着她的车转圈圈，其中一只把整个牛脸都贴在了她身旁的玻璃上。吴天华边咳嗽边乐，指着表情木讷的卜文彬说，真的，牛就你这死出。

卜文彬说，小华，后来他总这么叫吴天华，像叫爱人，更像在部队里，称呼一个战友。他低声叫她，我发现，最近和我在一起，你特爱笑。吴天华点头，是，你招笑。卜文彬面带微笑，我前妻，和我一块儿生活这么久，很少看她因为我笑。儿子也是。有时他们娘儿俩说上话，笑个不停，我一加入，笑就没有了。我挺悲哀的。吴天华有种冲动，想抱抱他，看到卜文彬毛衣下软和的小肚子，觉得抱上去一定很舒服。卜文彬先发制人，突然拽上吴天华的胳膊，把她往自己怀里塞。吴天华给了他一撇子。他喘着气说，我都这岁数了……吴天华说，是啊，这岁数打你一撇子咋了。拿你当哥们儿，你拿我当啥。他问，小华，你不喜欢我吗？吴天华整整头发，将带来的水果都收进塑料袋，扔在了后座。她开车送卜文彬回家，一路上，谁也没说话，卜文彬有点儿出神。到小区西门时，他转向她，在车里腾高屁股，笨拙地鞠了个躬，小华，我向你道歉。第一次跟你录节目，你是因为我不会玩儿，才没看上我，我以为你不是正经人。吴天华说，好，就说到这儿，往后别提这茬儿了。谁是什么样人，嘴说没用。明天吧，拉你去我地里看看，虽然现在天冷罢园了，你去看了就知道，我过日子很本分。我自给自足，不馋爷们儿。他说，我期待明天。柿子我能拿两个走吗？吴天华下车给他拿，卜文彬接过，仍哆哆嗦嗦弯腰，转身往家走去。吴天华望了他背影一阵，一种说不清的滋味萦绕心头，想她或许还是在对待卜文彬时，不够客气。

　　得知卜文彬死讯的午夜，很快变成了早上。找不到地方也联系不上小卜的吴天华，开着老卜留下的三手夏利，穿行在城市的楼房间，开向郊外的菜园。她思考车是三手，也许冥冥中有因缘，人和车一样，被反复交易，经三回手，是合理的结果。青年时磨过自己一回，中年也磨过一回，到老年，她无比渴望结束，却仍怀最大希望，车程能落得漂亮。她知道国内有地方已经封城，国外情形更乱，好些人被困住，正承受苦痛，她还是更信过去的老办法，自己种，自己收。交朋友和种庄稼，都总有收获，别管命是什么。吴天华再没跟人赛车或在晚高峰中争抢，但野心仍在。保持驾驶，眼下她就想以她的速度自由自在。

虎　坟

一

　　二〇〇三年，陈寿成为马戏团的正式演出人员。他九岁跟小区里一个老头学艺，十二岁进艺校。父母在两年前先后去世，父亲是他伺候走的，母亲则老早和父亲离婚，又再成家，给他生了个异姓妹妹，妹妹只在母亲咽气时给他打了通电话。陈寿听着电话，嗯嗯应声，面前是兽笼里老虎精明发绿的眼睛。父亲死后，陈寿卖掉了老房子，在马戏团边上租下个两室小屋，开始独居生活，那年他二十四岁。陈寿始终没什么朋友，老虎叫大山，大山能算他一个朋友，可大山无法与他交流，有时陈寿说着话，会伸手去摸大山毛茸茸的脑瓜顶，虎皮很好摸，也带着温度，但他内心更需要的，是别人去摸他。父亲死于肠癌，是很遭罪的病，最后时期，他靠一针针杜冷丁挨过去，挨到医生去找陈寿说，一直打也不是办法。某天早上，陈寿趴在父亲床前睡着了，被父亲在头上摸了一把，这是父亲和他最后的交流，也是陈寿最后一次记得，和别人的肢体接触。陈寿觉得自己很可能一辈子孤独无靠，在那个老头，他一口一个师傅叫着的老光棍身上，他看到未来自己的影像。师傅五十岁时，还要靠骑独轮车在街上一圈圈骑着吆喝着，以得来微薄的收入。直骑到五十二岁，他喝完一场大酒后，突发脑出血无声无息死在自己家里，陈寿给他摔了盆儿。

看马戏的人越来越少，陈寿知道，不单他们这儿，全国各地马戏团的生意都再没过去那种景气了。过去，这座小城里还没架设这样多的电线和信号塔，人们消闲的方式单调而文艺，讲究四大门类，京评话马。比起市里已消失了的京剧团和评剧团，后两者还能维持生存，在每年搞上一到两场演出，试图唤醒被市民们遗忘了的记忆。陈寿在马戏团最先做杂技表演，蹬碗和转缸。他的节目总被放在演出中段进行，在令人万分紧张的高空骑车和猛兽出笼之间，给观众们提供几分钟上厕所的工夫。团长老袁跟他有一次谈话，问陈寿对现在的安排满意不。陈寿说不满意。老袁说，是你性格的问题。哪怕让你去演小丑呢，你逗不了别人笑，观众缘差点儿。陈寿回去想了几天。那时大山才刚被另一个驯兽员教会最简单的抬手、坐下这些动作，他盯着笼子里的大山，觉得它也在期待自己，或许他可以让大山变成一个真正的明星，或许，大山就是他作为师傅，能带出的唯一的徒弟了。

他一点儿也不怕大山，大山还是幼崽时就生活在马戏团的笼子里，经过多年驯化，对活物已失去基本的捕杀能力。但大山有时还是会让陈寿感到陌生。那些时候，他不知道自己除了马戏团和家，还有什么地方可去，和一整张地图相比，小城已经很小，却仍有太多对陈寿来说，完全空白着的地带。他在大山面前不住刷手机，看别的地方发生的新闻，有些让他嘴角抽搐，忍着狂笑的冲动，有些让他鼻子发酸，很想和人分享内心的感慨。看着大山的眼睛，他告诉它，南方发生雪灾，今年他们粮食不够吃了。

大山以温驯的、狗一样的姿势坐着，眼珠里转动饥饿的本能。它只在陈寿给它投食时，才能和他产生更深的联系，或者说互动。鸡肉带骨抛出去后，大山几口囫囵吞下，再抬眼，身体满足地歪在一角，表现出一副不能再受训的懒相。陈寿把凳子往它歪的墙角挪，重新坐下，问，你听着没有？他们都没粮食吃了，你还刚吃了肉。你吃的可是肉。大山轻甩一下尾巴，眼皮虚浮，近于睡着。动物没有失眠的困扰，陈寿巴巴看着窗外暗沉下来的夜色，突然想知道，其他人都在夜晚做什么呢。

　　是响马带给陈寿答案。响马是从山东来的驯兽师，没人知道他为什么来这个东北小城，大家只知道他和大部分搞杂技的男人一样，没有牵绊，个性强烈。好穿一件旧了的黑西服外套，从不系扣，两侧肩膀撑得挺挺的，人显得高大潇洒。加上响马，团里就有两个驯兽师了，先前那个后来去考了公务员，老袁对大家宣布，响马同志仗义解围，来补咱们的缺，更带来了先进的表演经验。他特别提到陈寿，要跟响马多学，怎么调动观众情绪。不用老袁说，陈寿自己也想尽办法，去和响马接近，这是他一直期盼着的事儿，能有个事业上的伙伴，一个说人话的朋友。可响马压根儿不需要陈寿去绞尽脑汁想怎么结成友谊的办法。响马自来熟，和谁都熟，跟陈寿，更有种默契。在响马身边，陈寿发现，自己话其实并不少。一晚，他俩一起给大山训练新节目，场子里，刷成嫩绿色的墙漆包笼着一排排空虚的观众席，头上是刺眼的顶灯。因为有了响马，这个过去在陈寿记忆中与孤独相伴随的场景，变得温情脉脉。他问响马，你真叫响马？响马说，我叫刘雷。但我之前驯马，马和我有话，别人面前它不说话，就跟我说得来。我可能懂点儿马语。陈寿又问，你知道响马这词还有别的意思吗？他说不知道。陈寿说，有土匪的意思。响马把大山带回笼，顺便去关灯，回身问，土匪？陈寿回答，就是胡子。关灯后台上回荡着响马的笑声，他说，那我不更牛了？他在黑暗中走近陈寿，拍对方的肩膀说，长夜漫漫，没事儿干啊。去个更热闹的场子吧？能喝喝一点儿，不喝，你就坐着。

　　这是陈寿第一次进酒吧，不是他第一次喝酒，父亲生病前每晚都喝点儿白的，长筷子夹在手里，沾满花生米的油香，有时他也陪着喝，有时他也陪着吃。酒吧里要的是鸡尾酒，陈寿不会点，响马替他叫来一杯，杯口上夹着绿色的橘子片，他喝了一口，就喜欢上了。响马若有所思，转动玻璃杯，杯里琥珀色的一层底儿随着旋转，与他们相隔几米的台上，一个女孩在唱歌。陈寿贪婪地看着周围的一切，走进来的客人，变化着的灯光，以及女孩抬手扶话筒的动作。女孩唱两首不唱了，来到吧台，坐到陈寿旁边的空椅子上。陈寿借玻璃板的反光观察，她个头不到一米六，给人的感觉像颗小小的米粒，齐耳短发，眼睛是狭长的，和大山虎视眈眈的目光全不相同，眼角往上飞。她穿了件露肚脐的黑短袖，腰很细，胯很窄。

　　聊聊？她说话了。陈寿张口结舌，转脸看她。发现见过她，想不起在什么地方，她可能是个明星吗？陈寿胡乱点着头，学响马的样子，也把酒杯在手上转，一下下，生硬又小心，生怕砸在地上。女孩脸上是一个肤色，脖子上是另一种，脸上过于白了，脖子和手臂就显得暗黄，细瘦的手臂搭在桌沿上，像一截脆弱的树枝。她朝陈寿挤眼睛，你不健谈啊。干什么的？陈寿说，在马戏团。她视线越过他的背，问，你俩一样？响马不紧不慢地从椅子上下来，酒杯和女孩手里的酒杯相碰，然后问陈寿，他俩能不能换个位置。陈寿乐意让出来，他更想听响马是怎么和女孩聊天的，他想要学习。无论响马还是女孩，都是那种会照顾别人感受的灵活的人，他们聊，也会跟陈寿说两句，让他不至于完全被冷落。他怎么一直盯着我？女孩问响马。陈寿看向响马，说，我见过她。响马问，什么时候？陈寿记忆里出现一个黑暗的空间，再出现一点追光，大幕拉下，又复归黑暗，那是一个舞台。他说，我看过她演的话剧，市里排过《日出》。女孩盯着桌上的酒，不知对谁笑着说，我叫姚梦露，我是演话剧的。响马的眼神更痴迷了，说，下次再有戏的时候，我捧你的场。姚梦露摇摇头，不知道啥时候了。响马提议，你也可以来看我们的演出。就算不演出，每天也训练，我们训练也好看。姚梦露笑了，训练啥，走钢丝，甩飞刀？响马坐直了，一字一句，每个字在陈寿听来，都有甩鞭的力气。他纠正她的想法说，我们把虎驯成狗。

　　陈寿不知自己怎么就全身发软。他说要去找厕所，响马给他一个感谢的眼神。陈寿撞进一个没开灯的房间，里面还有上一伙客人留下的酒味，呕吐味。他独自坐在沙发上，抚摸身下绒面的沙发布，隔着扇门，音乐和灯光不再让他心烦意乱，姚梦露的眼神却唯独能透过墙壁，反复击穿他的心。他记得几年前的一天，老袁给了几个团员门票后，还剩一张，问陈寿要不要。话剧团算马戏团的兄弟单位，那年话剧团就只排了全年唯一一场戏。戏票上，一个穿旗袍的女子侧身站窗前，头低垂着，窗外日光鼎盛。陈寿接过那张票，只是为了去看看，那女孩真实地出现在生活里是什么样子。台上的姚梦露，顾盼神飞，一会儿哭，一会儿笑，时而望向远处的前方，那里全是空座了。只有他跟她哭，跟她笑，戏散后，陈寿看她和一个又一个人去合影，他也想，到底没勇气。后来他没再见到姚梦露，倒是一个人去了几次话剧团，看见门上锁，窗里黑漆漆的，像未曾有过一场演出。可现在，姚梦露又从他的想念落进现实里，还刚和他说了话。

回到吧台，响马一只手已经搭在姚梦露细细的腰肢上。两人脸上都洋溢着儿童一样无牵无挂的笑容。等他们一左一右围上他肩膀时，陈寿发现自己才是个货真价实的儿童。他想不明白，人和人的关系是怎么在几分钟里突飞猛进的。响马说，走，咱们带露露去看大山。说完，姚梦露依偎在他黑西服上的动作更近了。

将近午夜的马戏团，安静没一点儿声响的圆舞台。陈寿将大山领出，它慢悠悠向前蹬步，等发现姚梦露带来的新气味时，紧着去嗅她。她往响马身后躲，边躲边发出细碎的笑声。眼前的响马和姚梦露，就像对跨越了演出栅栏的情人观众，他们什么也不做，只是看，只是相爱着。陈寿在表演，将已经收好了的圆圈一个个重新架设在台上，大山每跳过一个，姚梦露便发出欢腾的叫声。大山渐渐有了兴致，一副卖弄的样子，早早等在下一个环节前头，期望陈寿发来指令。响马和姚梦露在旁窃窃低语，不时大笑，他们笑的时候，陈寿体会到从未有过的快乐。他真幸福，他的朋友和女神，都因他的表演快乐着。不让大山跳圈了，三人和一只虎，都坐在舞台沿儿上，透过头顶被切割成三角形的玻璃窗，看星光照耀进所有的眼睛里。

二

响马狂热地恋爱，露露、露露从他嘴里气泡般冒出，连有时训练大山，也张口叫错，喊出一声露露。听他讲述和姚梦露的恋情时，陈寿打量响马的脸，那是他从未拥有，也未在任何人脸上看过的表情。父母离婚后，父亲极少谈论母亲，谈到了，也更多像谈一个过去的同事和邻居。不像响马脸上两道本就粗黑的浓眉，会因姚梦露的出现，有了明显温柔的弧度。响马变成了另一个响马。过去他骑着大山在台上跟个胡子一样，横行霸道，一脸匪气。现在，是姚梦露骑着他，响马一圈圈转着走，像只眼睛被蒙的驴。

除了陈寿，团里其他人都对响马的热情报以冷眼，姚梦露的事迹在小城里流传不少，关于风月和疯癫、不自爱和风尘气。都当响马是外地人，不了解情况，无非贪恋一时美色，最后必将竹篮打水。陈寿不这样想，他满足于响马和姚梦露的恋爱状态，扪心自问，要比他自己和姚梦露恋爱，感觉更为幸福。响马喋喋不休的样子，让陈寿的白天和夜晚都进入全新的状态，他们是朋友了，他们一起进入了各自新的人生，友情一并突飞猛进，这些时候，大山也在身边，始终沉睡着倾听。布满腥臊味的兽笼外头，响马讲述的神态专注又虔诚，就像眼前已经是他和姚梦露举行婚礼时，要跨进的那道最神圣的门槛。

每当约会结束，响马都会带着一身的亢奋和姚梦露身上的香水味儿，杀回马戏团，将陈寿揪到跟前，娓娓道来一遍。陈寿忍不住提醒他，到年底了，要上演出了。你总不来，大山该不亲近你了。响马像没听到，眼珠乱转，到底送花好呢，还是写信好？陈寿说，写信真诚。响马说，可我认字儿不多。露露是搞文化的，她说的那些戏，我都不太懂。我就懂点儿马语。陈寿又说，节目单要排了，老袁来找我，让搞点儿新花样。你点子多，想想，还能怎么去调动大山。响马问，你说大山懂爱情吗？我之前看过国外的一个报道，一只公海豚，爱上了它的驯兽师。应该说，他们相爱。陈寿感到不可置信，那后来呢？响马说，他们被迫分开，海豚不吃食，自杀了。陈寿身上不舒服的感觉在加重，他从不嫉妒响马，但响马说的这个事，让他一时无比嫉妒。如果大山是雌的，它会爱上自己吗？会为自己绝食或寻死吗？陈寿想起大山那些让自己感到陌生的时刻，以及长年累月跟石块一样，压着的孤独。他都能听见那些石块从山坡上往下滚的声音了。他紧紧盯着响马，想对方何时能给自己一个拥抱。

马戏团热闹起来了。全团都在筹备年底的演出，舞台不再有空落的时段，头上钢丝有人走，台下独轮车有人跟着遛。两个演小丑的年轻演员，时常腰里别着塑料做的砍刀，向对方跃跃欲试，力求捕捉最准确的表演情绪。老袁天天在外跑，给各种机关单位、企业买卖送戏票，将广告打进电台电视台，承诺说，只要来看马戏，人人都能得一瓶五百毫升大豆油。响马眼里只有一个观众，他蹬了几公里自行车，将票收在一个精美的信封，亲手交给姚梦露。回团后，响马跟大山喃喃自语，叫陈寿听见了。他说的是，露露，你要看着我了，你要看着我骑老虎，做英雄了。要你的掌声，要你的人，你是我的命啊命。

市民都被朴实的豆油吸引来，在一年一度的人潮中耐心排队，等待检票。响马将姚梦露从人群中拉出，带进演员走的小门，安排她坐第一排当中间的位置上。喧哗逼近屋顶，孩子们跑动追逐，还有嗑瓜子以及咀嚼各种零食的声音。陈寿对这样的场面不算陌生了，但一年不过一两次，还是让他心潮澎湃。老袁穿了套海蓝色的西服，别红领结，头发梳得锃光瓦亮，在后台逡巡，其他团员则不是化装，就是在最后一遍检查舞台设置和道具。响马回到陈寿旁边的位子上，给自己化装，镜子里是两套同样的白绸表演服，却是两张完全不同面貌的脸。响马方脸，宽额高鼻，陈寿长脸，小眼小嘴，眉毛淡得几乎被妆粉盖住，显得毫无气势。大山不用有额外的打扮，陈寿一直把它养得皮毛光亮，精神饱满。演出开始后，他们走出化装间，来到大山笼前，稍作准备，对它言语安抚和鼓励。响马和陈寿的节目排在第七个，临近压轴，看出老袁对响马的加入抱以大希望。响马问陈寿，抽不抽烟？你手可有点儿抖。陈寿按住自己的手，说，没事，衣服薄。我其实不太冷。响马打开窗子，人趴在窗台上，点了一支。看着他，陈寿内心升起长久以来的崇拜。响马就是响马，是真正的英雄，男人。响马既可以在柔情款款时为个女人牵肠挂肚，也毫不阻碍他在刀山火海前镇定自若。这时响马转头对陈寿笑，今天对我，将是特别的日子。

换平时，陈寿都会问下去，特别在哪儿？今天他吞下疑问，觉得这是响马要对他单独倾诉的秘密，像一颗特制的蜜糖，而陈寿是个不太有机会吃糖的孩子。他比响马更期待谜底揭晓的时刻，往演出通道走的时候，俩人步伐一致，尽头是光芒万丈的舞台，大山默默跟随在后，发出野兽特有的呼吸声。陈寿想等演出全结束后，再静静地陪坐在响马身边，听他的秘密，偶尔献出自己的讨论。心怀甜蜜的期待，走上舞台向观众挥手时，陈寿感到自己在和一个辽阔的宇宙挥手。此时此地，众目所归的是他，身边有战友和多年老伙伴大山陪伴的，也是他。陈寿眼眶不由湿润了，震耳欲聋的音乐伴随老袁介绍他俩的声音，一齐消弭掉。熟悉的光线里，响马骑上大山，变为骑士，挥舞不存在的长矛，正预备遵照他信任的朋友的指示，跨越前方一架高过一架的重重虚设的障碍。

响马在虎背上左右腾挪，许是他设计的新花样，有如西班牙斗牛，为表现胯下野兽未被驯服的野性，和一个高明的骑手必将驯服它的野心。响马骑着大山经过姚梦露在的观众席前时，突然伸出一只手，向台下做出索求的姿势。姚梦露也伸出手。就这一下，响马没有抓稳，大山将他晃下了背，响马抓紧老虎脖子上的皮，抓疼了，大山猛然一吼，开始后退。它一定是闻到了强烈的生人的气味儿，陈寿事后想，在响马回化装间之前，他和姚梦露做了什么，亲密得不能再亲密，才将她身上浓烈的香水味儿全携带下来，直带进大山敏锐的嗅觉里。响马本可以躲开，用一个经验丰富的驯兽师面对此种情况时惯用的迂回和安抚。响马偏偏没有，他顶着姚梦露和观众们的眼神，一次次直起腰杆，一次次被大山抓住。当大山用长满利刺的舌头舔上他的脸时，陈寿掏出腰里的麻醉枪，一切都晚了，大山也许是想舔走讨厌的气味儿，却一下又一下，舔走了响马的鼻子。

没人近前，观众往门外逃窜，救护车来了，陈寿和老袁各拖响马一条腿，把他从虎口抬到担架上。大山已被麻晕，和响马一样，陷入近乎永恒的睡眠。不依不饶的姚梦露，头发披散开，不断尖叫，追赶而出。马戏团外晴天白日，绿柳轻拂，和刚刚惨烈的景象形成对比，世界无处不静谧。顺着车窗，陈寿看着姚梦露终于放弃疯跑，被车轮甩下了，她小小的坐在马路上号啕的人形，瘫成一块模糊的泥，只剩两只手臂，无望地向天空去抓取。再看身旁的响马，一张不成人形的脸，艰难而痛苦，用嘴吐着不连贯的呼吸。陈寿把脸埋在两只手臂里，不再去看，去听，去接收一点儿外界的信息，他认定眼前是一个梦，而他需要真正的睡眠。

陈寿熟练地替响马跑身后事，用所有被颠簸占据的时间麻痹自己，一到夜晚，比往常更无处可去。他宁可早早回家，坐在一个位置上，发彻夜的愣，流无人能去笑话他的漫长的眼泪。老虎伤人事件发生后，新闻不胫而走，马戏团受到前所未有的冲击。老袁被各处叫去谈话，一切项目关停，大山无知无觉，显得无辜，趴在兽笼，等陈寿每日来投食。陈寿故意把肉切得薄，用小刀慢慢削下，隔几分钟扔一片，且隔着门。陈寿眼睁睁看着大山饥饿不满，看它在四面砖墙里游走，发出压抑的低吼，看它因无人陪伴，饱尝山中之王难解的孤独。他不敢饿死它，但决心让它苦一阵，不这样做，陈寿不知道自己还能如何抵御这突然的失去，和随后思考个人命运时，一重又一重，几欲将人压垮的绝望。大山吃得极少，他没觉得有什么，喂完了，步行回家，星空再次点亮城市的夜晚，陈寿一路和心里的响马说话。他不住后悔，那天为什么没有把话问完，如果他知道，那会是响马的遗言，他绝对要抱着响马肌肉发达的小腿问个没够。可他没有。谁也不知道，那天，在响马心里，究竟有何特别。除了是他的死忌，而这一点，定不包括在响马当时甜蜜的念头里。

入殓前，火葬场化妆师为响马做了一个石膏脸。没人愿意去看那张脸，除了陈寿和姚梦露，陈寿才知道，响马是真的别无牵挂，从山东无人奔丧而来，响马于陈寿，若无这最后一面的记忆，他的一切存在，也的确让人觉得不真。工作人员掀开白布，让石膏脸露出时，姚梦露双眼一闭，人往后躺。陈寿接住她，这是他第一次碰触她，却没有留下太深的记忆。他们一起和马戏团的同事在火葬场逗留一阵，看从烟囱爬出的黑雾，缥缈几下而已，很快为微风散去。姚梦露形销骨立，她那副小小的身板，手臂上裹着黑纱，面容憔悴不堪一击的样子，让马戏团里先前轻视她的言语，都随响马的骨灰，飘去了西方。和姚梦露前后往外走，看着她的背影，陈寿真渴望自己能被响马的灵魂上一回身。如果响马能看到，如果他能是响马。姚梦露如今，该多么狂喜着，转头扑向一个失而复得的怀抱。可命运改不了，他们只是一前一后走出，到大门，左右拐了两个方向，没句告别的话。走出几步，陈寿就听见，姚梦露乍然号啕的声音，像一个人要把她的五脏六腑，吐出去。

三

大山突然不吃饭了，它吃过人肉，不吃别的肉了。陈寿把鸡骨架从地上尽数捡回桶，说，那你就饿死吧。老袁叫陈寿去办公室，有话找他谈。进门后，陈寿端详老袁，相隔不过三五天，眼前已不是那个当时站在灯光之下，红光满面的一团之长。突然的变故发生在马戏团里每个人的生活之中，作为负责人，老袁首当其冲，抵御最多的压力。他脸色不好，说话就咳嗽，不住拿桌上泡的一杯菊花茶漱口，不住把水吐到已没人会去收拾的瓷砖地上。老袁看看陈寿，话直截了当，以后没驯兽表演了。陈寿没回话，等老袁下一句，果然，下句是，马戏团也完犊子了。陈寿问，大山怎么办？老袁说，往动物园送，跟园里联系好了，年后送过去。还有十来天，等这十来天过去，咱们就都解放了。叫你来，是想问问，团没了，你怎么打算的？陈寿说他不知道。老袁叹气，不行还跟我走吧。团里有一半，都决定跟我走了，多你一个不多。咱们去南方。陈寿点点头，他只坐过一次火车，十六岁时去外地看望已另成家的母亲，同时去要一笔学费。除此外，他没更多出远门的经历。老袁抓着自己所剩无几的头发，彩铃声在他裤兜里突然响起，像个小电棍，惊得老袁猛然去掏，看见谁打来的后，骂了一声。摁掉电话，他恍惚着说，那个姓姚的姑娘，追命似的追问我，每天至少五通，每通全都一个问题，问我准备什么时候把大山给弄死。你说她是不是疯了？陈寿说，我也快疯了。老袁笑出声，一笑，他脸上的褶子都排成图腾似的纹路，人苍老不少。老袁说，小陈，如果还想跟着走，答应我两件事。第一，姚梦露不能见大山。第二，别饿死大山。我知道大山有几天不吃食了，我顾全不到，这事只能你来想办法。我记着，它才三个月大就被接来跟你了，你一定有法儿让它吃东西。陈寿想了想，就是我得保护它。老袁说，就是你得保护它。

对于大山，生命中重要的东西无非两者，鸡骨架和皮鞭。回到笼前，陈寿坐下望它，想起大山和自己度过的七八年，是啊，刚来时它才三个月，比只成猫大不到哪儿去。起初大山连爬上台子都不会，陈寿眼前历历鲜明，他曾经也很不愿意那样做，不愿朝幼年老虎挥鞭子。可先前的驯兽师，直截了当告诉当时的陈寿，除了打，驯虎没第二种方法。皮鞭递到陈寿手里，他只得去抽打那只无论如何不肯坐上台的小虎，一下下加重自己手上的力道。大山终被抽得面目狰狞，四处躲避，想反击，没有能力，它的牙在更早时候被拔光，只剩下后排的几颗，尚能负担咀嚼功能，更多时候，是它囫囵吞下食物，往下生咽。大山有没有忘记这段事，陈寿相信没有。它一定记得小时候被养成的对皮鞭的应激反应，所以此后一旦发现陈寿手里攥着它，便机警地缩回角落，一脸愤怒，等待注定的挨打。

跟你说啊，等到了动物园，没什么表演任务了。在咱们这儿，就是动物园也没人看，你没什么价值了知道吧？也就没什么好东西吃。到时候，不可能一天三顿鸡骨架了。陈寿的生活，则逐渐回归到响马出现之前，还是只有他和大山，在空壳子的马戏团一角里，做只发出一人声音的交流。大山眼皮耷拉，仿佛听不懂，也仿佛能。它抬起脑袋，眼中闪过一瞬对鸡骨架的渴望，有如萤火，又消失于对人肉偏执的怀念里。陈寿跟它说，我也要走了。你会不会想我？他默默掏出脚边袋子里一只鸡骨架，攥住胸腔的部位，拿在手上说，本来我挺高兴，你最近不吃饭的。虎是国家一级保护动物，不敢弄死你。也许这话听了叫你伤心，但离别将至，该说点儿实在的。因为你弄死了响马。我这辈子第一个，可能也是唯一一个朋友，被你舔得面目全非，我很恨你。到今天，知道咱俩也要分别，不全为了老衮给我下的死命令，为我自己，也希望你吃饱吃好，再去个新地方。大山转过头。陈寿把鸡肉扔到它爪子前方。从它幼年到成年，大山一次次受鞭打的状态，尽数回到眼前。一直以来，我都想错了，陈寿说，你不会，也不可能是我的朋友。相比弄死响马，你内心最想弄死的人，其实是我。大山把头压回前爪上，只向前闻了闻，还是准备睡。它爪子舒展，甚至把鸡骨架推得更远了点儿。

之后陈寿绞尽脑汁，想怎么能叫大山在临行前，吃上顿饱饭。也会去想姚梦露，想她的声音有朝一日突然出现在门口。如果她一开始找的不是老衮，是自己，陈寿认为他大概没勇气，哪怕在心里偷偷地去骂她一回神经病。他能理解姚梦露的心情，因响马生前最后一段的精神状态对陈寿来说过于深刻，那只能是深陷爱中带来的人的反应。既相爱，姚梦露的反应一样顺理成章，人不会不思报复。她就像个复仇女神，多次出现在大山味如嚼蜡吞食鸡骨的动作里，成为一个多少让陈寿感觉心悸的幻影。陈寿自问，如果他是女人，是姚梦露，该如何面对响马突然的离世。不见大山时，陈寿可以斩钉截铁地说，弄死它，一命偿一命。可一旦和大山面对面了，他内心荡然无存，也变成女性，变成一位母亲。陈寿恨不能撬开大山的嘴，在里面支上漏斗，说，灌，给我往死了灌吃的。入夜的马戏团里，陈寿发现，自己一路来的成长，看似窝囊，实则都在趋利避害。响马于他，短短几月相识，已刻下终身烙印。他不可能忘记响马，忘不了那张石膏做成的脸。同时他更忘不了，三个月大的大山，是如何在皮鞭的震慑下，最后迈着家养宠物的步子，坐上那个日后它要在上头被打千百回的、一个小小的仅能容纳下它前后爪子、被箍死的范围里的。即便老袁没嘱咐，他也不会让大山蒙受危险，他已经失去响马了，失去确凿无疑。大山却是他在这座小城里仅剩的拥有。

他壮着胆子，抚摸饥饿中的大山的头顶，大山随时可能不认他，张开血盆大口，毕竟陈寿手上空空如也，也没有鞭子。陈寿将手停在半空，听见有敲门的声音，顺着走廊，从远处传来。敲门声不大，但坚定有力量。晚上九点过半，看了眼时间，他知道是她。打开那扇供内部人员出入的小门后，姚梦露和她身后平静无人的街景，出现在陈寿眼前，一辆空着的出租车飞驰而过，明黄色的街灯光芒洒落在宽敞的马路上，除了他俩，城市之内，所有人仿佛都入了梦乡。姚梦露穿着件皮夹克，内里是同样黑色的一件薄薄的化纤高领。胸衣上铁丝支撑的地方肉眼可见。她化了浓妆，盖不住哭过的痕迹。我得找你谈谈，姚梦露说，我可能快疯了。

还是因为响马？陈寿带她进门，到观众席上坐着。姚梦露拒绝坐第一排，响马死的时候，因坐得最近，她看得最清楚。她点点头，回应陈寿进门时间的，我就是因为响马。台上开了一点儿光，上面空荡荡的，铁丝还没收，吊在舞台上头。他们距离光很远，周围没一点儿声音。姚梦露点了根烟，继续说话。本来，没这事，我和响马也打算走的。他去过很多地方，来这儿只是落下脚，我一直怕的是，他走的时候不叫上我。跟他说过，我在这儿也待不下去了，感觉要枯死了。他答应我这种日子不会太久，真的，他每一次都和我保证，把他的黑西服脱下，盖我肩膀上。说那是他爸穿过的衣服，留给了他，上面有亲人的气味儿。响马和我把彼此当成了亲人，我信他不会骗我。但他还是骗了我，还是一个人走了。陈寿劝她，你该离开这个伤心地。姚梦露擦了把眼泪，说，是想走，没什么留恋的。可一想到那只老虎，你们叫的大山，还好好活着，而我不能替响马报仇，我就睡不着觉。陈寿说，大山死不了。虎吃人，从来都是人的责任。她看看他，指了指自己的心口说，你知道把一个人突然从心里剜出去的感受吗？然后她突然想到，响马说过的关于陈寿的事。陈寿孤单一人，已经很习惯。给人的感觉，像他这辈子不会和任何人发生亲密的联系。陈寿就像个修炼成人的老虎，和大山的区别其实没那么大。她冷眼看他，仇恨转移到陈寿身上，你也是个畜生。她一字一顿说，你根本不配和响马做回朋友。

我也要走，陈寿低下头，没什么好为自己辩解的。他只是陈述，我们都走。大山也会走，去动物园。日子都不会好过了。姚梦露没说话，过了会儿，她递根烟给陈寿。他接过，有点儿犹豫，但还是用嘴叼住，看姚梦露按开的火星，在眼前带着短促的、温暖的诱惑。他们头凑近，共用一点火，点燃两道烟。陈寿望着姚梦露，她哆嗦着，泪水从眼角急速往下掉，视线一动不动，面朝前方，响马的葬身之地。姚梦露看起来孤立又无助，肩膀在颤抖。陈寿转开脸，不知道说什么好，又过了会儿，他自言自语，希望你多留几天。不为别的，陪我去动物园看一回大山，再陪我去墓园，看一回响马。

四

大山半空着肚子，被关在一辆车后斗上的笼子里，在一个夜晚，送达郊外的动物园。小城远在最北，秋天短暂得像从未来过，很快入了冬。陈寿在收拾行李了，房子已经退租，今天是他住下的最后一天。老袁给他和同行人订了明早八点的车票，天一亮，便就要走进另一段人生。陈寿不无平静，给空掉的兽笼挂上锁头时，耳边似乎仍有大山熟悉的呼吸声，团里各个房间，也仍有人在走动，响马的魂儿还是趴在窗台上抽烟。烟雾下，他的黑西服一耸一耸，肩膀不时移动，人一点儿不老实，张望着各处，问候每一个走过他面前的人。走啦？响马雄浑的音色在喊。陈寿走到窗前，看外边天色悄然变红，按说十一月不该下雪，但那是别的地方。他们这里，四月也下雪，冬季总是漫长得过不完。陈寿无所事事，自由成为壮大了的空虚，包裹住他每寸皮肤，对冷热寒凉，一概感受不到。陈寿想着，第二天起早，他要带上行李，揣好车票，去墓园念叨念叨。先看父亲，再看师傅，最后看响马。等告别死的，他来继续活。

姚梦露站在动物园门前，夜里十点了，他一直在等她，是姚梦露在电话里约定说，等关园，等入夜，他们再相见。她还穿一身黑，赫然入目的，是肩披着响马的黑西服，在路灯下抽烟。她问陈寿，该怎么进去？陈寿拿出工作证，给看门大爷看，说，我来喂老虎。大爷说，我们喂过了。陈寿说，我是马戏团来的，刚送来的虎，先前一直是我喂。明天我就走了，来看望看望。待一会儿，不会多留。大爷又问跟着的姚梦露是怎么回事儿。姚梦露轻蔑地不说话。陈寿替她答，她和老虎，感情更深。大爷把铁门拽开，说，出了事，你们领导来找我们领导。姚梦露跟在陈寿身后走，寒风呼啸的园子里，一盏灯不点，寒风一吹，尽是腥臊的味道。陈寿一手拿着向看门大爷借的手电，一手拎着十斤带骨肉，姚梦露踢踏的鞋跟声儿，则笃笃地，随着他开道的一束光线走。

大山住的地方门已锁住，黑漆漆的虎山后，它和另外两只老虎一齐趴在里头。按开廊灯，陈寿直直站在笼外，看清每只老虎的脸，它们的褐色瞳孔里，看望来者时，同样的怨恨瞬间满溢了。他能一眼认出大山，三只老虎谁都没有动，陈寿内心狂叫着大山的名字，从大山恐怖的眼神里，透露出的却是陌生。姚梦露也变得恐怖，在响马死后，她第一回眼睁睁地又见到了虎，像个被点燃的炮仗，狂轰滥炸，炸出一迭声的脏话，同时狠拽陈寿的衣服，质问他，哪一只是大山？陈寿不说话。姚梦露用自己的高跟鞋，一下下踹着笼门，看老虎们终于有了反应，它们被激怒了。有一只发出凶叫，嗖的一下扑了过来，脸孔变得扭曲。发狂的老虎头上白色鬃毛，根根竖立。两眼盯着姚梦露的细腿，瞳仁占满眼眶，疯狂侵蚀，不剩一丝理智。它准备到她再抬脚时，就冲破笼子，将其咬碎。陈寿扭头看姚梦露，发现她竟然和老虎，露出一模一样的表情。

许是骂累了，许是哭累了，姚梦露蹲在地上，渐渐没了声音。陈寿解开塑料袋上的扣，拿出肉块，用带来的小刀削好，一下下离远着，往里扔。起初老虎以为陈寿在拿东西砸它们，都躲远开。一只先近前，陈寿热泪盈眶，因知道那是大山。大山离得越近，越能闻见陈寿身上的气味儿，相信扔在地上的就是食物。可大山吃的一直都是鸡骨架，牛肉价贵，在团里时，没给过它这样的待遇。大山嗅着陌生的牛油味，试图张口，咬碎牛骨里的油脂，仅几秒钟，它咽完快两斤的牛肉。另两只虎追着它嘴边的剩肉咬，怕大山被咬伤，陈寿紧着往里扔剩下的肉块，三虎分头而食。肉全吃光了，它们各自虎视眈眈，边舔舐面前地上的牛油，边打量对方是不是还有没吃完的肉，随时预备扑过去。大山舔完油，抬头望陈寿，不知道是不是因为饿了太久，突然吃到食物，让它原本奄拉的肚子开始一抽一抽，发出呼呼的声音。就像个成年男人，在境遇不堪时，头埋在手臂里哭泣，传出的那种浑浊又绝望的哽咽。

陈寿突然张口，大山！大山还是呼呼的动静。姚梦露爬起来，扔进一只鞋，砸大山的头。大山没提防被砸中了身体，接着又是一只鞋。姚梦露往空掉的塑料袋里乱抓，里面装着刚才陈寿割肉用的刀。陈寿抱住她，抵死不放，姚梦露挥舞小刀，眼怒睁着，对他喊，不是它就是你！一番搏斗后，陈寿将她制服，压在了身下。兽笼里吃饱了的老虎们则先后回到睡下的地方，它们波澜不惊。在混杂了响马和姚梦露两者的味道中，陈寿告诉给姚梦露这些话。现在夜深人静。杀了你，把你分了，和刚才那些肉块一个样。我丢进笼子，它们不用几分钟，就能给你吃干净。知道吗，你想象一下？姚梦露被按在水泥地上，她盯着他。我一点儿不害怕，她说，真的，陈寿。你这么一说，我心里挺舒服的。我希望是和他无论什么地方，都能一起去。陈寿也盯着她，姚梦露美妙的眼睛里，血丝一览无余，连她上飞的眼角周围，几道伴随人生中几次撕心裂肺才积攒下的皱纹，也都十分清楚。陈寿说，可我害怕。姚梦露把头埋进陈寿怀里，问他怕什么。陈寿说，怕自己完全变成大山，对人命越来越不在乎，只把你们当成一堆肉。

走了好，走了对。他们坐起来，靠在走廊外斑驳的白墙上。陈寿重复着，走了好，走了对。姚梦露笑出声，明天一早，我要去广西。陈寿问她几点的车。姚梦露说八点。陈寿说，好，我们一起去车站。她说现在她就要回去了，累了，什么都想放下了。陈寿固执地抓着她的手，他知道，今日一别，和死亡一样，是再不能相见。往后，他的马戏，她的话剧，都将成为这座城市留给上一时代，复古的记忆。人们只会记得，话剧团从不开门，马戏团虎咬死人。陪我去个地方，陈寿说。出租车上的姚梦露，缅着黑西服的怀儿，半开窗，望向外头空荡荡的城市，纷纷雪片下起来了。车载着他俩，向一个反而热闹着的地方去。那里死生仍继续，唯独肉眼看不穿，那里，好多已被雪埋下了的爱恨，仍和春苗一样，蛰伏生长的迹象。

陈寿清楚，姚梦露和响马会有单独的话要说。他自己先去看了父亲，父亲的黑白小像，在红暗色的天空下映出，没一丝阴阳相隔的气氛。他记得父亲一直话少，现在父亲不说一个字了，也不让他感觉多失落。睡在父亲身畔不多远的，就是师傅。师傅的像，是笑着的，怪模怪样，连死也是个表演中的状态。坟前，陈寿将路上超市买来的两瓶白酒，给俩老头各洒了一瓶。酒味弥漫开来，经大雪快速覆盖，融合为清新好闻的一缕香。陈寿在心里念叨，儿走了，也许还在马戏团，不练动物了。现在好些地方，都不让练动物了。往后，我练自己。爹，师傅，练自己我挺习惯的了，小时候好些次，疼得骨头快碎了，你俩在我边上喝着酒，醉眼迷离，跟拿我当下酒菜似的，不时递两句骂。爹你说的是，大丈夫不能无本领在身。师傅你说的是，陈寿啊陈寿，人这辈子，总得死上一两回。

姚梦露人蹲在坟茔前，半昏半暗中，雪花降落在她头顶、衣服上，似一片片纸钱，花白又缥缈。陈寿站得远些，手里攥着和酒一块儿买的，给响马的一盒中华烟。他轻轻叫她，哎。姚梦露不动。他又喊她的名字，黑西服的背影还是像没听见一样。陈寿唤，露露。她肩膀一松，转回头，像四五晚没睡过觉了，头靠在响马的碑上，眼皮半闭。陈寿过去给响马的小像擦一回灰，方头宽脸的响马含笑看着他俩，眉毛仍是粗黑，眼神也熠熠，比活人更像活人。一夜未眠，陈寿眼前有点儿花，响马小像上的脸，渐渐被大山因饥饿而疯狂的虎脸占据，正发出无可奈何的低沉一声吼。他和姚梦露，双双跪在响马坟前，像一对孝子，哭得喘不上气。香烟散尽，纸灰随雪飘远，陈寿看着时间，两辆列车可能都已停在了站台。姚梦露一人起身，拽下肩上的黑西服，披在了陈寿身上，如一个轻飘的拥抱。她只穿袜子，双脚落在雪地里，悄没声地越走越远。

陈寿也走。没什么机会再回来，无论是给响马扫墓，还是给大山喂肉吃。但他总会梦见响马，每次响马都说，不用他惦记。久了，陈寿真不再惦记，连生养他多年的城市，四季飘过的沙，一冬漫长的严寒，也一并不落心上。常年穿响马西服的陈寿，变成了另一个响马。因和响马总在梦中相见，倒也不觉得能忘了。反而是老虎大山。听老衰说它病了，也有说死了的，更多说法是，动物园也不收它了，让陈寿渐渐认定，大山是他记忆里一段幻象。对一只本该啸聚山林的动物来说，大山活过一世特殊的命运，即作为老虎而生，作为猪肉而死。有时陈寿在南方想起，会想到应该给它立个坟。不用了，每次转刻又觉得，响马的坟就是大山的坟。坟里的灵魂是响马，游荡于四方，坟里的骨肉是大山，虎皮都已烂透。

出　徒

一

小学二年级的秋天，我家院子里的山楂树挂了果。同年冬天，母亲对父亲说，她决心要去卖山楂了。父亲没有反对，第二天他很早就出门，带回很多的砂糖，还有一口锅。锅口很浅，比我家烧饭用的铁锅单薄不少，像个能挥在手里击球用的拍，我试着掂了下，没掂动。母亲让我离远一些，她手上拿着一张纸，上面是央人给她写的，如何制作糖葫芦的步骤。她反复看，反复在厨房里试验，一丝不苟，还往脸上挂上了白口罩，像个课本上的女研究员，只是没穿制服，穿家常衣服，还跛了一条腿。整个下午我在院子里玩，向墙壁上画出的靶心掷沙包，身心沉醉于屋内飘出的焦糖的味道。总试图推开屋门，听母亲叫我没有。想自告奋勇说，我愿意替她尝一尝。晚上父亲从海边回来，我一人在星辰下站着，踩住沙包，看见门口两扇铁门，正轻微地摇晃。父亲推门的手有些抖，大概是冻的。他总要光脚在海水里泡上很久，才能往筐里拾满鱼饵。父亲的工作是捕捉一种纤细的红虫子，一斤四块钱。他一天能挣二十块钱回家，如果没挣到二十块钱，他推门的手就不仅抖，还缓慢。父亲走过来，嘘了我一声。他身量不高，和我们班上发育最好的齐大个儿差不多，人却很壮实，脱下衣服，肌肉一条一条的，身上比脸白不少。我母亲脸很白，人也虚弱，不常出门走动，也是腿脚不便。想来做山楂这件事，她也计划五年了，五年前她在我家院里栽下十棵山楂树。五年后，她安慰害怕等冬天到了会失去营生的父亲说，我们还有这些山楂。

母亲在和我年纪差不多的时候，贪玩，从山坡上滚下来，又不巧右腿撞在一块掩藏在荒草后的石头上。到家后，她偷偷把裤子褪下，看见从膝盖往下，右腿上整片的血污，伤口看不清楚，只简单用水冲洗，一瘸一拐蹦着去盛饭，去刷碗，去扫炕，去入睡。夜里疼痛难忍，蚊子样哼哼，姥爷喊她闭嘴，我姥姥睡得轻，问了两声，丫，怎么不痛快？她说腿上。姥姥在夜色中撩开窗帘的一条缝，借外头的月色，看清母亲的伤势，用手指蘸了些自己的唾沫，给她抹。一个月后，病情加重，母亲彻底不能走，终日在炕上抱膝叫疼。姥爷只得雇了车，送她去医院。大夫一会儿说没大碍，一会儿说没法弄，他看着很年轻，眼睛里尽是迷茫和无助，似乎自己也得上某种不能确诊的病，恍惚着指点姥爷说，等过几年看吧，过几年条件好了，再想办法。过几年，母亲长成了大姑娘，日子没有好，又因病腿拖累成贫穷的老姑娘。我姥姥叫媒人来了家里几次，媒人再到我父亲家去，说王家可有个好姑娘，就等着你们老大呢。我爷爷没吭声，两个先于我爸成家的叔叔也不吭声，毕竟先给他们娶了媳妇，对大哥是有份亏欠。眼下大哥再要成家，家里多一分都拿不出来，他们不敢想象一旦应承了，日子还能跌到什么份儿上。这时父亲从地里回来，听见媒人这句话，撂下农具说，她怎么等我的？媒人说，她等你，大门不出，二门不迈。父亲寻思片刻，觉得听着很踏实。爷爷见他动心，把话说在头里，我们家可没子儿了。按说他二婶你来，该请你吃顿晌午饭。可你看看，圈里、鸡窝里、碗架柜里，找不出一个好菜来。媒人平淡地说，她在老王家吃过了。爷爷和两个叔叔对了下眼神，心说女方条件兴许可以，起码是个懂礼人家。爷爷说，好哇，好。刚才你说那姑娘，不爱出门转悠，这点就本分。我再扫听一句，她多久出回门儿？媒人说，半年前出来一次，去市里看病。说过半年还得去一次，去省里手术。父亲把跌在脚边的农具重又拾起来说，你该直截了当讲，她有残疾。半身不遂还是小儿麻痹？我爷爷说，立国，没教养。他二婶，姑娘半身不遂还是小儿麻痹啊？媒人撺了下鼻子，说，右腿不好使。拐着走，也能走二里地。是亏了你家了。说完，媒人让我父亲用板车送她回去，她懒得再走那二里路，两家都跑下来，却没有跑成，她很挫败。刚在车上坐稳，父亲推她到村口，不推了。他久久没说话，媒人也不催，知道个人的主意还是得个人来拿。大太阳底下，她用袖口挡着半面脸，悠悠地抛出一句话，去王家呀？父亲又再推动车轮前进，喘气平匀，汗也没擦一把，好像他天生就知道王家在哪儿，推着媒人去见未来老婆，是他人生必经的一条路。到了王家，我母亲正趴在窗口剪窗花、贴窗花。剪好了往玻璃上一拍，透过图样上的缝隙，第一次看到了父亲的眼睛。

父母话都很少，印象中他俩从未红过脸，好些年后我也成了家，才知道那样就是感情深厚了。母亲干不了重活，始终懊丧，便把多余的精力尽数用在辅导我成才的事业上。我小学就在村里上，一个班十来个孩子，我八岁才上学，是最晚的一个，这还是反复求来的。母亲其实恨不得我多学知识，她只是还迷信那个当年给她看病的大夫的话，总以为凡事拖得久一些，就缓和多一些，毕竟一旦添上我这笔学费，家里又吃紧不少。看着我每天早起去念书，到下午给她带回新讲的课文、新学的算术这些信息，她总是既喜悦又心神不宁。提早守在家门口，看我放学回来，立时张开怀抱。我不敢往她身上扑，怕撞倒她，就在她怀里轻轻蹭一下。母亲没念完初中，加上记忆力逐年减退，与其说是辅导我，不如说是监督我。和班上别人的母亲不同，她以一种近乎残酷的标准要求我，每天除了完成老师布置的作业外，还要求我练一篇钢楷，写一页日记。她托人去镇上买了本字帖带给我，起初，在透明的薄纸下模仿那些美丽的字的纹路，于我像游戏一般新鲜。可等字帖摹完了，再也没有了，她要求我在旧报纸上练笔，报纸粗糙，钢笔不容易下水，字练得费劲，我开始烦躁，在日记里写下为数不少的抗议。母亲会在每晚睡前，检查我的钢楷和日记，看完钢楷，已经让她不满意，再看完日记，好半天人默默坐在炕沿上。我也在炕上默默打量她梳得像男人一样的短头发。她让我跟她去院里，父亲抱着我，试图帮我逃过一劫。母亲唉声叹气，因为病痛，她的唉声叹气几乎像呼吸一样自然，叹息声慢慢转移到了院子里，她不叫我，可她在等我。父亲只好对我说，去吧。这回轮到他趴在窗口，不安地往外看。看到我和母亲，两个薄薄的人儿，都那么瘦弱和矮小。

母亲让我在院里东走几步，西走几步，南走几步，北走几步。等走回到她面前，听她说，这院子就这么大，不多学点儿本事，即便你手脚全乎，也会和妈妈一样，做个废人。你想做思想上的瘸子吗？我始终记得她这句话，当时有讶异的感受，多年后才明白讶异来自哪儿。如果没有残疾，她本来成绩很好，好到可以帮她超越贫穷的宿命。白天不说话的时候，母亲脑子里会转各种各样的文字，有些是她上学时暗自记下的名人名言，有些则是从我的课本上得来的，在我临钢楷的时候，母亲捧着我的语文书，一遍遍念诵："我们往往是急功近利，恨不得一口吃个胖子，总想着最快最容易的获利方法，工作埋怨万分，却忘记了路是一步步熬出来的。"

母亲不仅叫父亲去卖糖葫芦，叫我也要去。父亲求情说，孩子太小。母亲说，打小练。母亲把做好的糖葫芦放进两个筐里，大筐给父亲，小筐给我，叮嘱我说，五毛一串，是小山楂串的。一块一串，是大山楂串的。给你的，一块的山楂放得少，先从小山楂开始卖。早上七点刚过，小学已经放寒假了，寒假里我还是头一次起这么早。母亲给我套上条厚实的棉裤，裹上棉衣，往我头上罩住个仅能露出一双眼睛的毛线帽子，我的嘴也捂在里面，说起话来发潮。父亲和我一起出门，我俩一人肩上扛一个糖葫芦架子，是个高高的棍儿，最上头用铁丝固定住一只编织袋。母亲嘱咐我，一定要到了地方，站住脚，再把糖葫芦从筐里拿出来，一串串在铁丝里插好。不要先拿出来，糖怕落灰。八点多，农村天已大亮，父亲走上另一个方向，身形越来越远。我前方是村里唯一一条开阔路，走到头，就是镇上，是逢年过节我最期盼去的地方，现在母亲告诉我，寒假里剩下的每一天，我都要去那儿。我会成为那些小贩中的一员，自己挣钱，数钱，经营一份买卖。我挎着筐，扛上架子，像个孤胆英雄走上未知的征程，有认识的大人站在道边儿看我，看我这身装束。我听到他们的小孩在叫，爸，你看他要去打人！他爸告诉他说，不打人，他卖东西。我把眼神扫过去，想这可能是我第一个买主，大人被我一看，将孩子往屋里哄，说不买不买。我知道不能心急，他们还没看过我筐里有什么，不知道那是母亲淘洗了多少遍的山楂，反复试验了多少遍火候挂上去的糖浆。那是世上最好的糖葫芦。我自信地想，等到了镇上，一亮货，会有识货的。半小时后，我走到镇上，集市的热闹在我眼中，一时变异成了别的气氛，像张牙舞爪的狮子，也像有些大人消闲时，那种烟雾缭绕的牌局。我在人群里挤来挤去，筐被撞了好几下，还不知道自己该站在哪儿。似乎哪儿也没有我的位置，棉线帽子下，我的脸颊发烫，好不容易找到一块空地站住，是街尾的位置，旁边有个水果摊，清一色摆着苹果。水果摊后的男人，将两只脚架在一张椅子上，侧躺着看我。他一声也不吆喝，漠然观察来来往往的人，遇到有抬手拿他苹果的，就拽个塑料袋扔过去，秤杆也不拿。我以为或许可以不用吆喝，也会有人像摩挲他的苹果一样，试图摩挲我盖在筐上的毛巾布，试探问，小孩儿，底下有什么呀？到时我再说，底下有好货。可整个上午过去了，没人来摩挲毛巾布，也没人看我一眼。除了那个卖苹果的，他似乎当我是一景，不时发出古怪的笑声，我的存在，消磨了他的寂寞。

这时，有人来买他的苹果。那人将手里的糖葫芦架换了个肩膀扛，大筐在腋下夹着，还是没让男人用上秤，也没用上袋子装，他就拿了一个走，将买来的苹果塞进我的帽子底下，说，口干了吧。那人是父亲。父亲不知是来寻我的，还是像他相看我母亲那天一样，临时决定掉转方向，去跟踪他的儿子。我抓着苹果，盯着他说，我一串也没卖出去。父亲说，你根本也没卖啊。我没听见你吆喝，你吆喝了吗？我说，张口费劲儿。父亲胡噜下我的脑袋，让我跟着他，往家回。回去的路上，他给我讲今天他是怎么张口的。他说，你妈这个帽子，缝得好。就露一双眼，像不像个蒙面侠客？你就想你是个侠客，四海为家，到哪儿不留名，谁也别想认得你。知道只有谁会认得你吗？我想说，只有你和妈妈会认得我。父亲却从口袋里掏出一沓钱，我第一次看到那么多钱，得有五十块吧，才一上午，就得这么多。父亲说，钱会认得你，你在乎它，它才跟你走。你要是叫也不叫它，它凭什么去找你？我说，我明天不想出来了，我讨厌去挣钱。父亲没反驳我，他把帽子卷起，露出嘴唇，叼上一根烟，说咋的都行。午后风刮得大了些，路上人渐渐少了，父亲说我们只是回家吃个饭，下午还要去的。我在帽子里吃完整个苹果，怕灌风，紧着啃完最后一点儿果核上的肉，心说下午我就不去了。我是个小孩儿，我不能回家这么晚。到家门口，母亲还是等在那里，像每天看到我放学一样，露出安稳的笑，相比平常，笑容里有更多的欣慰在。我往她怀里钻，筐扔掉，打了个小声的嗝。母亲掂量我的筐，知道了我上午卖货的结果。我撒娇说，下午不去了。她和父亲一样，点头说行。她只是多问了一句为什么。我说，张嘴吆喝，太丢人。母亲点点头，掀开筐上的毛巾布，翻开塑料纸，拿了最上面一串糖葫芦，递给我。

她说，你看，我做的糖葫芦上，糖是什么颜色的？我拿在手上转了两圈，阳光反射，糖面像镜子一样闪出迷人的光线。我说，银色的。她说，外面卖的糖葫芦上，糖都是黄色的。知道咱家的糖浆，为什么透亮吗？我摇摇头，眼前闪过一些画面。她说，我眼珠不错盯着熬的。她又问，知道咱家山楂，为什么通红吗？我在水里筛了又筛，五次打底。我说，妈你别说了。吃过饭，我和父亲又一起出门，走两个方向。下午落了一场雪，在刮着雪的集市上，我茫然站了好一会儿。想自己是个侠客，想糖浆在阳光下的颜色，终于在卖苹果的男人眯起眼睛，想躲风雪时，喊出人生第一句吆喝：糖葫芦，世上最好的糖葫芦——五毛钱。

二

　　往后山楂树每年都挂果，我也每年寒假都出去卖糖葫芦。有次爷爷领着堂弟，在集市上看见我，我扛着插满糖葫芦的立棍儿，生意人一样站着，已比他高出一头。因为和两个叔叔关系不好，我们也很少去看爷爷，怕去了互相再碰着。三年前父亲带我去爷爷家，就和三叔打了一架，三叔骑坐在父亲身上，父亲两手挣扎的动作就像在土里游泳，刨出一阵扬尘。我、爷爷和二叔，三人只是盯看，似乎这样就是劝架。父亲突然号叫一声，背部老牛似的往上一弓，将三叔顶起。我朝他手边扔了把铁锹过去，父亲会意，一手抓住锹把，往背上负重的地方砍去。三叔被开了瓢。爷爷和二叔送三叔去诊所的路上，他频频回望我们父子，意思是你等着。爷爷半路折返回来，看到我和父亲正在炕上支起小桌，掏家里的剩菜吃。父亲盅里有酒，他举着盅，看爷爷，爷爷也看他。我以为他俩会憋出什么话，父亲刚干完见血的事儿，我相信一时半会儿没人能在气焰上压服他。爷爷却朝我来了。在我十来岁的脑瓜上甩了个巴掌说，锹你也是好递的！

　　糖葫芦好卖吗？再见到他时，爷爷裹着条脏兮兮的灰围巾，围巾是粗针的，上面沾着口水和鼻涕，他把围巾又当围嘴又当口罩，还当手绢使。他眨巴着和围巾一样混浊的眼珠，向我打听今天的进项。跟在他身边的堂弟是三叔家的，叫小华，呆头呆脑，比我低两个年级，很少叫我哥。他爸叫我，老大家的，他也跟着学。有时在学校我俩迎面碰上，非得打个招呼时，他就在嘴里先发出个模糊的音节，类似唔，拿小眼神在我边儿上溜一圈说，老大家的。我回答爷爷说，还行吧。我开学就要念初中了，常年做买卖，早会看人下菜碟，但我看人的标准，是跟着我父母。父母喜欢的人我也尊敬，父母不喜欢的人哪怕是我亲爷爷，我也亲近不起来。何况我那两个叔叔，一个比一个不是玩意儿，父亲受欺负还好，他心大，事不过夜。可同样的话但凡传进母亲耳朵里，就会让她整晚长吁短叹，检讨自己的德行。我知道爷爷是缺钱了。父亲和二叔每月都给他拿一些，三叔一分不拿，还总想从爷爷那儿捞点儿，当初父亲和他就因这个干的架。爷爷哆哆嗦嗦，将手从棉袄里伸出来，往我筐上去抓，又向我腰间摩挲，我知道他想摸什么。我按住他那双树皮一样的手，笑嘻嘻地说，我今天还没开张。爷你吃糖葫芦不？他摇摇头，指自己嘴巴说，太酸，倒牙。我说，那也来一串。不来白不来，要别的我也没有。我从棍儿上取下一串，递到小华手里，大度地说，吃吧。爷爷脸色铁青，对小华说，吃，你大哥的心意，你别不识抬举。小华的黑眼仁儿在眼白里晃荡一圈，盯着我，说，不要五毛的，要一块的，果儿大的。爷爷看看我，吸溜着鼻涕。我说，不行，看你是弟弟，白给你一串不错了。我不能太亏了。爷爷转向小华，说，听着没，他家有钱了，越有钱越抠。回头跟你爸要钱，来买一块的，爷爷没钱，穷。我把小华手里的糖葫芦抢回来说，还不给了。你们走吧，别挡我做生意。爷爷又说，小华，听着没？当年他爸用铁锹砍你爸，现在他用攮狗的话攮你，还攮我，你可别忘

140

了。小华立马跳起来，两手攀住棍儿上所有的糖葫芦，往下胡噜，我听见每一根竹筷轻声折断的声音。集市上过往的人，都在回头看。我身边那些长年下来已经混熟了的卖货的大爷和婶儿，也齐来劝。爷爷在叹息，他看着一地的山楂、糖片儿，试图捡，瞧瞧我的脸色，又作罢了。小华倒是雄赳赳气昂昂。我将刚才还有些分量、此刻已轻飘飘的木棍儿捏在手里，朝小华就是一劈，我试图模仿当初父亲的样子，却忘记小华是个小孩，和三叔身高上有差异，棍儿只是乱挥，并没扫上。而他被爷爷卖力地一推，在围着的人群前摔了个屁股蹲儿，后背又被人墙顶住，没再往后翻。他傻兮兮地盯着怒发冲冠、手持木棍、孙悟空转世般的我，眼白变得更多了。

据说小华回家后神志不清了两天，电视里一放《西游记》，他就躲进被窝，叫大圣饶命。父亲去看了两次，带上母亲要他带的一筐糖葫芦，都是一块的。还带上三百块钱。钱三叔收了，糖葫芦没要。三叔甚至没让父亲进门，只在门口伸出手，从门缝里接过钱。这是晚上我在炕上装睡，偷偷听父亲告诉母亲的。

仇恨没有消失，相反，它像是渗进海绵里的水，看着像干了，挤挤却还有，就算不挤，它也始终在海绵里沤着，随日子长久，发酵出可怕的味道。我在家歇了一礼拜，其实是母亲嘱咐我，在家躲一礼拜，躲躲你三叔的火气。他还不至于来家弄你，他怕你爸。可仅凭父亲出门卖糖葫芦，收入要少一大半。我岁数小，更能招揽客人，几年下来积攒下好些回头客，也知道什么钟点儿该去哪儿出摊，尤其是那些在冷库工作的工人，他们一下班，总要来我们的摊位上买串糖葫芦走，我会在他们下班前的半小时，准时在一个好位置安营扎寨，岿然不动。我们那个集市虽小，但也是方圆百里最大的集市了，人事复杂，各有各的地盘。父亲如果也去，就不知道该往哪儿站，别人准会给他哄去一个没生意的地方，凭他站多久，都不会有人打那儿过。算上我家，集市上共有六七家卖糖葫芦的，只要我一露面，都知道，小孩家的，山楂干净，糖脆亮，不粘牙。父亲一去，品牌又要重新打，他不行。

一周后我又去集市出摊，生意经在脑袋里转得拨浪鼓一样响，也像无数的算盘珠，上拨下拨，催促我在往集市的路上走快一点儿，再快一点儿。不知道从什么时候起，寒假出门去卖糖葫芦，成了我一年中最期盼的时光，尤其当夜晚回家，钱包是鼓的，筐是空的，而母亲脸上是笑的时候。那些晚上，父母让我坐在炕桌的首位，窗外吹着风雪，炕上暖融融的，我像个突然长大的小老爷们儿，拿筷子点进父亲的酒盅，往嘴里沾些辛辣的酒味，吧唧吧唧，有了顶门立户的意思。那天我刚到集市，把脚站稳，从筐里一串串往外拿糖葫芦，按大小排，个儿大的插在立棍儿最上头，看着刚才还很单薄的棍儿上如今花团锦簇，全是晶亮亮的糖葫芦，在快中午的阳光底下，宝石样闪着光。放开还没变声的童嗓子吆喝，糖葫芦——姨，你来一串——姨回过头，我把接下来叫卖的话咽了下去，试图用眼神忽略她。这姨我认识，我们是同村，她家离我家很近，比我妈大个五六岁，离了婚，孩子在外地念书，现在单人儿过。她叫什么我不知道，名字也许带个"青"字，因为村里都叫她"彪青"。彪就是傻的意思，自打离婚后，她精神似乎受了点儿刺激，总是睁着鱼一样外凸的眼珠，盯住每一个从她身边过往的男人，啐口痰，或者干脆在嘴里嚼些听不懂的骂人话。彪青还没骂过我，我妈每次做了点儿什么好吃的，都会给邻居分去一些，我不知道她是不是也给彪青分过饺子、烙饼一类的东西，又或许我在她眼里还不能算个男人，不值得她动怒。她转回到我的糖葫芦摊前，厚实的黑棉鞋像两只臃肿的小枕头，每一步都踏得使力气。彪青围着我踏了一会儿步，说，听说你跟人干架了？我说，干了一架。她说，跟自己家人干一架？你爸过去也拿锹砍你叔，你家人挺生性啊。看你妈那人，不像能养出这样儿子的。我继续摆弄我那些糖葫芦，打量过往的人，转移注意力，又吆喝了两声。彪青对我笑了笑，问，你爸平时打你妈不？我看看她，发现她的一只眼睛有点儿残疾，眼里血红血红的，眼角有条长疤，过去只知道她凸眼，不知道她的眼睛还有其他症状。我说，姨，你买不买糖葫芦？彪青又看了看我棍儿上的糖葫芦，似乎在考虑，终于决定拿一串，咬下一颗，嘎吱嘎吱地嚼，边嚼边捂腮帮子。我问她，好吃不？彪青点点头，转身要走。我拽住她的棉袄往回拖，管她要钱。彪青也没挣扎，把手里被她咬了一颗的糖葫芦重新插回到棍儿上，说，回家告诉你妈，糖葫芦我吃着了。别老来我家一趟趟送东西，跟扶贫似的。这玩意儿倒牙，尝尝行了。我说，你把这串糖葫芦买了。你买不买？她看了看我的架势，兴许联想到了我家门风生性的传闻，从裤兜里掏出张皱巴巴的一块钱，说，给你，找钱。

　　傍晚到家。我今天回得早，糖葫芦都卖光了，回家时脚步也走得快，拎着轻飘飘的筐和棍儿，神情很雀跃。母亲仍在门口等我，她下午时在院里来回地走，盘算把买回的花籽儿种在什么地方，这样等开春了，我家院门口就会长出一排花。我家是村里地主留下的老房子，土房，不像前后邻居，都早起了砖房来住，母亲跟父亲说，不着急换。老房更结实。但我家仍然看着寒酸，种

143

上些花草，是她想出来的弥补之法，在我们这片以种植玉米、大豆为主要作物的土地上，开出些花来，会显得比别家更为不同。她向我展示她手里的花籽儿，这个是牵牛花，那个是金光菊。我现在已不会在到家时去拥抱她了。我只是和她靠得很近，用一种集市上出摊回来的男人的口吻，懒洋洋地向她展示空掉的竹筐。再把腰间一沓零钱交上，眼皮不抬一下。母亲在院里的板凳上坐着数钱，问我，今天没见着你三叔吧？我说，没留神。今天生意好，没见他来。接着我又说，妈，你别再给彪青家送东西了啊。她今天让我跟你说，她不爱收你的东西。也是，管她干什么？母亲说，得管。她是我的姐妹。我一口刚喝进去的白开水，吐半口在地上，说，她还真是我姨啊？什么姨？母亲说，她和我是姐妹。下次你再看见她，糖葫芦送她一串吃。我没说话，回屋去看书了。

　　我逐渐地改变着，从母亲的小圆镜里照出自己的脸，嘴唇上方不时就会冒出一根细弱的胡须，用手拔，相当疼，用学校发的美工刀偷偷给剃掉。后来它们长成了坚硬的黑点，不那么好剃，我也只能更频繁地去对付它们，来掩饰早熟的痕迹。我去的那所初中，和集市在一条大街上，不像集市那样暴露在外，它在一个巷子的深处，要和武陵人一样曲径通幽走上百十米，才能发现后头偌大的操场。穿着清一色校服的男孩女孩们，在里面时而安静，时而活泼。初一对我来说，是黑暗的一年，我的成绩滑坡，从过去在小学班里不费劲摘取第一名，到现在每天吭哧瘪肚学到半夜，仍拿不准一个正负号的使用，成绩在中段徘徊，还有继续下滑的趋势。班主任找过我母亲一次，母亲第二天到学校时，提了一筐洗净的山楂和一筐做好的糖葫芦，她不知道老师会更喜欢哪一种，因此两手准备。班主任掀起布帘，看了看筐里的东西，没忍心说出叫她悲哀的话，只说我性格内向，不爱跟老师同学沟通，独来独往。母亲不理解，说他在街上卖货，卖得可好了，怎么会不爱和人打交道呢？班主任因而知道了我的从商经历，把我成绩滑落的原因归结为这个，并成功说服母亲相信她儿子不是全才。他只能把人生的方向搁在一条路上，想两条腿走两条路，容易劈叉。母亲从学校回来时，相当疲惫，瓜条儿样的瘦脸上，五官都像挂着秤砣，向地底沉沉地下坠。我俩盘坐在炕上，炕桌上放着我近来几次考试的成绩，红红一片，她看不懂步骤，但能看懂对号和叉号，我知道今晚她又要长吁短叹了。她把父亲叫来，像开会似的，要全家人都明白接下来的日子要怎么过。春秋靠种地，靠父亲捕鱼饵过活。冬天她少做点儿糖葫芦，让父亲一人出去卖，我就不要再去了。她不敢决定说不做糖葫芦的营生了，我的学费一年比一年涨得多，她和父亲只有一年比一年更拼命地干，才能维持住生活脆弱的平衡。父亲听她的，对我说，你别管了，专心读书。我固执地一言不发，仇恨我的老师，也看不起短视的他俩，心说我就爱往那条道上走。班主任说我不爱和别人说话？她说对了，我是不爱说。我靠在墙壁上，不出声地想，跟他们说话，也不给钱啊。何况，我和学校里同龄的男孩，那些家里住砖房，有一台金杯、两台摩托的男孩，话真说不到一块儿去。

可我还是没有在那个冬天里出门。山楂树死了两棵，感觉是母亲放任它们死的，好些山楂掉在地上，也收拾不起来。母亲熬糖的时间延长了，她那条病腿拖着不治，已完全改变了她的身形，去医院照过CT，脊柱是令人惊奇的"S"形，每次想坐下时，她都得把病腿伸长，好腿缓慢地下弯，一手扶着腰。我在寒假里每天帮她洗山楂，穿糖葫芦，把穿好的糖葫芦快速裹上一层糖，往沾了油的铁板上一摔，重复去做她过去几年每个冬天都在重复的事情。我想，不去卖糖葫芦也行。不去就不去吧，不为别的，我也有我的顾虑。我喜欢上了学校里一个说话像燕子叫声的女孩，每次她一开口，我就恨不能掐灭周围所有的声音，只听她一个人的。有次她和我说，我身上有果味儿。我兴奋得几个晚上缩在被子里，感觉每想起她这句话，嘴唇上的胡子就冒出来一小截儿。她会喜欢我家的糖葫芦的。我想得出神，可她会喜欢我把糖葫芦卖给她吗？喜欢听我的吆喝吗？喜欢我戴着只露出一双眼睛的毛线帽子，在雪天里哆哆嗦嗦，找给别人几毛钱的样子吗？我说不准。母亲在边儿上也不知道想起什么，重复叨咕一句话，我听了几遍听清了。她说的是，劳动者得吃食。

三

　　学校里用钱的地方此消彼长，层出不穷。来年冬天，我念初二，寒假第一个白天，我就从父亲手里接过了竹筐，母亲装作看不见，她没法再去阻拦我，家境已不容人继续保持体面，而她的看不见，也是给父亲的一声交代，仿佛说随他去吧。上午天色发阴，等我走到集市，天又变得发红，大家都知道有大雪要落了。这不是个做生意的好天气。凡是出门的人，无不脚步匆匆，只能顾上冷暖，谁还顾得上嘴里的甜酸，糖葫芦不是刚需。可对我们家而言，每一天都是刚需，我们的需求即便降到最低，还是不够。我想站到离学校巷口远些的地方，不四处打游击了，最后咬定，就在冷库门口卖，专心阻击上下班的工人们。和我一样，剩余几家卖糖葫芦的都这么想，我们互相隔上几米，不时冷眼观望，看谁家有主顾上门了，就恬不知耻地凑过去，抢生意。这种天气还愿意抢生意来做的人，都有狼一样饥饿的心情。

雪终于下了，不知道是不是冻太久了，雪下来的时候，竟还觉得暖和一点儿，漫天雪片，如柔滑的羽毛，洒出一丝梦幻的气氛来。我生意还不错，冷库的工人们大多还记得我，到中午他们出来吃饭时，从几家卖糖葫芦的人里一眼找上我，也因为我醒目，个儿虽然上去了，身量还是个孩子。睫毛上挂了点儿雪花，在帽子里朝他们一眨一眨，显得比别家卖糖葫芦的大人们更需要买一串糖葫芦来资助。他们边买边和我寒暄，问，怎么去年没出来？我说，去年我爸来的。我家轮班制。他们觉得我说话有意思，甭管别的卖糖葫芦的怎么往前凑热闹，喊出一个又一个更低的价格，他们还是选择我，甚至摇晃着手里的糖葫芦给对方解释，看看人家这糖，再看看你的。你家那山楂看着就发乌，洗没洗啊？我边找钱边接话，我妈每颗山楂洗五遍。他们于是又说，听听。我忙不迭地做一笔又一笔生意，没留意眼前来的人。彪青将围巾罩在脑袋上，人来了，一句话没说，递给我五块钱。我给她拿了五串一块的糖葫芦，拿完觉得不对，忙说对不起，卖糊涂了，姨你要几串？彪青说她一串也不要。她说，雪今天下不完。剩下的别卖了，回家吧。你妈在家惦记你。我恍惚着把她认出，看见她胸口的棉袄上挂了个亮闪闪的东西，眼神也比去年见着随和了不少。她说着就要上手，帮我把棍儿上没卖完的糖葫芦往筐里装。我没让她碰糖葫芦，但记着我妈说过的话，把钱给她推回去，同时拿了两串糖葫芦送她，姨，你吃着。她一手接了一串，跟小孩一样举着，眼里有不知所措的内容。彪青看着我，说，不行我再给你二十，把你剩的包圆，你拿钱赶紧回家，算听姨的话。说完把手里两串糖葫芦也塞进我的筐里，又从口袋里拿出张二十元的来，都扔进了筐。我被这二十块钱迷惑了，任由她去拔棍儿上剩下的糖葫芦，觉得母亲真是交了好人。可她为什么突然帮我？我问，姨，你咋了？她贴近我耳朵边儿上说，我看见你三叔了。他早上在小店里买烟，和人说，他等你一年春秋夏，就等冬天来弄你。

冷库里还有人出来，举着五毛钱向我招呼，我有点儿糊涂，只朝对方摇头。彪青说完就走了，在我脚边搁下已经收拾完的筐和光秃秃的棍儿。我想起来母亲每周六从朋友家聚会回来，说起过几次，彪青之所以挨前边男人的揍，是因为她护孩子。喝大酒的男人，喝完了连家都砸，踢自己儿子跟踢个动物崽子没差别，踢彪青也不会有差别，她那眼睛就是这么落的毛病。好容易熬到婚离了，孩子出门念高中了，她又孤得慌，和母亲渐渐处出感情来，她们常聊起我的事儿。母亲说，孩子很听话，也孝顺，就是脾气冲，不听劝。彪青回了母亲一句话，母亲回来又反复念叨着，每念叨完一次，跟上一句，听不真切。彪青回的那句话是这女人半辈子的人生格言，她斩钉截铁地对母亲讲，人和人怎么斗？一句话，打黄不能被熊黄。刚才她也跟我重复了这话，从母亲嘴里说出，和从她嘴里说出，完全是两种气势。我突然不再害怕，向笔直的回村路上大踏步走下去，雪花又大了一些，越飘越多，感觉这世界上一时只剩下了两个人，我和三叔，正准备在一条路上狭路相逢。

三叔的身形是摇晃的，我看了一会儿，确认是他，他戴着顶秃了毛的狗皮帽子，在村路的中段站定，一样在辨认我。我把手上的东西放下，等着他过来。三叔则扔了手里的酒瓶，伸出一只手招呼我，小崽子，你来。我一动不动，控制着发抖的双腿，看着他啐口痰，走近了，很想驱散脑海里几年前他骑坐在父亲身上的画面，可越是驱赶，画面就越真实，仿佛他当年骑坐的不是父亲，是我窄瘦的脊梁骨。我忽然想到，对啊，和成人打，我本来就吃亏，手里该拿个家伙，我爸还得使把锹呢。弯腰去拿地上的棍儿，刻意换了个头，不能用扎编织袋的那端打，那没什么杀伤力。与此同时，没等我准备好，抬眼的工夫，一股凶狠的杀伤力已像炮弹一样飞起，正中我的裤裆。三叔散着酒气的身体居高临下，一句废话没有，撂下哼也没哼出一声捂着裤裆倒在雪地上的我，脚还在慢慢往回收，我最后看清的是，他穿了一双圆头靴子，靴子看着老沉。他平静地看着我此刻凸出的双眼，因剧痛它们闭不严实，我眼里画面就此倾斜，带着既令人眩晕又无法因眩晕得到解脱的剧痛。他慢慢在我身边蹲下，用手拍我的脸，像是怕我晕过去。路上除了风声，一点儿声也没有，他四下望了望，感到满意。三叔临走时说，你爸敲我脑袋那下，现在还疼呢。你吓唬我儿子那回，他到现在都害怕看见猴。踢你卵蛋，是不让你再下崽了，这办法好不好？说完他从我身上跨过，梦似的雪花里，我周身逐渐被鹅毛覆满，已经一动不能动。

　　断续地醒来，母亲木偶一样哭着，眼泪不绝。父亲眼是红的，他们的眼睛都像刚洗净的山楂，红，红，都是红色。从县医院回来，父亲用板车拉着我，在我身上盖了床棉被。我被嘱咐说，尽量别下地，勤着换药，别吃辣，别碰水。还好，我的卵蛋没碎，只是下体出了不少血，但大夫说好好养着，不影响往后的用处。回村路上，要经过三叔家，我父母亲像两个扶灵的人，面容凝重扶着板车的两侧，从那两扇闭得焊死一般的铁门前走过时，谁也没说一个字。

剩下的寒假里，我都在养伤，出太阳的时候，母亲一瘸一拐把板凳从屋里挪出，放在被阳光晒热的一块地方，搀我过去坐，再一瘸一拐抹去门槛上的灰尘，自己也坐下。好些日子我都不爱张口说话，一页书不看，一个字不写，心里只盘算去卖糖葫芦、挣大钱以及复仇。彪青来了几次，她进门的时候手上总提点儿东西，无非是豆奶、黑芝麻糊、水果罐头。她第一回来时，见着我脸色苍白，在凳子上干坐的模样，坏掉的一只眼里沁出泪珠，直摩挲我的手，指指我又指指自己，向母亲忏悔说，是她那句话害了孩子。她的头发在阳光底下像散了丝的编织袋，粗糙而卷曲，光是看她的头发，我都觉得人生没有希望。父亲已逐年老去，无法重回拿锹劈人的巅峰时刻，何况他身边也没人给他递锹了。三叔有天早晨往我家院墙里扔进一个沉甸甸的信封，里面有六百块钱，一百的少，更多是十块的和五块的。母亲把信封捂在心口，我很少见她哭，就是在她病痛最厉害的时候，也不过沉重地哼哼。她哭起来不像个农村妇女。话说回来，她是各方各面都不像。眼泪几乎是无声息地掉，一滴滴打在信封上，我看着她闭眼流泪的样子，内心有浅薄的顿悟。不等她开口向我传什么左脸打完打右脸的福音，我也已经明白，她这些年能感到被拯救，是因为变着法和生活和解。我终于说了好些日子来的第一句话，我说，妈，我们还去卖山楂吗？

母亲领我去看剩下的几棵山楂树，还有好些山楂没来得及摘，我们腿脚都不灵便，父亲又外出拾鱼饵了，如果想摘，我俩只能推着树，不断去摇晃。好在彪青也来了，我们三人一起晃树，晃下来好些。母亲把当年学会的做糖葫芦的方法教给了彪青，她俩一起在厨房里烧水、熬糖，我还坐在小板凳上，做力所能及的搓山楂的活儿，每颗山楂在水里洗五遍，不计较工夫，这次只做几十串糖葫芦，做给我们自己吃。母亲虽没开口，但我知道，这也许是我们最后一次做糖葫芦。她往后得想别的营生了。从各个方面为我考虑，她都没有选择。而我也头一遭去思考，往后能干点儿什么，做什么样的人。无论是母亲的话、彪青的话，还是父亲没说出口但身体力行的话，都在我脑海里打转，"路是一步步熬出来的""劳动者得吃食""打黄不能被熊黄"，父亲用锹劈过三叔后，在炕桌后呆愣地举着杯，不知道向谁敬，也许敬他自己也感到出其不意的豪气……山楂在我手里重生一样地蜕皮，蜕下一年来积攒下的灰，搓出一盆黑水。彪青替代母亲，弯腰给我倒了，又换盆清的来。我们沉默地干着各自手里的活计，厨房里渐渐起了甜蜜的味道，混合着果酸，陶醉着每个人。到做好时，我们一人手里举着一个糖葫芦串，同步发出咬糖的脆响。彪青说，我手笨，怕做不出这么好啊。母亲说，我一步步教给你，反复教，不怕你不会。她俩傻兮兮地笑起来，彪青说，行。让咱孩子专心念书，别再抛头露面的。这活儿我能行，我厉害，会骂人。到时分成给你们，咱两家合作，取长补短。我好久没吃糖葫芦了，应该说打我自己去卖糖葫芦那天起，它就退出了我的欲望清单，这是孩子和得闲的大人才会去吃的东西，何时开始，我爱钞票远胜这甜酸的滋味。嘴唇上起的胡须也后知后觉，并不能作为我成长的标志物，意味成长的另有其他。我答应着，往后只走念书一条道。母亲抬手去摸我的头，说，怪妈妈。妈不信邪，希望你是个全才。毕竟老天爷亏我那么多，我想让你去补上，事事都拔尖。我说，妈你别失望，我会在学习上拔尖，往后别的我也不想。她摇摇头，彪青少有地不插嘴，我们都在听我母亲说。人要是太争气，活着累。身上背块大石头，好人也和瘸子一样。我知道背石头走，是什么滋味儿。儿啊，你把石头卸下吧，不管咋活，活得轻巧点儿，不管做什么，宽谅你自己。彪青与她异口同声，说的大概是她们的信条：不要为衣裳忧愁，你想野地里的百合花，怎么长起来，怎么收起来。它也不劳苦，它也不纺线。

　　和三叔家，就算了了，十来年过去，我不常回村里，只在每年过年回去看望我的老父母。母亲坚持不到城里和我一起住，父亲话越来越少，每年拿着我寄回的钱，辞了拾鱼饵的活儿，地还舍不得不种，但规模已逐渐缩小，够他们老两口儿吃食，也就拉倒。彪青下半辈子，始终在集市上卖糖葫芦，不知道是因为有了买卖，还是因为有了亲情和姐妹，她再看见男人，不破口大骂了，只要听说我回去，她都往家里跑一趟，不带东西，怕我看不上，只带给我许多的见闻，知道我在外地当记者，还是和人打交道，各路消息和人情都在收集的范围里。我得疏通许多种关系，才能在关系里浮游。结婚那年，我带爱人回了村，爱人是城里姑娘，因为爱我，在炕上也盘腿，也吃饭，晚上和我一个铺盖睡觉，听窗外的狗叫和鸡鸣。三叔那年来了一趟，我不知道父亲这些年是如何与他相处的，但他们还是兄弟，还一起在山楂树前转了转，包了些山楂带回去。我们一个炕上坐，他身上的酒气弱了，自打我爷去世，听说就戒了酒，如今正为小华娶媳妇的事儿操心。母亲给他拿了个信封，推搡几番，塞进他怀里，三叔带着钱和山楂，走出我家老远，还一步一回头。爱人和我一起，站门口送他，她问我，是不是打小就和三叔关系好？我突然感到下腹一疼，想不出怎么回答，领着我说话如燕子叫声般的新娘子，到剩下的最后一棵山楂树前，给她晃悠下两个果儿。回头看见母亲拐着两条腿，远远地站在墙角瞧我俩，见我发现她，忙摇手，意思是别打扰我们，只痴傻地笑着，贪看着。我走过去，将她揽进怀里，好些年不抱她了，她比孩子重不了多少，身上是被熏透了的果香。

　　我家院门前，十来个寒暑，也迎来十来个花季。有母亲种的月季、一串红、金光菊。隔着几道院墙，也能闻见彪青家的山楂味儿，冬季没有花香，但味道会和记忆一样残留，复合混杂，闻见了，鼻子里闹腾，一如人生的甜酸。一日彪青径直到我面前说，叫干妈。我叫了，爱人跟着叫。我们都坐在院子里，几双眼睛不时盯着蓝得掺假的天空，说起过去的冬天里的事。十四岁后，我再没去卖过糖葫芦，不过我想等人生山穷水尽那天，也还能靠它活。卖东西不知算不算门手艺，要是活人能算门手艺的话，拜各路豪杰的福，在十四岁那年，我已出了徒。

大寺终年无雪

一

　　常姨用手心拍走了灰，自己矜持地坐到其他椅子上，把那张干净的给我。坐下来，我们先是没有内容地笑了一会儿，一楼大厅有股灰尘的味道，挂在头顶的几台电视机上正显示同一个节目画面，采访附近村里的孤寡老人，特写他们得到的粮油。常姨说，我老家就在那儿。我说，好些年不回去了吧？她说，回去没意义，不是上坟，一般不回去。其实坟也该迁了。

　　常姨是母亲的老部下，淡眉小眼，人精瘦，脸也抽着两腮，显出硬朗的颧骨。头发上面枯黄下面灰白，像很多这个年纪的女人一样，烫染总是灾难，又架不住不烫染，最后只能默默收成一束，绑在脑后，将前额拔出高耸的空白。在我记忆里她出现的大多场合都是在走廊，每次关门前开门后，她便从自己办公室里抱一摞乱七八糟的稿子迎上来，有时和我与母亲坐同一班电梯，讲正事前先夸人，从母亲到我，再回到母亲，却在电梯重新开门，进来一大群人后缄口，像正坐在滑不溜秋的秘密上头，好悬摔下来。现在母亲已不在这幢大楼里工作，常姨留了下来，工作没有

154

大的变动。人人都在想办法要回拖欠的工资，因为拖欠，他们不敢离职。我看这大楼里上班时间没什么人走动，保安和我们一样，悠闲地瞧着一楼窗外过路的行人，外面热闹多了，也是些老头老太太，走一步停一步地闲聊天。常姨的神态和他们有些像了，那是过去在母亲办公室里，她拖延着不出去、被母亲安排给窗台上的三角梅浇水时，才能出现的表情。母亲养什么花草都不像样，只有三角梅养得久，一排窗台上有三盆是它，在南向的玻璃窗上倒映出紫红色的花影。常姨浇完水用角落的簸箕把枯干了的花叶扫走，干枯的三角梅更好看，透过阳光叶脉清晰可见。她拿一片比较完整的递给在沙发上发愣的我，说可以当书签。常姨知道我爱看书，知道爱看书的孩子管起来省事，自己就把自己管住了。当时的我远比现在乖巧，但仍然不记得那书签随手扔到什么地方了，只记得常姨磨蹭在母亲办公桌前，翻来覆去问我最近又在看什么。她女儿那时刚上小学，也爱看书，她想让我多推荐。

　　这是我去南方上学后第一回见到常姨。她从母亲那儿要到我的联系方式，因为知道我在学校里写了几篇文章，也组织了所谓心理社团，算是会说道。她最近很需要个会说道的人来帮忙，尤其是岁数小的，能和她女儿更好地沟通。我没见过常姨的女儿，只听说过多次。我上高中时她在念初中，到我大学时她进了我读过的那所高中，那里的情况氛围都是我所熟悉的。所不熟悉的，只是这女孩的性格。没去南方前听说她已经逃过几次学了，心里不觉得怎么样，一来自己也逃，二来逃学被抓只能证明人缘不够好，或逃学计划不周密，没其他可说的。常姨当时经常打电话来，多在晚上，我在自己房间看书的时候能从母亲突然调低的电视音量中，听清同时压低了声音的谈话声。大概常姨就是从那时起长出白发的。

这次见了面，一句多余的话都没有，上来就抓我的手，力气有点重。她说，帮帮你妹妹。我说，谈不上帮忙，不就是聊天？她说，医院也给聊过天了，聊不好。我说，我也经过青春期，知道那股劲儿。全世界忙什么的都有，就没人忙一下我。挺需要关注的。她说，没人不关注她，真的，你帮帮常姨，让人少关注她点儿，我就这个诉求。我把按疼了的手从她手里抽出来，笑笑，她很各色？她说，真是各色，学校班主任也说，带这么多年学生了，没见过傻子也见过疯子，话是不好听，咱能听明白。我上次去开家长会，她班主任把手往讲桌上一拍，说，你家孩子不正常。我脸也红了，问，怎么不正常？她告诉我，李故上课就哭。不是念课文的时候，不是有人跟她说话的时候，就是自己在那儿流眼泪，讲数学公式也不耽误她流眼泪。我说，小林黛玉。多愁善感也是有的，林黛玉哭鼻子的时候大概也这岁数。您这么一说，我倒理解多了点儿。记得我上初中的时候，中午从不跟别人一起吃饭，也不回家，我们学校偏僻，往西走有广场也有江，我就每天一个人走在大中午快烤化了的沥青路上，向着江边。到江边就折返回来，一路自己跟自己说话儿。说的都是自己想的小说情节，您看，现在不也就用上了？都是培养。常姨突然把脸转过去，泛白的薄唇在抖，抖了半天，转回来，看我的眼神跟先前有较大差别。我想说点儿什么，她开口说，姨的心叫你稳住了。她从裤兜里掏出手绢，在文过下眼线的眼睛上点起来，眼泪在青色的背景下混浊得像污水，跟着呕出一口长叹，说，这么些人，就你说得像。李故跟我说过几乎一模一样的场景，你走的那条道

156

儿，有一阵她也天天走。常姨把手臂伸出去一只，手指一样伸张在最末端，那距离仿佛是遥远的西部。我说，那就没事。不过是舒缓压力的一种方式，高中生累，歇一口气能被甩出几十名，这是她给自己按摩神经呢。她说，李故没有排名了。我说，一次考不好，不用着急。高中考试也多，还有机会。她说，老师说不给我们排名了，李故不在乎。我问，是不是老师对您女儿有些看法？她说，同学也有。我说，这也是青春期典型的交际障碍，长大了都能相处得开。关键是去接纳别人。她总有玩得好的朋友吧？或者，谈得来的？也可以找他们帮她敲开心扉。常姨说，没有脸找。我眼看着她脸上刚才那丝笑纹突然隐匿下去，仿佛皱纹是完美的战壕，她得在年龄里躲一躲，才有胆色直言不讳。由此我才知道自己不经意点出了这次谈话的重心，想说些不疼不痒的话来收场，毕竟常姨又去掏她的手绢了。这一次，她眼泪阵势更大。只是掏出手绢的同时还掏出一张相片，是李故本人。常姨的语气很重。和我告别时，她像过节塞钱一样，给我塞好她女儿的照片，说，有时间你去看看她。大寺，109路坐到终点。她说的地方，小城里几乎人人去上过香。

李故没比大寺难找。她倒是不知道我会去找她，早上下了点儿小雪，我是在雪停后快中午到的，寺里香客不多，和照片上相似的女孩子，抱着扫把在院子里一下下地扫着。我看她在那儿，便没着急过去，站在寺门口售票亭旁看一门之隔的槛外的乞丐。大寺门口一年四季都有乞丐，冬天尤其多，开车来找不准地方，只要看看街道上哪个方向的乞丐密集，哪儿就一定对。进寺前手已经掏进口袋，我本是要给的。可乞丐仍在槛外靠着墙，静静看我，一副理所当然的样子。我像突然被人敲了一棍子，只心硬如铁地往身后青烟袅袅里走。初七，中年妇女举着高耸的香烛正闭目念诵什么，在她身旁，有师父模样的黄袍僧人也念经，我能捕捉到一些是，消业，慈悲，南无。女孩则在青烟与念诵之中，顺着石阶扫下来了。我故意躲开她，去找寺里的吸烟区，酝酿一会儿要说的话，捏着手里越抽越短的白纸棍儿，眼前都是过去的事。

　　李故的相片其实我不需要带着，也不需要看。她的形象在未见之前就已由她的事迹勾勒出来，多一笔少一笔都不对，我自己心里有她的像。侧过身去，还能看着她，一个一米六不到的小影子，穿黑色长款羽绒服，脚下是黑布棉鞋，少见，孩子们更少穿了。她梳干净的短头发，是女孩子的那种短。没戴口罩，嘴抿得很紧。脸颊通红，从眼睛能透出来，她不怎么怕冻。我仿佛已看到一个少女出家的样子，怕是真的，晃了下脑袋。烟头扔在雪地里，她往这边看时，我们都迎了上去。李故偏头，看看地上，说，你最好还是带走它。我说，烟头？没什么垃圾桶。她说，这是寺，人人心里都该有拾捡垃圾的念头，必要时，自己就是垃圾桶。我只好捡了，揣进口袋，算是打开话匣，请她在院中长椅上坐一会儿，意思是请教。李故把扫把放在脚下，我刚想问，她说，进香的？我说，不是很信。看你这么小的岁数，很信？李故没直接表示什么，左手钻进右手袖筒里，上身荡秋千一样前后晃起来，像一副跷跷板上单薄的杆。我注意到她没戴这个年纪的女孩子脸上少有幸免的瓶子底儿，眼睛因而明亮，看来少年得道，能明白不少禅机。她似笑非笑地同我看了一眼，说，我妈为什么找你？你看着年纪也不大。我说，你都知道了，那我不酝酿了。她说，不用酝酿，大家都挺忙的。我还有三个院子的雪没扫，等

158

一会儿太阳大起来，都成泥了。寺里得干净。我说，不急。本来无一物嘛！李故没有再说什么，也没有走，脸上依然流露不可理喻的笑容。我不知道是什么原因让她陪我干坐了一会儿，那一会儿，雪又开始下，大寺屋顶的红瓦上，一点积成一片时，她站了起来，朝我双手合十。我试着回礼，她顾着拿扫把，也没看。

二

大寺的佛是动过的，准确地说，七零八碎过。事情发生在中华人民共和国成立前，炮火连天之际僧人们无心礼佛，想着怎么把佛像保全下来，就是最大的功业了。奈何佛像巨大，搬运惹人注意，忙活几个日夜没有成果。最后僧人们请来专做此工的石匠，看出佛像身上有隐藏的关节，可像人骨般分解拆卸，将汉白玉大佛依次解成碎块，随土掩埋了。后来大寺改为公墓，再后公墓拆迁，碎佛在土间被找到。当年掩埋碎佛的圆智法师被景象触动，在杂草丛生的院子里，用脚丈量，信徒们依着隐约的方位开始挖掘。被找到的大佛残缺不全，主体仍在，修复组装一番之后，便供奉在这里。我说到这儿，身旁往嘴里塞橘瓣的父亲哦了一声。我看着他把嘴里的东西咽下去，喉结一动一动。父亲光着上身，皮肤很白，像常在澡堂泡着的人，但我了解他一辈子也不会喜欢澡堂这种地方，因他还时常会脸红，结巴，不知所云。父亲对我的表述深信不疑，尽管他比我在这城市里多住了半辈子，在很多方面，他仍然保持孩童似的接受。因为他对历史感兴趣，我才好不容易想到这个话题，否则我们一旦独处在这个家里时，只能像合租的房客，他的书房和我的卧室，是分界清晰的泾渭。可这些年他总是希望我回家，和母亲每周至少三通电话，但是和父亲没在电话里说过一句，他觉得我从没喜欢过他。其实这感觉不能说不准确，人对至亲总归是有深沉的感情的，爱或感激，都有成分在里面。后来我便不说喜欢了，只说爱着父亲，毕竟他已知道我在回避什么。

他咂摸了半天嘴里的味道，说，这么回事儿啊。我说，从我妈拿回来的书上看的。地方县志，应该不会假。他点点头，说，那假不了。就是心理上有点儿别扭，想不出来佛碎了什么样。看盗墓小说里写的那些文物被破坏的事，挺难过。现在父亲经常通过手机阅读小说，有时我从他房门前过，能看见飘在床上的一点儿蓝光，没开灯，他和他的白肚子在床上平躺着，圆滚滚的手指捏着显示屏。在更久以前，我将父母的书柜当作冒险获取的宝藏，虽然不清楚为什么，但知道一旦被父母看见我去读他们的书，总是会让双方尴尬的。我知道《乌鸦》《大浴女》属于母亲，也知道《帝京》《废都》"三言二拍"属于父亲。母亲的书爱折页脚，写短评，父亲的书则无论什么，看了也和没看一样，只有时间留下的旧书感，没有主人的气味儿。我伸手向果篮，拿的是杧果，对着垃圾桶一下下剥。他说，不用对准，弄到地上我正好拖地。可我还是对得很准，比之前更注意，他却已经去拿拖把了。厨房里有关火的声音，从我上初中开始，都是父亲在下厨房。母亲在外杀伐攻占，他则更多在厨房和书房里，后者有他电脑游戏中的万里疆土。他走出来说，你妈来电话说开会，回来得七八点了。要不咱俩先吃？我说，不太饿。要是饿了你就先吃。他看看左右，不知看什么，还点着头，像回味自己的意识，说，我也不太饿。那等等她吧。我轻松许多，他也是，他知道他说了合适的话，可是有点儿伤感，拖布在脚底下放着，眼见我吃完杧果的地方仍然干干净净，还是拖了一遍。他最后说，行吧。这让我不能再说行吧，我想他既然觉得我比他好一点儿，我就应该好一点儿。于是又吃了一个杧果。

快九点母亲回来了，没喝酒，步伐平稳。听她到我卧室门口来，我便把书合上，回头看她夹在门缝里的脸。她轻声说，你常姨夸说你姑娘人挺有意思的。我说，这是谁夸谁？她说，常姨女儿夸你的，你常姨学话。我说，其实她女儿也没有太各色。我们没聊几句，她忙着给寺里扫雪，寺里是雇了她还是女弟子什么的？母亲说，没人雇她，寺里其实一直不让她去。我说，常姨也是病急乱投医，我帮不上什么忙。母亲说，当妈的就这样，总得抓挠一下。你不懂。母亲出去以后，我站到房间窗户前，拉开窗帘，外头天色黑沉，没半点儿光。知道可能是下雪了，因为风声很大，行人声音又少，像被风雪卷去了什么地方。年已经过去，但正月里香客都不会断，来来往往，明日大寺里若不及时清扫，像她说的，要化泥了。想到女孩，想到她的评语，有意思又是什么意思？然后开始明白今夜这场大雪是注定要来的。也许我可以真正帮到她的，就这一点儿小意思。

开始她和我只是默默地扫雪，用寺里僧人手上的扫把，虔诚地表示，想在正月里给佛祖扫扫院子，积点儿德。有其他香客看见，纷纷捋起貂皮的袖口，也要拿扫把来扫，僧人手里的扫把却不够了。我一面扫，一面和她慢慢拉近距离，快靠近时，有点儿像上学时雪天的早晨和同班同学扫雪的情景，大家不说什么，看见便笑一下。大雄宝殿前已干净了，绕到后殿，觉得一时扫不完，直起腰跺了跺脚。李故不知从哪儿拿了一顶毛线帽子给我，递在面前说，和尚最多的就是帽子，这个你先戴。我说，还人家吧，多冷我都不戴帽子的。她说，翠。不过我也不爱戴，脑袋箍得慌。我转过头，看她嘴唇冻得有些紫，还有不少雪没扫，下午也许还要下雪，活儿不着急干。劝她进屋里陪我到处转转，我们便一同进了身后的宝殿，见一个中年妇女正监督儿子给文殊菩萨磕头。我们站在角落里背风，她一再回头看那个妇女，说，都不知道怎么想的。我劝她，人各有志。方法是偏了点儿，和你也一样。我听常姨说，从去年开始你就半天半天地逃课来这儿，这学期更是根本没怎么去上课了。学校要开除，常姨回回说好话赔笑脸，都是因为你的偏。她没直接回答，反问我，你什么时候学会抽烟的，大学吗？我说，这和你的事儿没什么关系。李故笑了，我的事儿还和你没有关系呢，你不也劲儿劲儿地问。我说，高中毕业那天，第一次抽烟。胆子很小，避开所有人，到了超市声音也不大，排练一样地说可以给我一包娇子吗？老板但凡多说一句我都不买了，可他什么也没说，除了提醒我要不要拿个打火机。她说，你拿了吗？我说，拿了。然后一直往江边走，穿过广场，到了江边没人游泳没人烧烤的地方，蹲在草丛里点的。她说，感觉怎么样？我说，不知道，抽了一口烟就灭了，后来怎么也点不着。江边风大。

殿里只剩下妇女在文殊像前祈祷的声音，她闭着眼睛看不到殿里还有谁，倒是她儿子发现了我们，警觉地往前走了两步，又警觉地退回去，双手插兜，穿的是我高中的校服裤子，城里就这么一所重点。李故望着被他踩出来的两行泥印，不知心里在想什么。我说，妹妹，其实我上高中时碰上过和你很像的女孩。魏子心，你听没听过？没听过就证明你在学校里真被孤立了。她说，失踪的那个？我说，失踪有八年了，有一天她突然就没来，先是说病假，后来说家里有事儿，再后来由家里找到学校，找到我。我怎么会知道呢？没人知道她到底去哪儿了。沉默了一阵，再看脚底下，阳光在青砖上落得强烈了一些，和佛像的宝光彼此辉映，门口有不断的后来者倒头便拜，扑在蒲团上，念诵多了起来。我知道李故很快会撇下我去拿扫把，距离雪化成泥的时间越来越近，在她眼里已是刻不容缓。我却浑身再没力气了，便留下自己的联系方式，表示距我回南方的时间也还长，有机会再见。往山门外走，主动和僧人们合十行礼。有一个僧人头上空着，我也忘了告诉他帽子放到了哪儿。

　　我坐在公交车上，去见常姨，很不想去，又做不到无视手机传来的条条短信，它们都长了女人的舌头牙齿，不顾形象地哭咬着。距离我上一次去见李故，过去了三天。三天里常姨每天都有报告情况进展，我认为这些内容，心理医生和班主任都比我更需要收集判断，他们才是能和李故的生活直接发生交集的人。我的出现对一个这样的女孩子又能意味什么，这问题早已解答过了，当年魏子心如何回答我的，就在那个高中午休时旁边的小区花园里，在手推婴儿车的女人和失业的男人中间，我们的谈话交织着下象棋时喊打喊杀的声音，那些老迈的咳嗽。魏子心对我伸出她藏在袖管里的手，那是我第一次看到，她告诉我是菜刀砍的，才能这么整齐。那只左手上食指和中指已经不能再称为"指"，给我看完她很快又藏回去，仿佛它们格外受冻。魏子心用她藏在袖管里的手抱住我的后背，小小的身体压上去说，她母亲不在家很久了，她和继父每日相处都战战兢兢，可那些手指并不能证明虐待，他没有对她不好的把柄。她说了，我耳边却好像没人说过话。魏子心耐心瞧着我背后的那些陌生人，他们来来去去，看我们一眼，很快避开，又拽来身边人去看，去指点。我问她，你动手的时候想什么了？不疼吗？魏子心说，是动了手才知道疼。然后用那只好手去拨电话，才知道拨电话那么难，根本按不下去。按了好几次，话机上都是血，你可以想象一下。疼得我等不及了，揣好自己两根指头，出门去找我后爸。可楼下保安就把我拦住了，说等等他先打个电话。我转头说，别讲了，你太傻。她说，讲给你听很好。我最近晚上睡觉前总想一件事，想以后你写书，我画画，我给你画封面。你到底想去北京还是上海？我说，我想和你待在一起。她说，我想咱们跟那些人一样，过日子。我笑起来，过日子？魏子心也哈哈大笑，知道这个词儿有点儿不合适。可还是接着说，接着向往，一定要过日子。买菜烧饭带孩子，一个不落。我凭什么总是被落下？她说完这句，听我突然变了个语气说，你往那边去点儿。她一时没听懂，可我和她立刻就分开了，这时候魏子心还试图拨弄我的刘海儿，它们因为紧张左右分家，像个汉奸造型。父亲在隔了很远的地方看见我，我也看见他，他手里提着饭盒。我早上告诉过他中午在外面吃，他不信，他总是有自己的逻辑。

　　车到站后，我走了一条街去大楼里找人，在门口保安眼皮底下跺净棉鞋沾上的雪。常姨见我到了，起身迎了几步。还是在大厅，不同的是这一次在电梯门口有些人在争执，话说得很快，动作推推搡搡。在劝阻她们的是一位脸熟的中年人。中年人是记者，常姨她们认识，在拉我坐下时避免不了地隔空点头一番，算是照面。我听清楚了部分争执，听到吃药也没用，听到他没有经济能力这些话，也就不想再听了。常姨把脖子向前一探，很快收到我耳朵边上，悄声说，你觉得吵不吵？嫌吵咱们去外边儿。我摇摇头，知道她不能把我带去楼上办公室的理由，让现在的领导看见她和以前领导的女儿走得这么近，没有必要。何况我觉得应该快刀斩乱麻，假期毕竟也短。对李故一事的建议在我心里已很清楚，这个孩子有佛缘也好，心理缺陷也罢，总归不适合素质教育。再好的规则，也有被淘汰出局的人，相比之下，后者适合的规则普罗大众也许根本想不到，别说理解了。可常姨在听了我的话之后，表情并无明显的变化，反对或认可都看不到，只显示出仿佛石化般的耐心，就像我前面那些说的，都只是些真理的铺垫。却想不到沉默竟是真理。她等了一会儿，清楚等不到了，整个人陷在椅子里发怔。李故曾说我是有意思的人，常姨便一度以为我能走进她女儿的内心，从而把她拽出来。现在看来，我们只是臭味相投，且她把我也拽了进去。

三

那天中午发生的事，其实我有好些年不再想了。也并不预备告诉给李故，尽管她在寺庙空灵的环境中无数次以那双仿佛镜面的眼睛，拷问我。我很后悔那天在宝殿里告诉她魏子心这个人，容易让她觉得背后有所谓隐情，我后来的闭口不谈是为了让隐情更隐。为掩盖这些感觉，我没再去大寺找她。年过去后，在放假给人带来的时间被窃感中，十五很快就到了，那是回到南方之前最后一次家庭聚会。我喝了一点儿桌上的白酒，回到自己卧室就躺下了，果不其然做了许多梦。梦境之一是回到小时候，父亲在龙沙公园里买回家的鲤鱼气球，又飘到房顶上了。之二是高中外面的居民小区里，我和一个当年在班上从没说过话的男孩子讨论魏子心的事。他说，她就是太贱，明明事情有很多办法。我靠在他的肩膀上附和，你说得对。之三是大寺着火，我也在其中，逃跑之时被绊了一跤，绊脚的正是佛像本来白玉的手臂，不知怎的被烧出许多油脂来，我不停地单脚站立，用一只脚刮蹭腿上的油，继而三番两次地摔。也许还有之四、之五，实在记不起来，醒来是清晨六点半，北方天还黑着，窗外有老鸦在叫。拿手机去看，正好有一个电话进来，我有开静音的习惯。我接了，李故说，你回去了？我说，还没有，刚醒。这个时间你们是早读还是？她说，你说的是早课，四点已经过了。刚刚开静，出来打电话给你。我问，什么是开静？她说，我想跟你说的是，明年我会参加高考，随便上个大学，再考虑报考佛学院。也可能我不会再留在寺院修行，可能会去任何一个地方。我说，千万别让我知道，很久以后的某天，你也失踪了。她说，也许我妈会让你知道，到时候我嘱咐她吧。

我在一个小时后坐上109路，十五过去，大寺香客锐减。连先前路上乞讨的一批人，都仿佛吃够油水，懒洋洋地抬碗，眼神不追人。有个和尚跪在殿中蒲团上，背影很清瘦，天还寒冷，他却穿单衣，后背直接对着大开的殿门。李故捧着应是他身上的棉衣，站在一旁，正默默观看他念经时手指摩挲的珠串。我和李故退出来，她说，等你一会儿了。我说，昨天下雪，109路师傅不敢开快。马路上都能打冰球了。她说，你回身看看殿后边，看看各个院。两点大家陆续起床，扫得热火朝天。香客们少了，寺里人就得干得更起劲，不让一点儿雪化在佛祖院子里。现在你看，多规整。我说，像没下过雪。她笑了说，你什么时候走呀？我说，没几天了。今天可能也是最后一回来这儿看你。上次我找常姨谈过，表示对你支持。可能没说服她，但我想让她听听其他立场上的人说的话，也有好处。你说考大学，考佛学院，我都觉得不错。但不支持你浪迹天涯，等走出这儿你就会明白，换地方不能重新开始，世上能重新开始的事儿除了打游戏，还是打游戏。李故说，你喜欢打游戏吧？这时那个和尚念完了经，额头上渗满汗珠，一出殿门被李故看见，立刻被罩上了棉衣，李故罩他的动作就像一个刚做母亲的人，笨手笨脚用褓褓去罩孩子，和尚半天喘不上气。他对我们行了个礼，抬头时一双漂亮的眼睛显出虚弱，被沉重的眼皮盖下来，转身去了。等他离开，我默默看了李故一阵，轻声说，是我爸。五十岁的人了还在每天打游戏。李故走回来，在我面前，说咱俩继续讲。可她不知道我已经讲完了些什么，见我只是看着她，突然敌意地仰起下颌，问，怎么了？你兜来转去到底想支持我什么？你说吧。我咧开嘴动了动念头，没出声，然后按她说的，去后殿看看。

灰砖上只剩零星铜钱大小的水痕，草坪上的积雪也都被扫去，真是难得。可屋顶分明还有，尤其在檐脚，堆着整块白颜色的雪，像一个恶作剧摇摇欲坠，随时准备降落在清洁的砖地上。我一人坐在台阶上，想自己刚才脱口而出的话，想上天那些脱口而出的话，后者就隐匿在它赐给凡人的梦境里。看见李故冷脸跟过来，她用了很久的时间，才在我上面的台阶坐下，我因为累，没扭回头看她。她说，你是不是觉得我肤浅了？我说，肤浅什么呢？她说，这么说在你眼里还是浅薄了。我问，他知道你的心思吗？常姨曾和我提出过一些假设，假设有社会上的人看上了李故，李故因为叛逆心，随了对方。去寺庙只是一种掩护方式，为了见面，他们还应该有更多种掩护方式，常姨一度建议我在大寺附近多走走。可我在山门之外，只看到拉客的黑车或者成群的乞丐，和李故谈到时，她则告诉我多看正面。我问，什么是正面？她闭目无言，沉默坚定得像一个小小的泥人。上初三那年，有一天，我不知道自己该往哪儿去了，就出门去坐公交车，我经常随便选一辆看见的，坐到终点站，在窗子里看那些我没去过的地方，看过好像去过了，又好像去得还不够，所以我会再坐回到出发的地方，重新开始。她大概是变换了坐姿，我尽管看不到，从声音的方位上听得出，她嘴巴的位置离我的脑后更近了，也更激动。李故带着美好的口吻说，然后我就坐到了大寺。我是在一天里第二趟来时才看见他的。那阵我在读冯至，他有句诗算是把我迷住了。我见到他匆匆过去，布鞋踏在一尘不染的灰砖上，跟着念了出来：我们准备着深深地领受，那些意想不到的奇迹；在漫长的岁月里忽然有，彗星的出现，狂风乍起。她话音停了，我于是回头去看，李故头上白茸茸的耳包贴得很紧，往下是颧骨两侧粉红的色彩，那是彗星过后，肉眼中视觉的存留。

她说，我需要他，其实跟他需要修行，没有两样。我说，为什么是他呢？她说，不知道你有没有这种感觉。我们会在某一时刻特别需要一个人，可能是母亲，可能是父亲，可能是很好很好的朋友。他们都应该出现在需要他们出现的时候，才能让我们感到珍贵，心生感激。可在不需要他们出场的时候，就都不对了。比如你不想在三岁的时候就拥有跟你谈论生活多么操蛋的老朋友，不想在渴望自由的年纪有一个管东管西的老母亲，比如，你

168

已经习惯不去想象你有父亲，可还是会在影集上看到他，会在家长会上听老师点名说，叫你爸来。再比如有一天你母亲突然哭得稀里哗啦，然后求你，去趟内蒙古吧。妈不敢去，你替我去那边儿的亲戚家问问，打听打听，为什么他再也不回来了，啊？我说，常姨倒没跟我说过这些。李故发出冷笑，她哪会说。但凡她能说会道一点儿，那人也不会穿了裤子就走人。你心里明白，我妈长得很丑，别说现在顺眼点儿了，越丑的人越不怕老。她年轻时的模样我看过照片，惨不忍睹，没人会要。只有那个人，来东北做生意赔了钱，喝酒，闹心，跟人介绍认识了我母亲。他们当然要发生关系，当然要结婚——我母亲是这样说的，不这样说，我不成私生子了。说完，李故哼出一些旋律，寺庙鸦雀无声，是正流行的《东风破》。我说，别去想了。她拍拍屁股起身。我也想走，鉴于这可能是最后一面，很怕留遗憾。我过去，把她冰凉的手指握在一起，攥到手心里，说她的爱情应该得到尊重，可也要为自己多打算。她低头讲，我说过可能不会留在寺里，也说过可能谁也找不到我。他现在想尽办法躲开我，我却还只得缠着他，缠着这里的一切。你不在其中，不可能真正明白，要把心里的雪扫净有多难。我说，妹妹，可别又学妙玉了。

这站是终点，已经是下午，我一个人在站牌下面坐着，等车来。脚下不觉扒拉着昨夜的雪，才意识到这街道多脏，雪也难以避免化成泥水，只要被人踩几脚，就灰了。车摇晃着抵达，我踏上109路高高的台阶，投了两个币，坐在倒数第二排的位置，把窗户关严，眼睛向外。要下雪的天空是红色的，这会儿颜色又上来了，暗示着今夜一场大雪，明早有李故他们忙的。车快发动时，几个妇女赶着上来了，纷纷刷响自己的公交卡，走过时身上带着浓重的焚香味儿，其中有张脸，是常姨的。我诧异着去点头，可她根本没看见我，在庙里看见没有，我不知道。常姨戴着灰色的头巾，坐在老孕病残座上，有些伛偻。我一直望着她的后脑勺，那些严重受损的头发，随着面孔的转向改变位置，最多的时候是面向车门。那张脸便能倒映在车窗里，一动不动，鱼一样微张着嘴。我在她前面下车，想了想还是没去打个招呼，我想她的念头里不会有和人打招呼的一项了，此处不是办公楼，不是领导办公室，不是大寺。她只是一个盯梢过后的母亲，坐在一辆行驶中的公交车上，从终点站回家。

四

　　母亲又去参加饭局，外面正下雪的晚上，我和父亲各在一个房间里，安静度过彼此的时间，尽管明天早上，我要离开家，再回来又是一年以后。我拉开床头那个抽屉，过去存储信件用的文件夹还在，母亲后来也帮我整理几次，但她都不觉得怎么有意思。想到这些我不禁想笑，母亲是在名利场里游泳的人，反不在意女儿的小秘密了。倒是父亲，我始终不明白当年他怎能捕捉得如此准确、如此狠。文件夹里魏子心的信件很显眼，与男孩的不同，她精心挑选过信纸，字也小巧秀气。刚一展页，那张脸孔便清晰地跳出来，还是上学时的样子，眼睛像欧洲人的，被双眼皮重压着，在黑密的睫毛里扑朔迷离，带一点儿精怪。我凝视着自己想象出来的脸，假装托在手上，假装亲吻。信面上这样写，人生短暂，短暂得来不及学会珍惜它便离去。所以人未必不可以任性的。喜欢什么，尽管去做好了。了解一个人定是在极度喜欢或憎恶他的情况下才可真正地了解，那么我是可以说了解你，才鼓励你无论想做什么，有多么想当然，都尽管去做。明知我改不了你分毫，但希望你多少快乐。

原来大家那时都在用这样的文体交流，好像两个穿越过来的老人家，在小儿女的年纪里说人生苦短。想着她而今或许在遥远的地方，拥有许多亲密的关系，也一样能满足了她当初同我许下的那些愿望，一样儿不差地过日子。我甚至在今夜怀疑，这些年是否已经在什么地方碰见过她了，不然为什么眼前总有她后来可能的样子。魏子心今夜应该是走过了桥底的隧道，她应该穿长筒的黑靴子，踢踏而清脆地在桥下的黑暗中迎着驶来的车灯，叼着香烟，哆嗦地跳舞。她应该还是无法回家，应该还为我祈祷，也在眼前有我如今的画面。时间一跳，又见她忽然很扫兴地一扭头，眼中流露出成人的机敏，是比我当年更及早地发现了我俩身后的变故。而后她便十分从容地与我解释我们分离的理由，随信附上她后来的新地址，下半生细致的人生规划……诸如此类种种的圆满。仿佛这样我们才能够体面地在任何时候，再回忆对方，坦言那是个久违的老朋友。

而这些年我在父亲眼里又是什么样子，我们始终没有交过心，也没有往回看。其实我应该早一点儿告诉他，那一整个补课的夏天，我和魏子心把学校周围的居民楼都钻了个遍，我们脱去校服，只穿自己的衣服，手拉手在很多人面前走过，学习议论菜价，争辩社会上大事的是非，像两个游客不时询问他们，路该往哪里拐。那时我们只想逃避得优雅一点儿。有时候她说着说着会哭，有时候我在她面前念给她的诗，有时候我们拥抱彼此。我一点儿也不好看，短发，单眼皮，矮个子，萝卜头。却能在她瞳孔里看见另一个自己，插着裤袋，牵女孩的手，露出很有教养的微笑，仿佛我们就住在那里，某一幢楼上，柔软的双人床上还干干净净摆着我俩的棉睡衣。魏子心会偷偷带出来她在夜市买的二十一双矮跟鞋子，拔去所有亮片，剩下漆黑的布面，穿上踢踢踏踏，跟着我走。我们从居民楼的楼梯上一级级走下的时候，每一次，都假装我们住过了。有次忽然停下来，在某一层的楼梯窗口前，看见光秃的树干上露出新芽，而大雪还在层叠不断地向下盖。楼下有正走来的行人，牵着他们的小孩，小孩和我们穿一样的校服，准备回家吃大人做的饭。那一刻，我们打算就手拉手站在原地，背对那些即将上来、经过我们的人。我们还想看一会儿雪。我们只是没有更勇敢一点儿。

我在房间里，时间已到夜里十一点，隔壁卧室传来他的鼾声，之后是窗外晚归男女在放声歌唱，一首属于他们的欢乐时代的遥远的青春之歌。我开了窗子，徐徐放出香烟在室内的味道，身上越来越寒。女人还在唱着，由男人搀扶扭到了我的楼下，他们开始按防盗门的密码了。我静静等着门锁被打开的一声，等到烟抽没了，雪也有停的迹象。可那个声音的到来，她踩着踢踏的脆响向我走近的时刻，却是异常缓慢。

邪　门

　　我对象的父母被安排住在我姥姥家，没人能反对我姥姥，她说怎么安排就怎么安排，包括家中很多人的一生，都已经按着她的思路走。对象家在大连农村，父母都是农民，据对象说，他们来的路上不少忐忑，住了一天看来是适应多了，但往沙发上一坐还是有点儿发怵，六十多岁的老两口眼睛直追着人跑，屋里进来一个人就略微站一下身，似乎沙发上始终有烫屁股的一块，他们得紧着挪动。我和对象早上不到十点从隔条街的我家过来，进门时姥姥已经和老两口泡上茶水聊上天，我们脱了鞋进屋，在一旁陪坐。今天初七，我爸妈都上班了，交代给我和对象说，今天的外事活动可着我俩安排，但大家心里都明白，我俩落在我姥姥面前，也得是被安排的。此刻我和对象各坐在一边的沙发上，他陪着他妈，我陪着我姥，我叔坐在靠门的那个单座上，此刻低着头仿佛寻思事情。姥姥家宽敞，也是东西少，朝向正，上午的阳光没遮没挡照在屋里的白瓷砖上，有点儿反光刺眼睛。屋里热，穿堂风嗖嗖的，竟然温度还挺适宜，我在茶几底下穿一会儿拖鞋，扔一会儿拖鞋，听他们唠嗑，没点我就不用应声儿，我都习惯。茶几玻璃板底下正好还压着张年三十姥姥家准备的菜谱，手写的，应该是姥姥的字，有点儿连，有错别字：九菜炒绿豆芽，小鸡炖麻茹，炒何兰豆。葱爆两字不会写，写出来的那两字我也不会写，应该是造的字。

我姥磕出一根红塔山，把烟盒递给我对象，他连忙说不抽。他妈也在这儿看着，跟姥姥说，我不让大非抽烟，有回他在院里抽，我看着了也没吱声。后来他进屋，问我，妈妈你是不是生气了？我说你现在大了，长本事了。他就跟我发誓保证说他再也不抽了。真的，他爸都在边上听着。是不是赵庆敏？我叔点点头。我姥说，那他在外跑业务，别人递烟不接？我对象说，我不接。我看看这个，看看那个，觉得他们一家三口朴实是朴实，不太了解我家，不抽烟在我姥这儿算不上好习惯，她两个女儿都当男孩养大，往日家庭聚会都是先酒后烟，最后麻将局伺候，昏天黑地玩透了算，人得先会玩才能上社会跟别人玩到一块堆儿，整个家里她就看不上我不会玩儿。现在好了，我又找进个闷面口袋，她边吸烟边看新鲜事儿似的瞄着我对象，随后脸一别，挤眉弄眼地下定论说，他背着你肯定抽。咳，还能不抽？

我说你也少抽两根，我姥喊了声滚，音量能把人吓一跳，可我手里还能剥出一个完好的橘子，是早已不受影响。她就这性格，骂完人自己先乐，双颊红扑扑的，精神矍铄，看起来能活不少岁数，论年龄，她只比我对象爸妈大两三岁，却整整隔出一辈人。我对象说，他爸妈生他生得晚，三十六岁。主要结婚也晚，穷日子给拖累的，都是各自家庭里的老大，不好脱身。我一直听不习惯他爸妈叫我姥阿姨，叫我姥爷叔叔，就像我一样不能习惯婚礼之后，改口叫他们爸和妈。在我看来那就是爷爷和奶奶，我爸才五十，大冬天穿夹克敞怀，好开个快车，在马路上别出租车玩儿，回家一甩钥匙就钻进书房，成宿打魔兽，小孩儿一样。而现在这个屋里，平均年龄就达到五十岁，陈芝麻烂谷子，叹往昔诉今朝，可想而知的谈话味道，说过来倒过去没一件新鲜事。我看了一眼坐在沙发扶手上的我对象，他听得挺专注。谄媚，虚伪，我给他的表情里写满这些批评，他看了没领会，张个大嘴问我干啥？他一问大家目光都集中在我脸上，我连转换表情都差点儿来不及。继续剥橘子，剥了三四个吧，胃里都开始反酸了，他们才聊到我妈跟我爸刚认识那阵子，离现在还有小三十年。再看一眼我对象，他还在那儿接话，姥姥，那你后来同意他俩在一起不？这话问得没谁了，不同意我哪儿来的。

聊半天，也没人注意到我，我姥还以为我听得入神，毕竟我俩坐得最近，这一屋里关系也最近，她一说到与我有关的话题，就急于拽一下我的胳膊或拍一下我的大腿，要我做证。拍打数次之后，我有意把身子斜到边儿上，做出舒展的样子，好像挺放松，我姥再想够我有点儿费劲，便说，你离我近点儿，唠嗑呢。我说，听八百回了。坐累了，去屋里看会儿书啊。我姥使劲把烟头拧了，说，我看你走试试。你听过人家没听过，这是咱们家历史。往后这不是一家人嘛，不了解历史怎么了解彼此？我寻思也是，兴许能唠出点儿沧海遗珠，捡起来当素材，就问她，那你许人补充不，或者发表观点？我姥说，不用补充，发表啥观点，显你了。其实我们家人性格都挺相似，一个大环境下成长起来的性格底色都差不多，这不，挨几句呲儿反而能感觉痛快点儿。我算坐稳当了。

我爸妈的婚姻对于今天这样的谈话没多大影射意义，他们基本门当户对，大夫配播音员，高小伙配瘦姑娘，矛盾不显现在婚前。我姥也就此打住，很快把话题转到我老姨的第一次婚姻上头，那个小伙，也就是我第一个老姨夫，据说也是辽宁农村的，贫苦出身，能想会干，尤其一张嘴，叭叭叭叭比我对象搞销售的还会哄人，但这些年大家在桌上很少提到他。因为我小弟也在桌上，每回我姥喝点儿酒要提这件事，就被七嘴八舌压下去，主力是我姥爷和我妈，都让她注意点儿，孩子呢。可见是不好听的话。我给几个长辈又续一回茶水，坐下问，他现在到底在哪儿呢？我姥说，应该没了。我若有所知，记起一点儿跟追债跑路、欠下八家银行相关的话题，家里说这些事从来不背我，但在我这儿所有关于老姨夫的记忆都有点儿断续，想了想，似乎这么多年他出现在这个家里的所有时间点也始终是断续的，在一阵儿，不在一阵儿，不在的时间更长久。后来他一直消失，我们不说，心里都当他死了。尤其在老姨再婚以后，带来那个长得和姥爷年轻时酷似的孟叔叔，越来越频繁地来家聚餐后，就更没人提他了。对我家里这几个人，我对象这些年光听我叙述，基本没见面也三分熟悉，只除了这个老姨夫是他听也没听过。此时一提，觉得是个特殊人物，能感觉到，他们一家三口都陷入了察言观色的沉默里，毕竟谁家人能说没就没一口子，还在那儿推测说"应该没了"？

我姥又点上一颗烟，烟头夹在滚胖的手指间纹丝不动，她眼睛眯得很细，里头浑浊又雾蒙蒙的，我知道，这是起调。我姥看向我姨和我叔，告诉他们，她对这个女婿可是仁至义尽了。我姨问她，阿姨，这孩子到底怎么了？我姥犹豫一下说，本来我是相中的。当空军，村里就他一个，考上那天真是锣鼓喧天，全村相送，他老齐家在村里因为这儿子露大脸了，就跟你儿子当年考上名校一样。他也村里就一个吧？我姨说，他是，他们高中校长都来家里，跟我说你……我姥打断她，说，都是少年得志。齐学库我第一眼瞧，就不是农村孩子。你儿子也不咋像。我姨赶忙说，大非爱干净。小时候我给他……我姥有点儿烦她不知道哪儿说哪儿了，说，齐学库会笼络人，眼睛里始终有事儿，滴溜溜心里转圈儿想，谁缺啥，谁想要啥，伺候首长那是一绝，别说伺候我这个丈母娘了。那，大非是吧？地上兜里橘子给我拿两个出来，说半天了嘴没味。看，你就还得练。

齐学库是个让人讨厌不起来的人。小时候我家、老姨家和姥姥家，三家住在同一个小区两个楼里，见面的时候多。尤其我和我小弟，总在老姨家那个狭窄的小一楼里看一下午的电视，老姨也是播音员，没节目的时候就在厨房里给我和小弟炸牙签肉串吃，甜甜的，回味了好几年。老姨夫不常在家，他那时应该大部分时间都在部队，偶尔我在他家时撞见他回来了，还看他穿件淡蓝的衬衫，深蓝的军裤，个儿和我对象差不多，在东北有点儿小众，不到一米七，穿鞋勉强能够上。可人看着精神，随和，跟我话不多，总能见着笑模样，有对待小姑娘该有的样子，比起我爸总是独来独往，更让人亲近。我和小弟有时候动画片看完了，就去电视柜里找其他的动画片碟片，东找西翻，有回正翻着，发现本三十二开的小影集，挺厚，封皮是两个洋娃娃彼此拥抱，被圈在一个红色的爱心里，标题是《爱的记忆》。我小弟那时还小，没当回事儿，我则从小就爱看些纸啊片儿的，默默翻起来。有二三十张，没装满，都是一趟出去玩的时候照的，分别有我爸我妈、我老姨我老姨夫，他们两对儿在彼此都还没小孩的时候，结伴到郊外林子里烧烤去了。是个秋天，叶子金黄落了满地，背景则是成排的白桦树，我妈和我老姨一人一件皮夹克，在林子里取景，玩闹。大部分照片应该都是我爸照的，效果挺好，他出场不多，倒是老姨夫，一身军绿，始终插个兜，站在画面的中央或其他醒目位置，令人印象深刻的就是他挺拔的站姿，比树还直。老姨在他后头抱膝坐着，聚精会神看着他。从这张照片的角度看，彼时老姨眼中的齐学库高大且能依靠，站在万事万物之前，一副当仁不让的模样。翻过照片，后头有字，九七年，恋爱一个月。

我妈那代人在婚姻问题上一直存在一些悖论，比如他们比起未知的答案，更愿意相信前人的经验；也比如他们对于自身只此一次的惨痛教训，会认定是具有举一反三延伸能力的亘古真理。他们强调说，如果你不接受他们已经接受的事情，就一定会走上比他们走过的更坏的一条路，这点毋庸置疑。几次在酒桌上，我老姨突然停杯，蓄谋和我说些什么。如果酒桌上我爸妈都在，那还好，大家只是闲话，说说就算；如果是她单请我，寒暄客套都差不多以后，就会直接引发辩论，即便每一次我都能在去见她的路上做好心理建设，一定不焦、不躁，咱有理有节，也没用，只养儿子的和只养女儿的终归会在教养子女上形成不同的思维方式。她没有我妈那份即便心打鼓仍能安慰自己孩子应该能过得挺好吧？那种糊涂是福的自我疗愈。在我老姨眼中问题永远都是问题。平时你看她风风火火，说说笑笑，一遇上事情就是一挺容易把周围人都包围在自己焦虑圈里的机关枪。可突突冒火，没一枪打到准地方，只让人心累。几次下来，我都辩论不出所以然，双方大多在激烈交战后的突然沉默中吃完自己的饭，最后心力交瘁地告别。有一次，吃完饭她开车送我回家，上了车不拧火，人面对方向盘，重重地喘粗气。我俩都滴酒未沾。我在后座上把头转向窗外，她则把头转向后座，一声叹息，说，你是没结过婚。我想了想，只能说是，听她又说，我和你老姨夫就是一恋爱，就结婚。根本不知道和其他人在一起什么感受，那样的婚姻是盲目的，你是盲目的懂吗？我犹豫或许该给老姨透一点儿我的私人履历，我对象，不说过尽千帆吧，也算众里寻他后，头一个让我想安心过日子的人，其实值得珍惜。老姨扭脸不听了，给我放了盘CD，不出预料，一首《梦醒时分》，有些人你永远不必等。循环一道儿。

相比之下，这两年她的状态好很多，过年聚会的时候，穿件掐腰的鲜绿毛领外套，头发带着小卷，衬得肤色白皙红润，还涂了烂番茄色的唇釉，站在我妈旁边看起来不止小四岁。孟叔叔在她身后跟着，两手提满东西，人进门带来一团白气，不知是冻的还是热情，见着我姥我姥爷就差下跪请安，他们双双出场，很像大款带小秘。酒过三巡，电视里的春节晚会还没开始，大家都围在一起跟在美国上学的小弟打视频，老姨在我身边儿坐着，存好视频，突然抓起我的手，在手心里摩挲来摩挲去，说，大姑娘这手啊。老公，你看这手，又细又长，这手就是享福来的。孟叔叔瞥了一眼，笑笑没说话，被老姨拽回来看了一眼，还是笑。我便把手抽回去，挺没意思，跟孟叔叔总有那么一股子不对付。心情好的时候含含糊糊叫他老姨夫，大多时候就装没改过来嘴，叫孟叔叔，反正他也知道怎么回事，他没能把家里所有人都笼络住，本来这事也难。

我姥继续跟我对象爸妈说，齐学库这人本事就本事在能笼络住所有人。他挺懂人。我做证，的确，这人看着不出挑，但不招人烦，也有眼力见儿，总是挺客气。我姥说，不那样能得首长喜欢吗？他坏也坏到这上头了，人不踏实。其实他后来所有的毛病，婚前都有铺垫。我和你姥爷没往深想，坏事了。我说，开始你不是看他哪儿都好嘛，我姥爷还总说你，把姑爷看得比儿子都亲。一比较，对我爸简直就是看不上。我姥不乐意听，辩解说，你要是有两个姑爷，一个天天鞍前马后，一个少爷似的不靠前儿，你看好谁？我说，怪我，唠远了。还说他婚前吧，他和我老姨恋爱多久结的婚？我姥寻思，有两个月没有？我没记住，反正不长。我们当时就看中他是部队的，往后能高走。我说，高走啥，没把家赔里就不错。我姥笑着说，你也知道他赌啊。他叔他姨，作为过来人我告诉你俩，孩子烟酒都不用太忌，就这个赌博和嫖娼，真坑死人。我姨说，赌博是罪，有罪。我叔说，赌博不是好人。我姥问我对象，听说你打小就会玩麻将？我对象咧个大嘴，说，姥姥你放心，我就当个游戏玩。我说，平时没见他玩，就有时候用手机斗两把地主，豆没了就算。我姥说，豆？我说，游戏币。

我姥说，挂上啥都不行，以后看着他。说回齐学库，婚前有啥端倪呢，两点。他俩结婚前，我去他部队一趟，想看看他工作环境啥的。我到那儿问起齐学库，他哥们儿多啊，都过来围拢我，一口一个老妈叫着，说的都是好话。我一看这不行，单独叫出来其中一个，脸放下，问他学库平时到底咋样，这眼瞅要结婚了，我得听实话。你们不能因为跟他是哥们儿，最后祸害我姑娘一辈子。那小伙告诉我，大娘啊，学库啥话没有，重情义，脑瓜活，往后指定有发展。我问，啥瑕疵？他说，有点儿好玩。我一想，年轻人哪有不好玩的，真还只是点儿瑕疵，就没多问一句他玩儿的是啥。那小伙又说齐学库，在吃饭上挑拣。他们一起去食堂，每回他都得把盘里葱姜蒜挑净了，择出来，不然不动筷。这下我心里开始打鼓了，你们寻思，年轻人吃饭都挑，不稀奇，我这孙女儿也是，恨不得一米粒一米粒给你咽，可他是啥？农村出来的，家里锅都快揭不开了，我话直，没别的意思，你们村儿能有这样的？我姨不好意思地笑笑，说，大非他爸就不吃葱蒜。我姥啧了一声，还有这样的？我叔说，吃不惯葱味儿。我姥说，不瞒你们，你家儿子第一眼照片拿来我们看，大伙儿就都说，像齐学库。知道开始为啥都反对吧，这是一条儿。咋还越说越像了。

　　我姨的双手一直在身后撑着身体，因为一条腿残疾，腰始终使不上劲儿，坐久了就有下滑的趋势。我抬头看去，她似乎在为谈话始终没能走向顺利而后悔，两脚局促地暗自发力，踮着，想把自己再抬高一点儿，表情深沉。我示意大非，他把他妈往上搉了搉，让腰能靠到沙发后背上，我姨腿不够长，一部分腿搁在沙发上，坐姿像儿童。我姥看见说，这孩子孝顺，这点照齐学库强。我姨赶紧接口说，大非总心疼我。我说妈妈是个残疾人，是人渣滓，他不叫我说这话。他说妈妈，你这样还供我上学，你是最伟大的。说完，我姨和我对象露出了一模一样的笑容，他们咧嘴的程度、眼角的奄垂，都仿佛复制，我一时不知说什么好。我姥在一旁默默看我，余光中，她端详了挺长时间，然后自言自语，说齐学库妈也是有点儿残疾，不知道怎么弄的，针扎一只眼睛里了，瞎了几十年。齐学库后来跟她说，我姥比他亲妈还亲，他亲妈都没得他济。我姥听了就边摩挲他肩膀边说，她呀，也是俩姑娘，缺儿子，她就看齐学库亲。那天他们都喝多了，就他俩，齐学库哭得上不来气儿跟我姥说，他妈走那天，他去赌钱了，他两个姐都没找着他，两个姐也在外地，没能赶回来。到他回村那天，看见土道上裹了一个草席子，远远能闻见，都臭了，那就是他妈。我姨听了张口结舌，我也有点儿，问我姥，这他还能告诉你？我姥点头说，能不告诉嘛，他都认我当妈了。

老姨总跟我们说，别提齐学库，我现在提他犯恶心。无法判断当年那件事具体发生在什么时候，家里的大事对于孩子来说，总是在事后发生的。那种为此提心吊胆的集体煎熬，除了我和我爸，差不多家里都参与进去，能给我的记忆留下痕迹的，只是我妈几次单独的出门，有点儿匆促而已。我姥现在的讲述差不多复原了那个事件，自此后，齐学库才成了苍蝇一样让老姨起了吃饭时不能提及的念头。我姥说，那天她刚把我小弟从幼儿园接回来，正准备做饭，一个朋友来电话说齐学库找到了，人在蓝天宾馆。我姥嘱咐她朋友，你替我看住了，我马上到。我姥现在跟我们说起时语调仍很紧张，我立刻出门打车，等不及坐公交，怕他再跑啊，出租车还故意给我拉远道儿，这让我给那司机骂的。这事儿她姥爷记得，老丁你别睡了，出来听听。我们才意识到家里还有一个人，姥爷刚才在里屋，不知补的什么觉，一直到现在。穿着我爸不穿了的大号衬衫，趿着拖鞋走过来，笑模呵地问，你们聊上了？一看我姥爷，我心里就踏实多了，姥爷虽说不能掌控姥姥，多少还能掌控点儿话题，他和我叔坐到一块儿，离远看，特像肯德基老爷爷。他用手指下我姥，接话说，她给那司机骂得够呛，我俩那天一块儿去的。我姥解释说，我一个人可不敢去，那地方乌烟瘴气的。

等我姥和姥爷赶到蓝天宾馆，齐学库又已经不见了。他们一出现在那个环境里，所有人便都怀有警惕地停下手里的事，小声交谈。有人过来问他们找谁，我姥问齐学库在哪儿，她眼神上下逡巡，像一个退下来的老干部，矜持而含威，我姥爷腰里则别着把螺丝刀，站在她身后。一个男人把他们带到隔壁的房间门口，敲门两长三短，门打开，他们看见齐学库蹲在一张床的前头，没人绑他，可他自觉地双手背后，眼皮耷拉，有被人打过嘴巴子的痕迹，侧脸挺肿。他先是小声叫了声爸妈，一叫出声便仿佛放了气儿，再也蹲不住，人坐倒在地上。我姥冲上去，又推又打，大声地质问他在这儿干啥，她不住地明知故问，只想让他开口给自己一个确凿的交代，其实又哪还需要。两个男人站在窗口，他们走近时，齐学库直往墙角躲，躲得自己整个人薄薄的、窄窄的，仿佛一张能立住的纸，他直打哆嗦。其中一个人告诉我姥，拿五十万，要不这人往后你见不着了。我姥顺势坐在一旁的床沿上，我姥爷拽着她胳膊，想把她拽起来，好一走了之。可她只是紧锁眉头，看看这儿，看看那儿，最后不耐烦了把我姥爷一把推开，叫那两人，一口一个兄弟或者孩子，问他们爸妈是哪个厂的，在哪儿干过，试图找出潜在的关系链，像在早市拜托熟人多留一扇排骨那样疏通关系，可他们不是乐就是低头玩手机。半响，齐学库抬起丧家犬一样表情的脸，抱住我姥两条腿，说，妈，先把我人弄出去，行不行？我姥爷打开门，准备走了，跟两个男人说，你们弄死他吧，你们不弄死还得我来。我姥喊，你他妈快滚！一个男人不耐烦了，起身说，不筹钱，你俩都滚。挺大岁数搁这儿演电视剧呢？

我姥回家后一想，可不就是电视剧。他们去找齐学库，是因为五天前我老姨从内蒙古采访回来，她本该在第二天再到姥姥家来看望，却在回来当天的夜里十点，咚咚咚敲响了这里的门。姥爷去开的门，他跟我们说，我老姨工作以来，他还从没见过她这么哭，一下子就让他回忆起了他老姑娘小时候在他怀里哭的模样，本来，他都以为她是个大人了，忘了她也才二十出头。我老姨进门后一语不发坐在沙发上，就是现在我坐的这个位置，我姥去摩挲她的手，冰凉，从手指头到小手臂，整个人都是凉的，在刚入冬的晚上不知道一人儿在火车站站了多久。她头发都贴在脸上，微微皱眉，在眼角挤出些细微的纹路，我姥特烦看见她这个表情，女儿一旦苍老折磨成这样，更老的人也不必活了。两人坐在姑娘边上一左一右，开始他们以为她挨了打，问了说没有。以为是在家里吵了架，生气跑出来，我老姨却又说她连他的面也没见着。齐学库昨天晚上在电话里答应她，他们新婚不久，这次小别，他一定准时来火车站接她，还给她买束花啥的。我老姨说不用，太傻，在绿皮火车坐了一路却都抱有期待。她本以为一出站就能看见他，即便已经有些隐隐的不安。自她早上上车，就开始联系不上齐学库。她想他大概在预备一个惊喜，又怀疑是部队里突然的工作牵制了他，左思右想，在火车站里从晚上六点半等到九点半，才默默抱着大包哭回了家。

齐学库从那天起开始失踪，准确来说，是从前一晚和我老姨挂完电话就失踪了。听到这儿，我也有些难过，我对象做销售，头两年因为房贷和装修，一堆的债积在头上，他不得已去接更多的项目，更频繁地出差，总也不在家。这样的夜晚我都已非常熟悉，凌晨到天亮，一个人度过一段失去参照的时间。后来我迷上了酒，开始受不了苦涩，慢慢学会把希望寄托在咽下之后身体发生的变化上，所谓摇摇欲坠，所谓羽化成仙。喝得像块行走的红炭，感觉热力不但能让自己暖和，还能把整个空间都烧熔掉，化着化着事儿就找不见了。再接他的电话，那边或是在打扑克，或是在去夜场的路上，心里居然也能自我安慰：咱们都在同一国家，都在进行娱乐活动，只是不照面。盘腿在床上，放下电话，自己跟自己甩两把打娘娘，用低声部唱《青藏高原》，一感觉哪儿做得不完美，猛着罚自己酒。直到后来养出啤酒肚，心理建设也初步完成，才渐渐戒了那种晚上。人锻炼得归根结底都是自个儿，除此外，事情还是摆在原地，搬不动，不如给自己省点儿力气，做别的。今天我才知道老姨也有过那段日子，真想穿越回那晚的车站去接她，啥也不说，就陪她一块儿等，假装我男人也没来，假装没人需要等。人和人，有时没交没代就落回到了两个时空里，干联系不上，像根本也没认识过。

事儿说过去就过去，我姥继续讲，她和我姥爷后来在桌上也不提，齐学库每次都暗地里感谢她，为搭救他出来，我姥卖了一套房，挪了些积蓄，人见老不少。他处处流露出改过的状态，在部队里调了职位，到了空军后勤，隔三差五开大车到我姥家楼下，一趟趟搬鸡鸭鱼肉，也舍得耗费一下午一下午的时间，单陪我姥在家喝酒解闷儿。他拿回来的，都是当时的好东西，渐渐把我姥和我老姨培养回了原先的精气神儿，对我小弟，也儿子长儿子短殷勤不已地跟屁股后面撵着，撵上就把他背上肩膀，把头上的大盖帽扣上他小小的脑瓜顶儿，一嘴胡子楂亲得我小弟直躲。当时我刚上初中，暑假里和小弟都在姥姥家度过，齐学库有时候也在，站在窗口抽烟，从不对着我俩。抽没两口，就回过头看一下我俩能不能吸着，仿佛不是他看着我们，而正相反。我给小弟辅导功课，入门的应用题，他总也整不明白，连看懂意思都费劲，加减法不知道用，水浒游戏卡什么人物使什么兵器倒是门儿清。我俩学习时，我姥和我姥爷从不过来，过来了也只是看看，说声好好学就走开。他们那代人一辈子出厂进厂，子女又都是自己扑腾出名堂，不太清楚知识的分量。齐学库则每次都在我旁边坐下，不出声，眼神却跟鹰盯着肉块般盯着我小弟，他每一句回答都值得齐学库叨一下，那阵儿我就有点怕齐学库，因他也仿佛一样在检验我的教学。他人瘦，就不太见老，只是皮肤更黑，油亮亮的，嘴唇颜色一年比一年见深，身板还是挺括。看我给小弟讲题的时候，总歪着脑袋，像我另一个更专注的学生，比我更常对小弟提问。他总是在我小弟答不上，而我又想和稀泥的时候，生硬打断我俩的进程，坚持问我小弟，姐姐问你呢，你咋回答？我只好试着提醒我小弟，提醒一句不会，两句不会，他身板就开始前倾，带着压制性的气氛，朝我小弟的方向投射阴霾。

现在想想，那阵在姥姥家的确不常见到我老姨来。她是工作突然特别忙，还是突然有了其他的事情缠身？说不清楚，只记得我小弟天天晚上住在姥姥家，有时候齐学库饭吃到最后，憋了半天，还得征求我小弟的意见，今天跟爸回家吧？我小弟巴不得不被他管，他怎么哄，我小弟就怎么低头，往我姥身后躲。直到他站起来，忍不住去拽他，我小弟才突然爆发出哭声，让我忍不住乐他，戏还来得挺足。我姥把我小弟搂在怀里，拉下脸说，你总打孩子，孩子能跟你？你自己回去吧。齐学库听从我姥的每一句话，收拾完碗筷，自己拿衣服走了，我们一家三口有时和他前后脚回家，他在和我们分别的时候，脸上带点儿难堪。我爸则会在他走后很得意地自我总结，这人哪，说啥别有污点。我妈说，齐学库活该，祸祸我妹妹。我爸说，她老姨咋总也不来，那她晚上回自己家不？我妈看看我爸，问，你啥意思，我妹不回家她去哪儿？我爸就乐了，说，我也没说啥。他们你一句我一句，说说就冒火，后头一段走回家的路谁也不理谁。那时候我总以为是我妈脾气太大，现在才想明白，我爸话里有话。老姨的确交过两个男朋友，但从不介绍说是男朋友，他们出现在所有齐学库不会出现的家庭聚会上，渐渐地，我再没见过齐学库上桌。

我姨问，他后来没学好吗？都对家庭造成这么大创伤了？我姨说话一直挺文，据我对象说，他妈小时候上学，每学期都是第一名，作文篇篇是范文，要是不落残疾，打算往北京考。我问当时班里一共多少人，他说六个。我姨后来在农村也不甘平凡，为供儿子上学，从卖月饼到卖冰糖葫芦，几起几落折腾不少次，却没有多少积蓄，转而信仰天主教。做人坚信，遇事要先怪自己，眼里没人不能原谅。我叔则多年来把我姨看作了信仰，现在跟着附和说，该改好了，他不是军人嘛，懂纪律。我姥说，改个屁。他戒不了，手上有瘾。我姥爷插话，就是狗改不了吃屎。说完被我姥又骂了句滚。我姥爷没吱声，和我相视一笑。话语权永远在我姥嘴上，她抽上不知第几根烟了，蓝紫色的烟雾在屋子里一直没往下落。她说，后来他俩也过不到一块儿了，他提出想去哈尔滨，我就给他托了关系，去警察局。不容易进哪，好歹塞进去了，正式的，工资也不少开，寻思让他和我姑娘冷却冷却，等工作干好了这不关系也能缓和，主要看他咋表现。我姨说，好工作啊，你也是好丈母娘。我姥哼哈地，那我还说啥了，护犊子。我送他上的火车，都没人送他。搁车站我还跟他说，你看看，媳妇儿子都没来，等你干出样，他们就都来了。

我姥用胳膊肘推我，问，后来，你再见过你老姨夫没？我说，见过一次。我姥想起来，说，是不是那次你和你小弟去青岛玩儿，坐飞机回哈尔滨，完了他去机场接的你俩？我说，我俩飞机早到了，也没提前多少，等了他挺长时间。后来见面才知道，我们一直在同一层里互相绕圈子，我是真认不出他了。我姥说，那么多年了，总得变样。我没再说下去，那五六年里，齐学库跟我们家人见得少，他完全变成了另一个人，我姥兴许并不知道。我当时没认出齐学库，不是那种你在街上看见，需要恍一下神才敢确认的认不出，而是即便有人把他带到你面前，你们一张桌坐下，默默吃了半天的菜，如果别人没介绍，你就始终觉得他是陌生人那种没认出。齐学库当时站在我们身后，一根柱子旁边，像一根相对矮小的柱子，站得还那么笔直，跟被人截过腿似的，不近看有点儿侏儒。他穿深色夹克，黑裤子，背个小包，嘴咧得很开，牙齿黑黄，在他那张瘦成一条的黑脸上，五官大得吓人。一伸手就要拥抱我小弟，我小弟把脖子往前凑凑，算是抱过。他语速很快，跟记忆里温和话少的形象有了出入，速度越快，话也跟着越密，像被关了五六年禁闭的人，好些话不说，眼瞅就要过期。他一双眼在我小弟身上紧着骨碌，看他们站在一起，父子俩竟没有过多相似的地方，据说人跟一起待久了的人会越来越像，细胞照着模仿，久也不在一起，就没法太相像了。齐学库跟我还是很客气，点头说，大姑娘，咱们也好些年不见了啊。我说，老姨夫，把我小弟交到你手上了，我就回去了。小弟，跟你爸好好待两天。这事当时是我的任务，我姥偷着给我打电话，嘱咐我一定让他们见着面，让我小弟跟他爸走。毕竟再开春，我小弟就准备去美国上预科班了，他在国内一直跟不上教育节奏，只能送去国外试着跟跟。我姥在电话里说着又要哭，她感叹孩子可怜，这一走，和他爸不知道啥时候再见。我小弟倒也懂事，或许知道没别的选择，我们一起在机场匆匆吃了一口饭，我就一个人坐客车回去了。上了车，我在窗户里看他爸和他一前一后走着，齐学库想和他拉手，我小弟没让拉，齐学库不住地转头等他，想两人并排走，可俩人步子死活不是一个频率。在机场，一个中年男人后头跟着个插兜听歌的半大小子，怎么看怎么像跟去住店的。

我小弟没待上三天跑了回来，进门就让我老姨出去带他下馆子，又去泡了一下午温泉，才回到桌上，当晚跟我们娓娓道来。我姥问他，咋回事，为啥不多待两天？我小弟露出一种想说不敢说、不敢说又憋着想说的做作表情，桌上没外人，他寻思寻思，怪笑说，姥，是说带我出去吃饭，头一顿兰州拉面，面要的三棱儿。我姥说，上车饺子下车面，你爸安排的没毛病。我小弟说，第二顿兰州拉面，换了毛细。第三顿还是兰州拉面，换了韭菜叶，那不还是面条啊。我姥没接上来话，我老姨便扯我小弟胳膊，让他继续说，住的啥条件，也告诉你姥。我小弟喉咙咽了下，梗着脖子，说，他自己租了一房子，还没这个屋大，也没暖气，到处都是垃圾。我让他收拾一下，他就拿脚划拉。后来有个女的总来敲门喊他，我就去宾馆住了。他让我千万别告诉你们。

我姥又哭了。人老了，不仅皮肤，泪腺也松不少，过去她在桌上哭齐学库，没哭痛快过，总是刚开始抹泪，就被我妈我老姨喝令憋回去，她们不理解人为什么要对一个没血缘的外人动感情，何况这感情动得是非不分。今天没人拦她，她一直用纸巾按眼睛，带着困惑的悲哀，哭一件她想不明白的邪门事。我们都静静看着她哭，一起帮她想，齐学库出问题的地方在哪儿？一定不会是脑筋。他聪明，能爬会钻，吃过苦，也长过记性，人生起起伏伏，像是挂在钟摆上，偏偏最终能使他安定的东西，恰是没定数的赌。我姥爷说，你就是哭他给你一车车拿的那些吃的，再往后吃不着了呗。我姥没骂他滚。她好像压根儿没听见，眼神里呈现极遥远的画面，像我们此刻都不在身边，而离她很近的，是一个男人深夜里逃亡的景象。他翻墙，搭黑车，一个人走过铁轨，宽广的平原上黑暗不见四方，没人跟他说话，没人问他是谁。他就一直走啊走，自己也不知道该走去什么地方，除了家，能去哪儿。家是他唯独不能去的终点。

我们安慰我姥，你再也不会和这个人产生任何联系，他和我老姨在哈尔滨期间已经离婚，现在除了是我小弟的生父，在社会上也已经丧失标记。你惦记他什么呢？我姥说就因为他还是我小弟的亲爸，后续还有麻烦的问题。一年前哈尔滨公安局给她来电话，让齐学库的直系亲属去局里一趟，取走一笔钱。这人只能是我小弟。我姥看着我姨的眼睛，问，搁你你愿意告诉给孩子不？我姨说，应该告诉，亲生父亲。我姥说，你没明白啥意思。通知来取钱，好像是取他之前每月存公家的一笔钱，叫啥我忘了，退休了能取走，死了也行。这回你明白不？我对象告诉我姨，就是公积金，我也有。我姨哦哦两声说，阿姨，就是孩子如果去了哈尔滨，他就知道他爸没了？这个事儿，太残酷了。我姥说，残不残酷的。我寻思等孩子从美国回来，私底下我也问他了，他说那钱得要，必须要，干啥不要？孩子接受能力还行。我看见我姥说到我小弟时，叼着烟的嘴向下耷拉，有轻微的哆嗦，而我姨还说着她坚信的那些童话。她说，阿姨你这么想，也许你姑爷是想给你们一个惊喜，他可能在外面混得越来越好，等不知道哪一天，突然出现在你们面前。电视里也演过这样的事儿，反正吧，可能啊，人活着总得是有希望啊。

中午算是过去了，厨房那两扇没关的窗户摇了起来，刮进小股的旋风，我们这地方四季风沙都大，一年两次，一次刮半年，沙土也重，吹进嘴里总有细小的沙砾，不注意割舌头。我起身走过客厅，去关窗，姥姥家在二楼，每次来，她或者姥爷都会站在厨房这个窗口前，看一眼楼下访客是谁。我也下意识地往底下看了一眼，当然不会出现齐学库，可我姨刚刚那些孩子气的许愿总是不停地在心上翻腾，让人听了，比认定人死了还难受。楼下枯树边上正卷起涡旋的沙土、废纸、碎叶子，转圈不走，有冤似的。

我对象也来厨房倒茶水，我们看见彼此都没说话，也没互相宽慰。沉默地坐回客厅里各自的位置，这时姥爷说要看电视，姥姥也问我对象爸妈要不要中午睡一会儿，我们便异口同声说晚上再来，起身去拿各自的外套。我姥坚持送我俩下楼，我对象爸妈也想跟着，结果是两个老太太分别给我俩叫开，我们听不见双方谈话的内容。我姥在楼梯间里一直同我确认，他不爱玩，他不爱玩吧？我说人跟人不一样。我姥说她看出来了，家庭和家庭都不一样，别看都是六十多岁的人，真没共同语言。我笑了，问她，是不是我姥爷和你也没有？我姥长叹一声，说，难碰。

走回我家也就十分钟，要穿过一条狭长的路，到夏天走到这儿，头顶上会被一排杨树的绿荫遮蔽住，阴凉安静有如异国。现在则只有一排光秃秃的枝，和年前烧纸后地上留下的黑灰，像一个人灰不喇唧的后背上四散的膏药贴。我对象走着走着，突然问我信不信世上有魔鬼。我知道他和我想着一样的事，很多人绕不开的事。在我们没有被鬼吓到之前，都倾向于认为，那是白天不会出现的鬼，心正不会见到的鬼，藏身在失败者借口辞典里的鬼，一旦证明有鬼在，人也就不在了，挺有意思。鞋带半道上开了，我蹲到马路牙子上弯腰去系，抬头看见他站在离我两步远的地方，没人监视，没人认识他，他却双手后背，把前胸挺得很高。过去没发觉他爱立正。我赶紧把这个念头甩出去，另一个念头慢慢爬上来，得让我好好想想，原来一个人打从背后看，站得太直反而不美观，反正我不觉得他像英雄，像鹅。我是说，像鹅也挺好。

荒野寻人

一

我特意选这个地方走一走，试练自己的胆量。黄昏刚过，望不尽的平原，在车上时，没有此刻的触感。什么是触感？风是触感，时间的经过也是，我翻越护栏，看到自己孤身站在空白着的广告牌下，再远是坟包和牛群。有个坟包扎上了花色风车，一转一转的，我觉着亲切，把那儿当成一个目的地。我边走边想，今天是个特别日子，过不了太久，父母会发现孩子的失踪，还不用太久，学校和社会也将出现小小骚动，他们估计要问我身边几个人，非到此时此刻，才有人关注这些日子来我经历了什么。大人们将打上手电，敲响几家我提过的、玩得比较好的朋友的门，那些和我岁数差不多的男孩，大晚上回家，校服没脱，会靦着一脸的糊涂说，叔叔，姨啊，孙老师啊，我真不知道。他们真不知道，人总要在面对诘问时，说和自己不相关的内容，像从高处跳，先找个位置可靠的台阶。他们轻易不提和我在龙卷风里周旋的故事。龙卷风里，我绕呀绕，尽力躲避那些转圈似的拳脚，当时我蹲下，抱头，想风会过境。

脸上囵囵的脏东西，一直没找到水洗，还有黏稠的不明物挂在上头。美容院大姐将这些飘着香味的泥巴涂我满脸，说服我信，一次之后，你崭新一生。涂完我看看镜子，黑泥将表情都包裹住，动下眉毛，就是惊讶。大姐说，吓着了吧，这就是你的毒。我点头，毒真不少，相信就是它们在我体内作祟，影响一个人的勇气，软化他的自尊。美容院是中午时候才出现在我世界里的，此前我从未进去，不觉得它能和我发生多大关系，我先是在车站找了个没人的地方，练习接下来怎么谈判。这是我第一次和人谈判，它也决定我的人生，所以必须郑重，并做好准备。因此当爆炸头的中年大姐向我递来美容院名片时，我突然感知到和天意相关的内容。我需要被拍照上报时，有个良好形象，表情我能决定，形象属于硬件，至少让人看到一个少年犯长相清清白白。大姐说再多，我一概微笑回之，表现想要的冷静和世故。大姐还说，全免费。我说，好的，姐姐。我随她出站穿街，恢复了本来面目。

　　离车站不远，积满生活素材的老小区里，有个一楼，窗改门，挂着"新亮美容"的招牌。我在门前停顿，感受纷杂又清晰的种种信息，抵达一个方向，从今往后，我又新又亮。大姐见我谨慎，以为钱没带够，她说了免费，可还不断打听，孩儿，瞧岁数不大，这趟自己来啊？我说是，横眉冷对，躺到她让我躺的椅子上，被调整角度，像置身小时候被我妈推着才不情愿地迈进的牙医管辖地带。屋很小，两台仪器，两面柜台，罗列没听过名字的瓶瓶罐罐，估计我妈会更为熟悉。广告从来不遗余力宣传，这个美白，那个就能弹弹弹，让肌肤重现新生，回到十八。我过年十七，年轻不能打动我，但新生可以。大姐抽出纸巾，给自己油光遍布的脸擦净，而她青春时候留下的痘坑，每个都展现亮晶晶的内容，同时向我折射的，还有她龇出来的大牙的白光。大姐告诉我，平时生意多，不用她亲上阵，今天是特别的一天，孩儿你幸运。我没作声，想我的确幸运，在男厕许多的"到此一游"和"奇变偶不变，符号看象限"里，瞧见了"买枪诚谈"。地址在遥远的另一省会，我电话拨去，对方非常诚意，自制枪，只接面谈。

谁在生死上没诚意呢，我当时这么想的，也这么做。迟浩然和一众小哥们儿，当天最后给我屁股一脚，提了个新花样，说你要乐意蹲，一直蹲着往前蹦，直到蹦出我们视线。我数次从他们手下灰溜溜逃走，只那一回，天光在我头顶炸开，一下下的蛤蟆蹦中，我寻见了解决问题的答案。软弱不是制暴的本事，当我想破脑袋也想不通，为何世间有种乐趣，发生在折磨人上头，那注定我也不明白，为什么非要见到匹夫之怒、血流成河，才了解人欺人，并无合理跟特权。回到家，我妈在看相亲节目，自打退休，她很少关注生活实际，感觉对电视比对我和我爸都更亲近。我不想理解她，拿药水给一些过于醒目的伤口涂上，希望快速复原，不再引人注意。电视突然发出爆灯的喧哗，一个西装笔挺的男人，在感谢了所有后，增添信心，走到光环之中。女人们站在桌后，镜头一一给到，无不笑靥如花，忘记先前等待的难堪。人总是这么容易拥抱希望。我闻着药水的气味儿思考，所谓有记性有长进，对某些人而言，可能是一次性的。

大姐问我为啥要来车站，想到哪儿去。我嘀咕了几句，保密是必须的，但不能让人怀疑。我装不耐烦，直勾勾盯着头顶，上面管道交错，和钟乳石似的，积着悬悬欲坠的油冰，再闻，我怀疑美容院是饭店改的，大姐原先是大厨。她比我妈小不了几岁，也有双文过青色眼线的眼睛，眼皮懒塌塌的，像块被子，随时准备给真情实感覆盖住，实现精神保暖。她神态挺柔，动作却不，手在我脸上涂涂抹抹，不停地压实。我说，不用太彻底。大姐没啥反应，像给自己洗脑，说不彻底不行，我干活就讲究个认真。我笑一下，一块泥掉下去，她捡起，对嘴吹吹，说可贵了。孩儿你尽量别动，疼吗？疼也是排毒。

这话我爸也说，他觉得什么虐待人都能经受，都能从中获益。我跟他没话，躲他教育我的机会，谁要问我，最反感什么性格的人，答案不思考就能给，即老想教我点儿什么的人。我觉得人只有在两种场合下，可以教育别人：一是别人求你教育他，像学生对老师，需要被知识灌溉，交学费出于这目的；二是需要拿教育别人来伤害别人的时候。他做好了你反感的准备，不在乎你反感，要的就是反感。我想好了，拿枪指上迟浩然脑袋时，一定把握住教育他的机会。过去他和别人，只打我，从不说打我啥理由，我杀他的时候得告诉他，不厌其烦让他知道。我将像逗猫狗一样逗他，让他重复我的话。迟浩然大概会有点儿磕巴，他平时说话挺顺的，但我们打小就认识，在一个院里长大。我见过他磕巴，被他妈在楼下大耳光伺候，追问她兜里怎么少了五十块钱的时候。钱去哪儿了？迟浩然磕巴着，看见我，指我说，请他吃饭来着。我说没有，阿姨，我今天家里带饭。翌日放学，他第一次堵我，带了几个不认识的高年级男孩，在网吧门口，将准备把四块五贡献给模拟枪战的我，用拳头打爆头。迟浩然掏走我的四块五，给我屁股一脚，仿佛赦免，对身边还想追击的小哥们儿说，咱以观后效。

二

半小时过去，脸上稀稀拉拉的刺痛已经习惯，脸涂好，我看着镜中自己，心里挺难受的，咬死不能哭。药水味儿伴随大姐午饭点的韭菜合子味儿，盘旋于狭小的室内，我和大姐各想各的，她不咋了解我，我已经觉得了解她。孙老师一度喜欢我，因她教语文，我是课代表，交代的事我都完成，还能在作文上不掉链子，多次拿年级最高分。我妈、孙老师，都在大姐这个岁数上，怎么论，我都该叫眼前女人一声姨，可她见面便以姐自称，叫姨，就显得我心太虚。大姐在我俩都不说话的时候，眼神放空，咬着韭菜合子，店没人进来，过路的都少。我清清嗓子，问，还观察多久？大姐说差不多了。她一时显得疲惫，不知被什么给击溃了，我不再是她倾注热情的客户，她活儿干完了，轮我做财神。

我问水盆在哪儿，自己洗就行。谢了姐。她说，你现在洗了，脸还是黑的。下一步开始治疗。我不好意思，排毒加治疗，够麻烦人的。想象征性给点儿，理发店洗头五块，你这儿洗脸多少？大姐说，八百。我把手按在台子上，看她。她说，不用看我。排毒免费，治脸要钱。原来半天店里没进人，对她对我都不是好事。我嘀咕说，不治了。大姐手搭上我一侧肩膀，跟有吸力似的，手劲儿不再隐藏，一捏，就给我捏疼了。我说，你搞诈骗啊。她委屈起来的神色，跟我妈再像不过，每月我爸向她抱怨电费时，我妈就会露出这个表情，仿佛没啥可解释的，解释一多，她将忍不住把对方难招架的痛苦都倾泻出来，那不是电视上花红柳绿就能安慰的苦。任何关系，都架不住委屈时的欲言又止。大姐给我按回，孩儿，咱讲道理。我问，什么道理？她说，做了脸，得给钱。这一刻的晕眩，我记得牢，孙老师找我谈过，她之所以喜欢我的作文，和其他老师一个道理，在于我能把画面写活。没经历过的事儿，我写下也有了令人信服的形体，那到底是迷惑自己，还是别人，或许两者都有？我低头，在她办公室，又一次牢记被人看重的感觉。只不过没多久，那种感觉就被另一种失重的感觉取代。孙老师扯了我的作文，碎片纷飞，在我脚边落下，她认为不诚实会害了我，更害了学校和老师。我怎么能什么都写进作文？挨打，你啥时候挨打了？不实的杜撰等于诽谤，她说，伸手想碰碰我。我眼里很快积蓄泪水，如果能被她碰一下就让那些衣服下的伤口消失，那她该碰。可谁都知道不会。她后来对我的所有示好，都等同于不实、杜撰，骗人骗鬼的谎言。我失去了学校里唯一的庇护，任小胡子疯长，身体越来越瘦，精神萎靡，生活也邋遢。

蹲好。迟浩然说，抱头，准备。我什么话也不说，没进过的牢房，已提早对我展开培训。迟浩然嚼着口香糖，伸手在我头顶，开玩笑地一声模仿，啪！我中弹，可不能倒地。迟浩然上午刚被孙老师训过，语文课上跑进来一只老鼠，作为体委的迟浩然当仁不让，蹿上讲台。他拿上铁锹，振臂一呼，平时隐藏在几个方向上的小哥们儿立时响应，也冲了上去。孙老师尖叫了几声，很快她变成缩进角落的老鼠，不安地望着这些十七八岁的男孩脸上因杀戮带来的兴奋。他们怎么可能杀不死一只老鼠呢，他们齐心，皇帝也给拽下马。捍卫孙老师，自然是借口，好释放体内那将他们自己也搅得厉害的兴奋之物。孙老师哭了，她突然止不住地哭，让学生们困惑。当老鼠的尸体粘在铁锹上，被迟浩然又一次高举，想让她看看，这样她就不会再叫了。老师？孙老师撑着额头，半瘫在讲台上，抹着泪瞪他说，滚。黑板上有她在《促织》里摘下的话：夫妻向隅，茅舍无烟，相对默然，不复聊赖。她回身看这行字，教育的困惑也许从未在她心底消失，却已在她对我的态度转换中，让人不复有希望。我知道她想看到什么，但不会再写，她错失了和我该有的联系。

此刻大姐打电话摇人，我俩说不清道理，道理一定在，都觉得攥着它，攥得很稳。我也想打电话，考虑后面要做的事儿，报警将打草惊蛇，于是等了下来。平时我很少和父母老师以外的大人打交道，但一直留心他们的交流方式，他们会更好地利用语言，说很多，以延宕真实的动机。铺垫反反复复，让人因为客气，很难直接伤害人。那是生活里比比皆是的谈判。俩大哥从一台面包车上下来，脸都阴晴不定，我把他们想象成买枪时要会面的两个对象，也许老天就是要我多受训练，来演好最后一场大戏。我领情，纹丝不动站在那儿，大姐和大哥们说什么并不重要。瘦大哥先向我走来，他一身黑衣，腕子上尺寸不合的金表随步伐一晃两晃。他没上来就骂，先确认事儿的进展，他大概处理过太多类似的情况，有理有节，然后进攻。这点他和迟浩然们就不同。我挺敬重，说，做了。瘦大哥刮来掌风，给我一个逼兜。

我又被刮进风里，后退两步，掏手机报警，他们看着我把电话打通，胖大哥终于说句，让他打。电话传来稳重得让人安心的声音，我想叫警察叔叔，忍了忍，改成你好。我背身说话，说我被人带进一家美容院，他们骗我免费做脸，做了却要钱。你叫什

199

么？对方问。我说名字，他没听清，让我大声说一遍。我不想大声，不想给警方留印象，像一个准备放火却发现自家先被点着了的倒霉蛋，对自己是否还拥有正义，挺恍惚的。警察问，所以脸做了，是吧？我承认做了，但那是排毒，不是治疗，排毒不花钱。他问我身边还有人没，我不想让他和那三个人对话，我不信任他们的关系，大哥大姐已经笑了，都等我心悦诚服。挂下电话，我脑子里响着警察说的道理，道理是放之四海皆准的事实，道理简单，道理清晰，做了脸，要给钱。

俩大哥出去抽烟，把住门口，大姐把着我的手，她的体温向我传递，真不是害你，弟弟。伤害你的是自己，太小，太固执。你就和我侄子岁数差不多，这不叫骗，叫经历。而且通过这事儿，你能学会挺多的。大姐托了托膨胀的头型，说她就是心血来潮，改变了自己的造型。改造型会转运，她碰碰我鼓囊囊的右口袋，确认里头有钱。也许不够，她理解，给点儿就行，你量力。我终于明白，什么叫不自量力。现在我精疲力竭，失去对事态的把握，跟成人世界讲的道理，让我怀念起迟浩然的拳头。拳头打身上挺疼的，可没让我恨自己。

三

出发前，该给父母留几句话，让他们来日恨我之余，转念想想，孩子也有不易。那种不易，即便早说，也于事无补。他们会采取的态度，相处十来年，我能给出判断：我爸会问那个未解之谜，为啥不打别人，打你？我妈会跟一个未解之谜，是不是太拿自己当回事儿？我也还那句，不想理解他们。理解要双向才能达成，而我和父母，是身处不同轨道上的人，看着相遇，从没相交。他们比迟浩然还让我奇怪，会不厌其烦诉说爱我，在表达这一点上，他们很少害羞，似将对彼此的感情表白到我身上，附加一种过于玄虚的希望。每次孙老师找我爸，跟他说我作文写得好，可以试试参加比赛时，他都大着舌头说感恩老师，老师多栽培。父母许是把上辈子攒下的灵劲儿，也都留给了我，但灵管什么用呢？仲永也要有人引导，不引，就伤，就废。仲永缺少一点儿出息。我摩挲着纸上从厕所记下的电话，想象手里已有枪的触感，在春天风还猛烈的时候，揣上它，就是揣一张秘密的答卷，上头写有孙老师不许我再写的真话。子弹只说真话，废话出不了膛，嗖嗖声带走仇人，一瞬的事儿。

　　网上有不少买枪被骗的报道，更多的新闻是，警方于某日，端掉私枪团伙，叮嘱市民切莫以身试法。我在网吧花掉最后一点儿可被挪用的零花，半年下来，从补课费上攒出五百，再馋再贪玩，也不动一分。盯着显示器里上蹿下跳的头颅，没人知道，我现在用什么精神来看待娱乐。迟浩然来了，我立时起身，电脑都忘关，他看着我，泛出温和的笑。走啥，今天不揍你。测验分才下来，我八十三，他八十五，我们在家庭、能力上，相差并不悬殊，只在外表有了高下。迟浩然体形结实，有双睫毛浓密的大眼，肤色更白。很多时候，我看他和同龄人谈笑自如，发现他不用表达多高明的观点，那双眼睛，就是争取好感的利器：对强者，他臊眉耷眼，让人看到谦虚；对我这样的弱者，他骂人，也显通情达理，简直像和你商量，这么打你，行不行？不真商量，像现在，他也没真想让我作陪。我说，你玩吧，我补习去。他点着劲舞团里小人儿的动作，音乐中，小人儿以超乎想象的灵活，合拍，上道儿。网吧烟雾弥漫，谁也不关注屏幕以外，而从其他地方蔓延出的失败，不找都有，找它干吗？我没走，怕惹麻烦，一种更荒诞的动机螺旋向上，控住我手，去碰迟浩然的肩头。他很惊讶，当听见我说，哥们儿，咱俩六岁就认识。

你想说啥？他坐着，回身瞅我。这眼神我熟悉，跟大头兵熟悉战场一样，平静是起烟的前奏，很快，战火将要纷飞。多少次，我放学后看到迟浩然露出这样的眼神，知道他该去哪儿，我该去哪儿，我们会在男厕外一片荒草附近碰头，简直像两个约好去玩的小哥们儿，说来都有点儿恋爱的感觉。我不知道什么地方又惹到了敏感的他，而他已有充分的理由，对我实施惩戒。今天我告诉自己，要和他好好谈谈，为什么喜欢揍我这件事儿。我俩一起出网吧，小区里供老人下棋谈军事的石桌石椅，被我俩用上，相对而坐，氛围再不安，也好过每次他周围还有别的打手的时候。迟浩然扣上鸭舌帽，帽檐压得低低的，看我的脚，但凡它们过点儿界线，这就不是谈话了。我叫他，然哥。他说，咋？我说，有啥不好的地方，我改。他看着我笑，你改不了。我问，为啥呢？他想半天，觉得我也可怜，突然长叹口气，说跟你说实话吧。我特高兴，小狗一样凑近了听，他说，再动，就揍你。迟浩然的眼睛从帽子下冷不防黏住我，他的眼睛明亮，毫无生气。我怀疑这个世界上，可能只有我会面对这样的他。他说他有压力，总觉得累挺。打我就像打游戏。你不会打狗吗？他问。我内心还有一点儿自尊，记起每次迟浩然带人打我的时候，的确是他最快乐的时候，比老师表扬，比考了好成绩，比被女孩在球场外拍巴掌起哄，都快乐。我把眼睛闭上，迟浩然起身，经过我时飘去一

202

阵这个年纪男孩才有的、复杂难闻的味儿，让我咬定我们都是动物，都想成人，都饱含屈辱，可也不该用我的屈辱去覆盖他的。太阳慢慢下落，生活以沉闷平庸的画面展示，什么也坏不过现在。

睁眼，大哥还在面前，他们不知道我刚才想了啥，人看着要哭，没哭出来，就只呈现个小傻子的状态，平地发愣。大姐的意思，让自己拿吧，别掏，孩子有尊严，孩子明白道理了，做脸，要钱。我说没有那么多，不能把所有都给你们，回去还要路费。瘦大哥从怀里掏出扳手，碰了我手一下。扳手被他揣半天，已经温了，可碰着我时还让人心惊肉跳。我开始掏，五张一百是我好容易化零为整攒下来的，想在兜里给它们区分开，先掏三张。大姐对我说，别藏心眼儿。胖大哥又笑，你们这些小孩儿啊，嘻。他突然起兴，问大姐几句话，再转头向我，你到底干啥来的？冲他这句，我难忍冲动，想把钱都甩他们脸上，说我买命来的！我还想说，妈的有枪都给你们突突了，不走运啊，创业未半，中道崩殂。面对墙壁，我啥也没说，留下四百块钱。走出门，清楚自己什么都不拥有了，连可能手握一把枪的想象，也烟消云散。晃悠回车站，我进超市买了把水果刀。

火车坐不了，我坐大巴，一张票三十，一车能挤差不多四十人，开四个半点儿。我坐在一堆扛大包的男人中间，他们手臂全都细长，黝黑，看着能扛动生活里不少东西，比如他们崽子的前程。他们接了点儿热水，给自己泡碗面，埋头呼哧带喘，似乎还挺相信，吃的真的是红烧牛肉或鲜虾鱼板，每张冒热汗抬头的脸上，都流露一种热情，茫然，但挺热情。我看了心刺，想到我在今天过后，来年四十开外，或也要如此对峙生活。我不可能再有机会跳出生活的谋划，用一把枪、一次勇敢的自绝，来区分我的不一样。在差不多一分钟的时间里，我瓦解掉关于使用一把水果刀的决定，它只能用来给我妈削几个苹果、几个梨，赶她柔情似水的时候，再切成小块，扎牙签，送进我的房间。我还会和孙老师一样，念：夫妻向隅，茅舍无烟，相对默然，不复聊赖。我会记得一行古诗词背诵占分多少，什么是必考，什么可以溜号。我溜号了差不多半生的时间都有了，外省电话进来。我问，你好，你谁？他说，找许文强。我说，是我，砰砰的事儿，对吧？他说对，砰砰的事儿。我说砰砰我不买了，计划取消。他说，你真假的啊，骗子？我说，你全家都骗子。他说，行，许文强，你等着。我看了眼时间，快上车了，男人们带一身泡面味儿，替我开道，站在台阶上的又一位大姐，脸庞红亮，四下里喊：南来的北往的，佳木斯的鹤岗的——我跟电话那头稳健地说，先这样，再会。

四

孙老师现在单身，以前可能成过家，至少没孩子，待我们总尽可能公事公办，很少表达出母亲对孩子的态度，这点挺好，谁也没受到偏爱。每回进办公室，孙老师总要埋头一阵，才注意我，倒不是她特别忙，屋里拢共没几张桌，个个分散如孤岛，她不说话，可能因为我也不说话。我冲她抬起的脸点点头，汇报她交给我的工作：卷子都收上来了，还是差几张；谁没交，为什么没交。我享受着和孙老师的公事公办，只有些时候，她闲得发慌，问我下一节什么课。如果是科任，就多问我点儿问题，常是关于我的作文。她从抽屉里拿出几本杂志，保存有几年了，都不是时兴的，翻开折角的一页，让我迅速阅读被她勾画过的段落，提问，你什么感想？我说，语言真好，事儿没啥意思。可能我没看完？孙老师说，不用你看完，后面有少儿不宜的内容。你就感受语言。你的语言，还缺东西。我心话说，拿作文分儿是够了，缺啥，也不用补。她看穿我的态度，笑了笑。孙老师可能代谢不错，要么是生了病，一年不分寒暑，脸上总挂着汗。她鼻子上一颗汗珠油光光的，让我瞧了直溜号，这也是一个人的特征，抓住特征，描写上就能猛攻。她今天要和我谈的却不是作文。孙老师犹豫再三，点了下我嘴边的瘀青，问，真挨揍了？我没啥好说的，如果写的不可信，说了才可信，那作为人类灵魂工程师，她也挺怠工的。

　　她问我家庭情况，我觉得没劲，因为我妈天天看电视，我爸天天给人找理由揍我，有道理吗？她瞧瞧四周，似保护我的自尊，可话已出口，下节是体育课，还想给我个她的看法，关于揍我为什么。孙老师问谁打的，迟浩然的名字悬悬欲坠，想说，怕结果让我更失望。屋里就我们俩人，其间别的老师进出取东西，眼神扫我身上，问，孙老师忙呢？孙老师说，教育一下。室外响起体育课有节奏的口哨声，这时间，一个班级围绕操场跑步，迟浩然领队，脸上挂着模范生的积极，朝太阳落山的地方，做个少年夸父。我说，孙老师，别问了。她又笑，招呼我近点儿，一近，被她闻见我身上的馊味儿，耸鼻子的样子她也隐藏不住。她说，想着给自己收拾利整点儿。都是同学，有啥仇恨，还不是看你不合群。陪你们两年了，就没见过一次你投篮，个儿也不矮呀，为啥不和男孩们搞好关系？我说，他们也不搞我。不是，他们也不在我擅长的地方，和我搞关系。她笑话我，你擅长啥？我想应该是作文，不你说的嘛，我都擅长造谣言了，以假乱真，能唬住几个大人。她办公桌上，一本打开的《聊斋志异》，当我面翻，自己读了起来。孙老师不抬头地说，老师不能替你处理所有事，你爸妈更不行。自己处理问题，对你才有帮助。小时候我也挨同学欺负过，没像你写小作文，都写进日记。几十年后重看，感觉挺那啥的。我问她挺哪啥的，孙老师鼻子上汗终于跌落，不擦，和她唇边的汗珠汇合，成一股小小的势流，她说，你慢慢悟吧。

我悟了，认真想过迟浩然是否该死。他已经告诉我，打我很痛快，按说作为一种娱乐，他罪不至死，人折磨人，很多都出自乐趣，按孙老师说的办法，要放到若干年后化解。怎么化解？她自己站到四十岁后，看年少时受的挫败，当宝贝似的收纳了，还能讲给往后受挫败的小人儿听，但当时欺负过她的那些人呢？就算她们后来也不少经折磨，受害人看不到，报仇若不出在自己手上，怎么都差点儿痛快。晚上躺在床上，我一遍遍回想和卖枪人的对话经过。在迟浩然让我蹲下蹦出他们视线的时候，我内心其实已经和卖枪的人对话了。我筹划好路线，也想好怎么攒钱，给那个陌生号码拨过去时，老天为证，面向天花板，我看见的都是我被枪毙的画面。我对法律没了解，杀人偿命是从《水浒传》得到的认识，更多时候，好汉也不偿命，因他们是好汉。我是什么呢？仲永与武大郎相结合，一结合，走出少年犯。

翻出我妈不用了的小灵通，接通声先如一记枪响，让暗怀的虚弱干透。电话那头，半天没音，确认有人听，跟我说喂，喂。我说，你好，看到你们广告了。对方迟疑，哦，想买啥？这话说得，跟他们在几个电视台放过广告似的，产品包含手表到皮草，业务挺多，还考察顾客是否对口。我说，砰砰。他跟周围对暗号，这人找砰砰，说完笑起来，换一个大哥接电话。听口音，和我不远，但我有意粗着嗓子，跟我妈在电话里练过，她当时把我当成了姥爷。我问，砰砰能拿，多钱？大哥问，你要啥样的？我这儿看你什么需求，训练啊，还是射杀？问得我也直合计，吓唬啊，还是见血？我说，见血吧。他问我有没有经验，别给他找麻烦。我没明白，在他理解，什么样儿的麻烦是麻烦，其他还什么样儿人找他购买。

大哥说，留个姓名，化名也行，让我知道哪单是哪单。我说，许文强。大哥一乐，行啊老哥，咱估计一代人。给你便宜点儿算，八百，当面取走，我在哪哪哪，到了电话联系。我说，不行啊老弟，八百有点儿多。大哥说，强哥，你要的是杀伤力强的，杀伤力强，我制作也费劲，成本在那儿。咱是不是一个目的吧？我问他，啥目的？他说，为见血嘛。见红红的嘛。打鸟打狗，你说了算，我就给你保证一个产品质量。我想了想，鸟会飞，狗会跑，迟浩然不设防的时候人高马大对着我，跟堵墙差不多，对墙射击，不需要手法。我说，五百，你不干我找别人。他和周围开始合计，那头好像个小实验室，冷不防一声爆炸。一旦我知道这世界上也有傻瓜在做傻事，就觉得安慰，虽然他们仍比我强，有份工作，还有份酬劳。

五

选这个地方下车，因只有这个地方能下车。我没行李，轻手利脚走下，男人们扎堆抽烟，女人们捂住小肚子一路欢笑往厕所冲。除了厕所和一间狭小的超市，整座低矮的暗红色建筑里，全都锁着门。烀苞米的香味儿勾得我挺难受，按着冰凉的水果刀，欲望就冲淡些，我绕到建筑后门，隔墙，陷入等待。谁也看不着，不留意我，五分钟不到，车就开走了。

护栏区分两个地带，文明和未被拓展之文明，我心中勾勒一些没劲的文字，有东西攀附在水果刀上，被体温唤醒，还一跳一跳的。另一兜里装着手机，我把它们都拿出来，在朝荒野前进的路上，将它们分置左右手。这不是选择，是对峙。春天到了，我生活的地方，春秋两季总叫人糊涂，还没感受它们发挥在土地上的魔法，就接受了一种存在的消失，只有敏感多察的人，才会捕捉到它们的气息，体会这个时间段的风，比二月柔和，准备着五月的热浪。我转身，回望走过的空间，变小了的建筑里没一点儿活人气息，谁也不追问我要到哪儿去，除了手机，它开始响，我爸连打两个电话，最后发消息，补习班说你又没去，赶紧跟老师道歉。他甚至不问我在干什么，不要我回去。我抹了抹要从额头上掉下的一块泥，它残存在上眼皮，到手里胶黏的、美好的气味儿培养出我美好的决定。

牛群以外，放牛人在很远的地方，小小一个点，他坐着，也可能睡着，靠上土堆，放牛兼看坟。车里一路，我从窗内看见不少零星的坟包，少数挂了旗，面前这个挂风车的，是唯一一个，近看发现哪是风车，是被吹动的幡。我和落单的一头牛，眼神接通，看看自己身上，没穿红的地方，它可能也不好斗，盯着我，像盯一块粪，怀疑是不是自己刚拉下的。我对它伸刀，挥两下，它仍不动。牛通体棕色，没角，头顶有雷电形的白花纹，对我向前挪步，气息挺友好的，在靠近的地方停下，想进行对话。突然我就哭了，眼泪不知道怎么出来的，感觉和孙老师鼻子上的油汗一样，裹挟污泥，笨拙地往地上掉。哭啊哭，哭得老牛趴下，两只温情脉脉的竖眼睛，体恤至极，它吐出草味儿，问我咋这伤心。

它是牛，是只单纯的动物，我看不到它有苦恼。四目相对，没情绪的眼睛就像没动笔的画板，我可以尽情涂鸦，画出迟浩然的鸭舌帽，以及他每次挥拳之后，气喘吁吁的茫然。

我拉动不存在的保险栓，三根手指做扳机，也在虚空里准备，瞄准，质问，为啥爱揍我？算了，不问你，今天没你说话的机会，我来教育你。我告诉迟浩然，这是最后一次你我对话，此后，你看不到我，我看不到你，我们从来不该看见彼此，我的梦想，是一直被你这种人忽略。你没做到，一次次揍我，让两个互相讨厌的人一次次实现联结，为啥不能忽略我呢？你做你的体委，我做我的傻×，谁碍谁了？迟浩然打哆嗦说，你冷静冷静。我问，你冷静过？你揍我，都热情澎湃，我杀你，为啥要思虑再三？我思虑了，攒五百啊，饿多少顿，压抑多少次在网吧释放的想法，有压力？有压力你也去买枪啊，去做个好汉。迟浩然说他不是好汉，也不是不想和我做朋友，他拿低头吃草化解尴尬，说，强哥，念咱们发小的分儿上。我还请你吃过饭。我问，哪天？他说记不清了，哪天也不重要，他不要我感恩。我说，你得要我复仇，不复仇，我想不出人生怎么结算。我要是你，现在会回忆自己一路来学到了什么。迟浩然问，从哪一路来？我于是讲给他平时怎么挨揍，怎么被老师和家人放弃，怎么到的省会，准备去买把枪。今天注定是个特别的日子，万万没想到，一个突然出现的美容院团伙，截杀下我当罪犯的可能。他们不出现，你今天就真死了，这个坟那个坟，你要和他们做朋友了，你真得好好想想，下辈子怎么和我这样的人打交道。还是沉默吧，蹲下，抱头，不准再吃了！现在是我教育你。作为过来人，我得说一句，你要学会听劝。

天使都长天使样吗？他们被安排下来，救一个浑身散发动物气息的矬小子，给他美美容，又新又亮，手里不必再握枪。可在我看，身处绝境，是连续被骗了两次——迟浩然听我说完，连声嘻嘻，哥们儿真实诚，谁会把枪卖你？五百没让他们骗了，是你逃一劫，虽然逃一劫的办法是你中一计。牛的视线仍停留在草上，那些荒野上刚长出的新绿，随天色暗淡，除了气味儿，都和周围环境混为一体。看上去牛也好，迟浩然也好，都在繁星底下睡着，面对我的喋喋不休，受辱到了尽头。我眼泪还滴答着，作为冲刷，脸上污泥消退。

手机信号断续，打进一个电话，我错过一个，想等真精疲力竭的时候，再找回现实的追踪。先让我完成我的报复，我蹲下，凑近了眼睛将闭未闭的牛，水果刀向它趴伏的身体，捅了一下。它纹丝不动，露出肚皮和乳房，才知道它皮肤那么厚，我的力气，又那么弱。我像个外科医生，对准一点儿，加深手上力道，把针筒推入，突然而至的血色，让牛大叫，蹬蹄子跳起来，仍没走远。我不明白它为什么要那样看着我，我想了很长时间，直到它发出哞哞的低音，从面前消失。我知道有人在等待我，还有一个答案，挂在月亮上，随夜色昭显，传递痛苦与慈悲。我不能伸手就得到。为此，一定寻找，一定要找到那个人，茫茫荒野，坚持找，找到就把他杀掉。一面出刀一面哭，放牛人大喊，走喽！我动作没停，越来越轻松，当只谋杀了春风，寒意吹动，凛然醒来，辨认自己在何处。接上电话，我爸直打磕巴，问我知不知道现在几点。他还急，死哪儿去了啊？我说，很累。我妈把电话抢去，如预料中，开始号啕，哭中夹杂信息，说他们一晚上找了多少家，找我的朋友们。光给孙老师，电话就去了八个，现在孙老师加上迟浩然和几个男生自发组成的小分队，十来人，分布几个附近小区，打手电，呼唤我。我叫她，妈。我妈不说话了。她抽鼻子，感叹没事就好。她只是个妈妈，搞不懂我怎么越变越复杂，很多时候她不敢和我说话，怕被瞧不起。她头一次和我说这些，让我也想到好多时刻，过去说不准它们是否真实，写到作文纸上，不写痛苦，写了自然和动物。

手腕一松，刀掉没动静，掉就掉，不想找，才十块钱，相比我想付出的惨烈和空虚，只有空虚让我达到，且更彻底。四周万籁俱寂，灯火遥远，暗淡。我开始往那些灯里走，几次停下，确认它们真假，抬头再走，继续找亲人和仇家。跨越护栏，视野有了变化，服务区刚开进一辆大巴，这是回市里最后一趟车，男人女人们赶着四散，烟头和唯一亮着的超市灯光，形成四散的照明。我进了超市，电话告诉父母大约半小时后到家，我用兜里买完车票剩下的钱，买了一穗苞米。超市大姐长发及腰，每招待完一个晚归的顾客，便甩下头发，有特别的从容。司机招呼着，抓紧，那小孩！大姐找给我钱，苞米套进塑料袋，一齐递过来时，也跟着呲两句，跑啊！慢悠悠的，跟我们不下班似的，几点了都！谁知道几点了，手机最后一格电，也耗尽熄灭。回程车上，我不断啃苞米，想把消耗补回来。毕竟刚排过毒，人干净着，仿佛荒野，十分空荡。

借　宿

一

　　我很少在其他人家里过夜，我宁可一个人在酒店待上一礼拜。高中毕业后有一回我去看望很久没见过的奶奶，她正在家里烧饭，年近五十没有孩子的姑姑也在。她们在餐桌上围着我，在沙发上围着我，谈话时眼珠随着我的眼珠转。那一晚她们让我留下，起初我觉得留下也没有什么，直到夜色降临，临睡前的所有步骤都逐渐感到陌生而遥远。终于可以躺在床上的时候，我不断地屏住呼吸，这样能让我感觉自己正从眼前的空间中消失，我消失于人类的，人类也消失于我的。我不断用手指去抠身上那件来自姑姑的睡衣的纽扣，声音很轻，在夜晚发挥近于钟摆的作用。

　　我最安心的夜晚只属于我的房间，在家里，它和爸妈的房间一墙之隔。深夜我能听到父亲的鼾声、母亲起夜的冲水声，我经常在凌晨入睡，有时候很早便上床休息，可是脑子不会这样快，它们需要一段不短的制动距离，才能从各种各样的奇思怪想中喘息、暂停。我是个多思的孩子。我一直以沉默的表述来掩盖我内心的诸多想法，到后来我明白，正是所谓的沉默令我在他人眼中坐实我最不想被坐实的身份，大人们评论我时总是低头笑笑，仿佛他们也说不清楚，但那种笑容足以让每个人领会其中含义，如果用一个字来形容，就是这孩子，独。母亲不止一次说我独，尤其在我青春期那几年，我们母女俩三天两头爆发争吵，每次都走心，有时能走半天，有时就得走半个月，干缓不过来。可即便如此，我仍然期望和母亲多一些沟通的机会，毕竟她是家里唯一能同我交流的人，我们因为年龄和状态，在不同的波段发送信号，偶尔发生偏离，这很正常。在我眼里不正常的，是压根儿不发送也不接受信号的人。比如我父亲。在我十四岁那年，我实在没有足够的胸怀和阅历，去说服自己他也有可怜之处。十四岁的人世间在我眼中是布满灰尘的舞场，大人们在垃圾里旋转拥抱，勾肩搭背，我觉得他们跳得难看死了，他们觉得我没资格进。

　　我父亲那时候没有工作，从医学院毕业后他在中医院实习了一阵，之后便由爷爷出钱盘了一家药店开。他开药店的那几年还是我上小学的时候，那时候他精神不错，有几分老板的样子，外裤搭在椅背上从来也不知道检查检查兜里那些快掉出来的毛票，它们五块十块地皱在一起，攒成许多小球。我路过便能捡一个。有几次我放学以后去他的药店玩，待在柜台后面一个小房间里写作业，玻璃板底下压着全世界领袖的绘图合照，他们坐在一席，言笑晏晏，我光数图里有多少人就来回数了好几遍。父亲从不在药店里陪我，柜台上只有一个他叫王姐的阿姨。父亲和王姐一样没什么交流，他每天就像故意走错店门一样，对自己家的买卖过而不入，走进开在隔壁的天域网络世界。父亲一进网吧就是一天，出来时顺道给药店锁个门，步行回家。

药店倒闭的那个晚上，我在屋里看电视，父母也没回避我，他们以为我听不懂，以为听懂了一个孩子也不会上心。可父亲那晚哭得比孩子还像孩子，他在母亲面前那个姿势我一辈子也忘不了。他本来坐在椅子上，头逐渐往下埋，像只大头虾一样佝偻，然后就佝偻到地上，看起来疼极了。母亲的反应可谓平淡，她压根儿没怎么埋怨父亲，我想那是因为她早早预料到今天的到来，那阵子母亲的事业一步一爬高，忙得不可开交，她根本不把他那个买卖放在心上。母亲希望父亲能借此机会多照顾一些家庭，保障她的后勤工作。对母亲的原谅，父亲表现得很谄媚，他总是能够很快就从一个状态跳进另一个状态，中间的缓和过渡全部跳过，抹完眼泪，眼睛就能闪出希望的火花来。

父亲最初失业的那几天，一点儿没有消极，没有。他打开电脑，没玩游戏，带着我查找网上的菜谱，我们计划一起做四菜一汤给母亲，等她晚上下班回来就能吃到来自一个新生活的惊喜。父亲在厨房里捣好土豆泥，交给我捏出一个火山来，然后我们在火山口放上烧好的虾子，出菜了，记得那道菜叫火山喷发。还有蚂蚁上树、罗宋汤什么的，看母亲含笑搅动勺子，一勺勺往红嘴唇里送，我和父亲在餐桌上相对微笑。我很少和父亲眼神相对，更少交换笑容，那一次一样很短暂。第二天我们给母亲热好前一天的剩菜，第三天父亲说凑合吃点儿，第四天他就不和我说话了。他一走进书房，也会在那里待到黄昏才出来，到厨房蒸一锅米饭，再回书房等母亲下班回来给我们做菜吃。母亲如果能够回家，那一晚的饭菜就还有保障，哪怕她回来晚一点儿，我也愿意等。可母亲渐渐一周里只回家吃一两顿晚饭。很多时候她过了十一点才进家门，高跟鞋在楼道里笃笃地回响，酒气周旋在她每一寸皮肤上，情绪亢奋。我守着她，她一会儿推开我，一会儿抱紧我，吐过以后，抱着沙发的木腿哭哭啼啼，讲话都失去逻辑。

我要说的那件事就发生在十四岁的秋天，初二，放学到家后和往常没有区别，父亲坐在书房打游戏，我在自己的房间里写作业。母亲没打电话回来，应该是正常下班。我很专注地对待我的卷子，认真计算上面每一个等式。专注能令我胃里的饥饿感分散一点儿，它们叫得挺凶，那阵子我还没闹出胃病实在是一种幸运。父母并不知道我已经几乎戒断了一学期的午饭。中午在学校里吃，他们都以为我会和其他同学一起，去初中里的食堂吃点儿砂锅拉面之类的东西，但其实每一天中午，我给自己塞进的只有几块阿尔卑斯酸奶糖。我喜欢咀嚼那种胶质的口感，在午休铃声响起之后，和人群一起走出，渐渐分道扬镳。我已经学会了如何让别人不注意我的行踪，我不张望也不原地停留，我一直走，毕竟路是很长的，向任何一个方向一直走到午休将近，再转身走回来，都不会有人知道，没人会一直跟你到底。我最常走的一个方向是城市西边的广场，广场已经很空旷，过了广场就是更空旷的江岸，白天里很少有市民在这里出现，那些卖风筝的小贩和我一样在烈日底下，面对头顶空荡荡、蓝得像照片一样静止的天空，面无表情对峙着自己的生活。我始终找不到一个可以说话的人，我怀疑和我在一个环境里相处的人都并非真实的人类，有时候我会想起那个在童年里反复困扰我的想象，莫非一切只是一种游戏，很无聊、随机性的游戏。就像存有一个色子，从宇宙中某只手里抛出来，它让我走几点我就只能走几点，周围的人际关系则像大富翁里的规则一样，充满定论。有些人注定对你喊欢迎光临，有些人注定对你叫此路不通。我把这种想法告诉给母亲，她似乎有兴趣，问我，你觉得我也不存在吗？我说，你存在。现在你存在，可是我只要把头转过去，你就不存在了。你的存在只是为了让我看见。母亲说她好像在哪儿听见过类似的说法，我思故我在？我觉得不仅仅如此，我思故你们也在。母亲认为拥有这样的想法，说白了，因为我太独。她质疑我，那照你这么说，你扭头看不见我，我就已经死了？那你现在扭头，我怎么还在这儿说话呢？我告诉她那只是一个声音的存在。她让我背过去，手伸到后面，去拉她的手。我拉住了，母亲的手始终和少女一样柔软，指甲剪得短短的。我笑了，说，我摸到的可能不是你。我不知道母亲有没有在那一天被我吓坏，她很少被事情吓到。她坚定地相信理性，女人从政到最后总要做一些模仿男人的事，我已经很少在夏天看到她穿裙装。但在母亲喝醉了哭泣的那些晚上，她媚眼如丝，我觉得。

　　父亲蒸好的米饭从厨房里飘出香味来，母亲终于到家了。她到家已快七点半。父亲走出书房，在玄关那里接过母亲的提包，看她沉默地脱下鞋子。我也站在房间门口，但没有讲话，母亲的脸色表明她在生气，是否发作取决于随后得到的答案是什么。她抬头看着我父亲，问他做了什么菜。父亲赔笑说，这不等你嘛。孩子也要等你。母亲和父亲都看了我一眼，我一直看着母亲，我相信从我的眼神里她能读到一种状态，我们都在这样的家庭关系里长期忍耐。母亲在厨房里看了一圈，走出来，指着父亲高声咒骂。她质问他为什么什么都不能帮到她，哪怕只是做一顿饭，或者任何一点儿家务。我看着我父亲给自己找各种各样的理由，看着他穿着跨栏背心的肚子在身上一颤一颤，他那养尊处优的比女人还白嫩的皮肤。他口袋里鼓鼓囊囊的大半盒软中华。我看着他们争吵，从厨房到客厅，从摔花瓶到砸电视机，家里久违地热闹起来。我看着父亲扭住母亲的手，往后掰，像要把母亲折出一个角度一样，而她是那么柔软，轻易地就被踢到地上。父亲的五官正在位移，他的眼睛一个上一个下，嘴角耷拉，剧烈地呼吸。没出息，垃圾，废物，窝囊废，还有什么是母亲甩给他的攻击？我不记得自己哭了，可是清楚地记得，我没有上去阻拦。母亲倒在地上时还在用眼神警告我，回你房间去。

我不可能回去。我在思考，等待那个宇宙里扔色子的人递给我哪怕最轻微的一个暗示，你眼前种种当真是一场游戏。但在游戏里的人绝不会认识到这一点。除非你有勇气放弃继续玩。我从来没有想过自杀，我更多考虑的是生活里如果没有了父亲这样一个人，游戏是否就完全被改变。他也许正是一个被安排的噩梦，像阻拦勇士闯关的龙，斩杀以后你的城堡里将再也不会出现一只怪兽。到那时我就可以和母亲一起安享生活里的每一天，而对于父亲，或许也是一种解脱。如果我能得到一个暗示，那么也许我会做点儿什么，这想法并不是第一天才有。它出现在父亲用我的头撞击砂锅的那一天，因为我抱怨说砂锅里的汤已经反复吃了三天；出现在父亲把脚踹向我肚子的那一天，因为我没有提前告诉他会带一个朋友回家；出现在父亲发现他的一张软盘被我的宠物狗咬碎一个角，他把它扔向半空，看它落在地上，再扔，再落，在我面前，它最终呜咽，停止呼吸的那一天。我们会在很多个晚上，母亲不在家时，保持同一个空间里的长久安静。我躺在房间的床上，听见午夜里他从书房走出时拖鞋的响声，再后来听到厨房纱窗被推开，打火机轻巧地弹响，甚至可以听清他吸食那些烟雾时，喉咙里的吞咽。现在他就站在我和母亲的面前，瞧着满地狼藉，表情恢复冷漠，有一点点呆滞。不知道过了多久，他发现母亲已经不躺在那块地板上，她爬了起来，脸上几处瘀青，一瘸一拐，去卧室拿一些东西。最后她来到我门前，我飞快地回去拿书包，把没做完的卷子塞进去，并提醒她别忘了手机充电器，一步不离地紧跟住她。她对我讶异地笑了一下，我背上书包，和母亲前后从父亲身边走过时，没遇到阻碍。离开家时，我们一人身上一个包，站在路口打车，路灯把马路照得平坦又温柔。母亲青紫着脸转头看我说，你跟妈去一个朋友家住，好不好？我们很快上了一辆车，路上我望着窗外的夜色，和母亲手握着手，始终没有松开。

二

出租车在小区里蜿蜒行驶，左拐右拐停下，有人在微弱的路灯光里等我们。母亲在车上始终没直接回答我的话，我们要去哪儿？什么朋友？他还是她？她越是沉默，我越能得到她想要给我的答案，司机不时用余光瞟着后座的我们，一个脸上有伤的妇女和一个没表情的少女，他从母亲模棱两可的口气里似乎听出了更多的信息，他比我了解这个晚上将要发生的事，我从后视镜里和他的眼神相遇过，看见司机利落地将头转开。刹车后，那个站在路灯底下的男人很快迎上来，替我们拉开后座的车门，并把手里备好的零钱从窗里塞给了司机。我仍跟在母亲后面，距离渐渐拉远，我想就一直站在这个陌生小区的一块阴影下，给母亲和那个人一点儿谈话的空间。当听见母亲叫我时，那个人也在用手势招呼我，他个头很高，年纪不超过三十岁。他走在最前，不时回头看我们跟上没有，掏钥匙打开面前一幢居民楼底层的防盗门，然后欠身，让我们先走。我在经过他的时候，假装不经意地回头看，他的笑脸就等在那里，我有些尴尬，眼睁睁看着面前的光线再度消失了。防盗门关上以后，我们受他的指引，一级级登上黑暗里的台阶，一切像梦游中的画面。

你们吃晚饭了没有？那个男人边给我们开门边问。我还没吃呢，咱们一起下楼吃点儿？楼下有家馆子不错。他又给我们找来两双拖鞋，我和母亲各自换上，走进他的客厅。母亲说，我们不饿。她想想又问我，你饿吗？要不你给她整点儿东西吃。她叫那个男人小康。小康走到我们面前，他手里拿了刚从饮水机接好的两杯水，温的，递给我时非常友善地笑了笑。我并非猜不出来他是什么人，但我不想让母亲觉得难堪，她今夜受的难堪也不少了，作为她的女儿，此刻我希望我们的关系是盟友，任何意义上的，甚至是超越母女关系的密盟，她当然可以保守她的秘密。

我像动物一样啄着一次性水杯的边缘，小康说要带母亲去处理一下伤口，他提议的时候十分试探，实际上光是那种在意我的试探，就已经出卖他了。他看上去对今夜我们的到访既兴奋又惶恐，给人的感觉是，他在惶恐我们随时可能离开。他看着母亲的眼神，有种总是在担心自己哪里做得不对的下属的表情，可他看起来一点儿也不像一个下属。他们拐进了走廊，还把门轻轻地带上。母亲在离开沙发时，转头看着我，小康在等她，她看着我的那一刻，我感觉她似乎有冲动想把所有事情在一两分钟里交代给我。她脸上的伤在客厅明亮的灯光下很显眼，让我突然想起小时候有一次她也是这样满脸是伤地出现在了父亲家的聚会上。那时我正在地板上搭积木，母亲把身体靠在我前方的门框上，蛇一样地黏着它，让我发怔。我记得她右脸眼角上有一大块红晕，是擦伤，现在那里化成了斑。我之所以发怔，和今天一样，并不是看到她受伤的样子，而是母亲总在受伤时带笑。她笑着看我，欲言又止，似乎自己也被这个场合搞糊涂了，她一边跟着小康走，一边转头，脸上始终有奇异的笑容在。

这里是小康的家。我向各个方向简单看了看，像新装修的房子，家具还没有被使用过的痕迹，风格也是新潮的。客厅比起我家的来，可以说很小，格局也不方正，令人兴奋的是我抬头往上瞧，发现了一个阁楼。我从小就希望家里有一个阁楼、地窖、暗室之类的地方，一切狭小隐秘的空间都能带给我舒适安全的感觉。小康家里的阁楼通过一个旋转的楼梯上去，墙上有一个三角形的窗。被墙挡着，看不清其中具体的布置，不过那儿放了一张床，床背上头有一大幅画，露出巨大的白色相框的半边儿，上面是半张人像。小康穿着黑西服，站得笔直，他目不斜视地看着前方，像那里有他一生的归宿在，在他右手掐腰形成的圆圈里，塞进一只女人的戴白蕾丝手套的手。不露脸的女人挽着他。我转向房间里其他地方，果然在一个立柜后头发现了另一张婚纱照的边角，它几乎要从立柜后面倾斜出来，摇摇欲坠。我没再仔细去找，那玩意儿可能越找越多。

孩子，你想吃点儿什么不？小康比母亲先走出来。他伸手取下衣架上的外套，往门口走，站在玄关旁一只又一只把脚塞进鞋里。母亲脸上没擦什么药水，但她看起来精神好多了，脸上的表情也没那么怪异，似乎在这里待得越久，便越能适应，她以为我也是一样的感受。我摇摇头，盯着母亲看，母亲于是把脸转向小康，我觉得他们肯定是商量过了。她说，你随便买点儿就行。然后她在我身边坐下，我们各自喝着面前的水，默默等小康带门离开。小康走后，母亲说，他是妈妈一个朋友，姓康，你叫他康叔叔。她喝了很长时间的水，明明是温的，在她手里却好像滚烫，拿起来又放下，一次一小口，吸溜着。我看了一眼母亲，又看了一眼阁楼上婚纱照里的小康，感觉像看着两个电视剧里的男女主人公，他们既艰难又热烈，眼巴巴地需要人成全。我不知道我该不该表一个态，我只想到这是一次独特的体验，便把它像肥料一样在心底埋起来，看能长出点儿什么。

他挺喜欢妈妈的，母亲对我说，随后眼睛细眯，显得遥远又无所谓。她说，但他太年轻了，小孩儿一个，我只把他当成朋友。我们也只会成为朋友。你能明白吗？他是我们一个广告商，一来二去就认识了，让我们宣传他的4S店，对，他做汽车的，保养维修，店面不小。有时间我带你过去，他可喜欢你了，总跟我打听你，说你是个不一样的孩子。他喜欢女孩儿，但他自己不要孩子。你不用替妈妈担心，我知道自己在做什么。就算跟你爸离婚了，我也不可能跟他。母亲从提包里拿出一盒十二钗，在我面前点了，她很少在我面前吸烟，蓝紫色的烟雾中，母女两个的身份和关系都仿佛被清洗了一样，模糊又引人怀疑。她用着小康的烟灰缸，二郎腿一跷一跷，说，不过话说回来，他年轻，和他一起让人觉得有意思。有什么意思？我很专注地问她。母亲掸一下烟灰，仍是空蒙蒙一双眼睛，说，很多很多意思。你大了会明白。其实你现在就能明白，也许妈妈是对你残忍了一点儿。哪有妈妈带女儿来这种地方的，可我今天晚上实在想见他。他也一个劲儿怂恿我来，说我要是不来今天晚上大家就闹开，他要来咱家，收拾你爸。他干得出来，他挺豁得出去的，可我们不能和他一样豁出去，对不？他太年轻了，是个小孩儿，小孩儿才容易把事情做到绝路上。我有你，我不能。而且我自己也不想这样，孩子，有一天你不要和我一样，不要把你的孩子也在大晚上带出家，带到你以为永远也不可能带她去的一个地方。我们刚才在房间里喝了点儿酒，得喝一点儿，没干别的。你别闷不出声，说点儿什么，让我知道你在想啥，要不，你也来一点儿？

　　母亲边絮叨边兴奋地从沙发上起身，走进去再走出来，手里拎了半瓶白酒，往自己喝干了的水杯里倒。她一边倒一边拿眼神瞟我，笑着说，想啥呢，不能给你喝。你看着。我看着她喝掉杯底的酒，比刚才喝水痛快多了，话说了一大堆，出口不再堵塞，往后很多交流都能痛快得多。我问，你们什么时候好的？母亲很有兴致地吧唧一下嘴巴，那是她有话说的前兆，然后猛一摇头，说，没好过，不算好。我对她说，没关系，我来都来了，看都看着了。你有啥就说啥，我希望你们好。只要不跟我爸，你跟谁好我心都不难受。母亲把眉头皱紧了，让我别说这种话，那是你爸。小康提了两塑料袋的零食上来了，他站在门口，看着我们和我们桌上的酒、母亲脸上的红晕，一动不敢动。可能他碰巧听到一些话，心底正艰难地消化着。你也过来，母亲招呼他，小康脸上尽是小心翼翼的试探，他把目光不断投向我，我们都面对着一个酒醉的人，似乎不用声明，就已经结盟了。小康坐在旁边的单人沙发上，神态很像我的男同学，在课堂上对老师的话抖机灵的样子。小康在笑，咋还喝上了呢。说好就给你喝两口提提精神。

说着他就要悄悄伸手，把桌上的酒瓶拿下去。母亲瞪他一下，他手没缩回去，在我的注视下，他的眼神也朝母亲瞪回去，嗔怒的，管束的。他把酒醉的母亲当成一个小孩子，忘记她已经三十七岁。小康没有得逞，他和我一样怕母亲的瞪眼。我怀疑所有人，一旦接近母亲，都会被她身上若隐若现的警戒吸引，战战兢兢，同时又很想尝试，幻想可以突破它们，找见一个漏洞，那是非常刺激的事情。小康问我，孩子，我吸烟没事吧？我拘束地笑笑，母亲把打火机扔过去，说没事儿。他们是两个老朋友，而我像被人介绍给对方的，硬加入进来的新朋友。他是女人的情人，女人是我的母亲，他是我的康叔叔。吞云吐雾中，他静静起身，给房间放出一点儿音乐，轻柔的吉他曲。然后他返回，和母亲跷起一样频率的二郎腿，脸上也有一种微笑。

母亲越说越多，越喝越多，她濒于忘记自己所在的地点和身份。有时候她突然揪住我，让我和她靠得很近，有时候突然亲我一口，抱住我，不哭，额头贴着我的额头，让我呼吸她的酒精味儿。他还打孩子，母亲和我靠得最近的时候说，她闭着眼睛，告诉小康，好像这是最好的倾诉方式。小康沉默一会儿，走过来，蹲在我们面前，诚恳地问我，他是怎么打你的？为什么打你？母亲松开我，让我自己说。我低着头不知道是不是该谈论这些。你说吧，孩子，小康用他一只大手紧握住母亲的手，眼睛盯着我，别怕，他不在这儿。告诉你康叔叔，好不好？这时我听见钟声响了一下，抬头看是晚上十一点。我眼前浮现出父亲，以及平常这个时间里家中的画面。家里应该各个房间都没有灯光，除了书房里，还有父亲面对电脑游戏无动于衷的脸，你不知道他到底是投入还是不投入。小康用很心疼的口气呼唤我，他的脸近看很粗糙，因为年轻，看起来还是比父亲和善许多。我真觉得他就像一个故事书里的人物，一个给受伤的女儿安静擦药水的父亲，他还没当过父亲，看起来却更明白怎么当。我把眼睛转向他穿着T恤衫的肩膀，那里看起来适合依靠，厚实稳健。我用很小的音量叙述着，他就那么一直在我们面前蹲着，后来不知道是因为费力还是受到震撼，坐到地上了，手和母亲的紧紧攥在一起，母亲非常凶地哭着。别说了。小康给母亲擦眼泪，他想给我也递一张纸巾，可我没有眼泪，他看了我半天，然后告诉母亲，日子不能再这么过下去。母亲只是点点头。小康站起来说，我给你们找个房子吧，明天就搬，行不行？他拳头在裤腿上握紧了，喝了一点儿母亲杯里剩的白酒，在客厅走来走去。我发现母亲的眼泪在他愤怒那一刻起就式微了，它们有个开关一样，在不需要的时候被快速拧紧，就像那里永远不曾涌出水流。那一刻我完全明白，母亲和我对这个晚上，抱有的不过是一种对于收容所的感激，让我们永远住在这里，是不可能的。小康的努力注定要付之东流，因为他太倾向于把一件事从背面掰向正面，试图在两点之间，走一条没有想象力的直线。我和母亲则知道，正面和背面之间还有很漫长的一些区域要跋涉，我们吃过辛苦了，也在辛苦里泡得够久，不觉得改变就能带来快乐。

　　小康有一肚子火气要撒，他不停地在房间里任何一角站住，再走，再站住，他沉思的样子就像他头脑里那些计划都在以火速的程度走向视线，起码，已经有一个完整的想法。他也明白，母亲是不好攻陷的，于是他到我面前来，母亲此时已经仰在沙发一角，正懒洋洋地端详他的无用功。小康问我，你相不相信我会是个好父亲？孩子，告诉你妈，你也想换个环境。我看见他嘴角抽动了一下。就在这时，我母亲把他一把推开了，她只需要坐直身子，就可以一拳顶到他厚实的左肩膀上，让他重心不稳，再一次摔向地面。她不是在开玩笑，不是那种情人间的打打闹闹，而是非常直接地推开他，让他离我远一点儿。这一推让小康不仅坐下了，还打散了他头脑里诸多刚刚成形的计划，只需要一推，他就明白刚才他绞尽脑汁苦思的一切，其实都没有重量，只是线条，类似白日梦，你勾勒多少线条都可以，但没一条通向罗马。小康哀求地看着母亲，从他的表情来看，他是想立刻挤出一个苦笑的，可最终他什么表情也没做出来，反而是许多细碎的表情在他脸上各自占据，表述得太模糊。他没有再看我，他所有眼神都只属于母亲，看了又看，不信又信，非常耐人琢磨。在后来我和别人谈恋爱的经历里，我知道，那种眼神是任何女人都不愿意见到的。除了失败，它什么信息都不包含。

　　快到十二点的时候，我和母亲走上小康家的阁楼。他前脚抱着那个相框，从阁楼上走下来。母亲轻轻说了句，放着也没事儿。他一句话也没跟她说，低头去洗漱，回自己卧室换睡衣，关卧室门。我们在阁楼里钻进他铺好的新床单，闻见一股新婚的味道。我和母亲很久没睡在一张床上了，我们各自用手臂垫着头，在三角形窗子透进的月光中，睁着眼睛，辨认自己在哪儿。不知道过了多久，小康的房门开了，他似乎在楼梯下面站住。母亲侧身观察我睡眠的情况，我几乎把脸埋起来，故意给她很匀的呼吸声。可母亲还是跟我说了一声，她很快回来。可能她以为我会偷听，他们在客厅里刻意地打开了电视，午夜时段，电视里只有结束播报的音乐声，循环往复，很有规律。

三

那天晚上我脑袋里许多东西都一点点儿在膨胀，我一直等待着，等待母亲和小康在楼下发出任何一点儿动静，他们吵闹，他们哭泣、忏悔或宣誓，甚至是那种在成年男女间总会发生的声音，我并非没有准备。可整个晚上，我都只是注视着那扇三角形的窗户，窗帘没被完全拉上，我甚至从床上下来，光脚站在窗口向外看，外面只是黑漆漆的，所有人家都极早地入夜，陷入睡眠。我怀疑我根本不在这一空间，因没人见证它，我想往后很多年过去，母亲也会向我否认这一晚。她总是以记不起来为借口，逃避许多重要的事。可是我不能，我在还不到四岁的时候就已经拥有敏感的记忆力，母亲一直坚称我不可能记得一九九八年的事情，那时我刚满四岁。可当时我被奶奶抱在怀里，夜晚房间没有开灯，我们一起守在电视前面，看那些穿着橙色救生衣的解放军在河水里笔直地站着，他们嘴唇哆哆嗦嗦。一九九八年发大水，我记忆一清二楚，我不能忘记，那些军人的嘴唇像茄子皮一样发紫，电视上的色彩和人形都在我眼前一一被镌刻，后来我始终保有这种能力，在其他人以为我已经忘却的时候，在心里嘲笑他们不知深浅地推己及人。

下半夜的时候，有人来到阁楼上。他发现我站在窗口，便打开灯。我看见小康也喝了不少酒的样子。他摸一摸自己的脸，手脚无措地让我坐着，坐着，地上多冷。然后他一屁股坐在那张大床上，背对我，默默解释说母亲在楼下睡着了，他以为我也睡着了。他点了根烟，回头再看我一眼，笑容十分平淡，我想是他也有点儿事情想得足够透彻了，才不再紧张。他抽着烟说，孩子，我们都害怕伤害你。我说，换地方睡不着。我没事。我妈没事吧？他让我放心，明天一早他会把她叫起来，把我们送上车，她去上班，我去上学，谁也不会被耽误。

小康坐的位置刚好能被窗外的月光在脸上打一道侧影，像他这个年纪的人，和我的生活本来不会相交。他对着墙壁喷了一会儿烟，然后说道，你觉得你妈心里有我吗？我根本也不把你当孩子看。你妈没事就和我聊你，我对你了解不算少了。其实我就希望有你这么个女儿，我以前看电影的时候总羡慕里面的父亲和女儿在晚上这么交心地谈话，想和你交交心。你困不困？困我就出去。我摇摇头，看着他脸上那道阴影。我说，我也很希望有这样的机会。我觉得我妈是喜欢你的。你认真想和她在一起吗？他笑了笑，说，我第一回去她办公室谈广告，她办公室里还有其他的广告商，让我在沙发上坐着等。我等啊等，把她办公室里的每个角落都看了个遍，发现她比一般中年女人更排斥享受。她办公室里的沙发真够硬的，窗台上一盆花也没有，桌上都是公文，感觉这办公室谁坐都可以。当我终于等得不耐烦的时候，那些人走了，她站起来和我握手，用对孩子那样的笑脸，对着我。她和其他女人一样也奉承我两句，但那种奉承不过是个招呼，后来相处这么久，她一次也没夸过我。我们在一起，她讲的永远是我听不懂的事情，她会给我讲宇宙、平行空间和时间被盗取什么的，尤其在她喝醉以后。就前几天，有个晚上，我们在一起喝酒，她突然把酒杯停在半空，周围桌上的男人都脱了上衣，互相叫着哥们儿兄弟，一生一起走，到处都是烧烤的浓烟。可与此同时她把酒杯停在那儿，手腕僵着，眼神也僵着。她说她知道她的坐标位在哪儿。她说这个坐标位不仅限于她今生今世，今生今世是一个佐证和参考。她认为她的一生是来经过的，而这种经过只是一个阶段。她的眼神那么冰冷，像自己被冻住了，也能把看她的人给冻住。我就那么被吓在那儿，听她说，所以，她并不太看重她今生今世经历了什么。她既不怀念过去的时间，也不向往未来的时间。那么你看重的是什么呢？我问她，眼泪唰地下来了，孩子，不怕告诉你，我在她面前哭多少回了。可她就那么无动于衷地看着你，自顾自说她在别人眼里或许做成过一些事，但她对人生的感觉始终很混沌。

小康从床上坐起来，把烟头扔掉，他把头转过来转过去，反复许多遍，终于往门口走去，说，她就是在玩我。你知道她刚才跟我说的？她也管我叫孩子。她说，孩子，我只相信过好每一天，就像我买了什么吃的我就应该吃掉它一样，她活在一种义务里。我说我不是，她还他妈笑，你睡吧，孩子，她亲口告诉我，连你也进不了她的心。

又过了快一个小时，我爬回床上，努力让自己入睡。临睡前我最后看了一眼的，不是眼前的，而是记忆里的，那张原本挂在这里的婚纱照。后来我果真也梦见了相关的事情，婚纱照上的年轻女人原来是我自己，我拖着很厚重的裙摆，在镜子前左顾右盼，等待我的新郎。小康突然冲进来，他大喊着火了，让我们快逃。我提着裙子跟他跑，经过我家小区里每一幢楼房，每一幢楼房都在烧。我好像看见了父亲在火海中一动不动地坐着，他仍然在打游戏，看不见身后的浓烟。我能听见母亲在叫父亲的名字，小康则在叫母亲。母亲和我们彼此呼唤的声音起伏交错，在冲天的火势中渐渐消止。醒来后我睁眼就看到了母亲，她还是穿着一身正装，仿佛昨夜什么也没发生过，照着小康卧室里的镜子，涂抹口红。她对我有些抱歉地笑笑，小康在楼下叫我们去吃早餐。我穿上校服，背好书包，喝了半杯牛奶。小康开车送我们出门，清晨阳光很好，空气清新，校门口两个值周生一左一右，和每天一样检查进门同学的仪表。我走下车，和他们挥了一下手，脚步轻飘飘的。那一刻我和母亲一样分不清前世今生，时间如此混沌，是个温暖的泥塘。

人总会在伤口被割开的一刻不觉得怎么，而要在看着从里面汩汩流出血来的时候，才意识到应该疼痛。记忆和痛感一样具有选择性，在事件真正发生的那一刻，其实并不会带来多么剧烈的感受，甚至在很多年过去以后，你往往已经不记得事件发生的每个流程，那一当下的时刻。恰恰是在它前后一段时间里，许多细枝末节的情绪和感受，会配合着一种氛围，时常横亘在心底的沙滩表层，某一日被毫无防备地冲刷出来，唤起隐隐的相似。那种感觉总让人倍感委屈，又充满怀念。

我再也没有见过小康，母亲和父亲也一直没有离婚。他们挣扎的婚姻直到我去南方上大学，到我毕业后又过去很多很多年，还一直延续着。母亲从一线退了下来，调到一个相对清闲的岗位。父亲后来也开始了上班族的生活，在那家母亲托关系给他办进去的民营医院里，终日朝九晚五，星期六还要值上半天的闲班儿。工资很少，但他乐此不疲。我觉得这比经营买卖更适合他，经营一家药店自己要拿主意的事情太多，上什么药，不上什么药。在医院值班就没这些麻烦了。并非人人都能抓住自由头上那对不停转动的犄角。

毕业后我有整三年都没回去过，后来则在每年春节往返一次。每年临到春节的时候，父亲给我的消息就会多起来，有时我还得面对他突然而至的电话。我们一年到头一般会打上一两个电话，但即便只有一个电话，也让我感到那几分钟有多么难挨。我们的沟通越来越吃力，那大概是太漫长一段时期里的不沟通遗留下来的问题。我们都很怕在电话里冷场，可即便绞尽脑汁，也很难立刻想到下一句接些什么。他也是，我们各自在电话一头张口结舌，除了开头的干吗呢，和结尾的你忙吧，没一句是通畅的。挂掉电话，我总要像只搁浅的鱼张着嘴巴大口呼吸几回，男朋友看我的眼神十分诧异，他不懂得置身语言的干涸是多么辛苦的感受，他很幸运。

　　我和我的父母能够达成一种浅薄的和解，除了随着时间记忆总是越来越温和外，还有更重要的理由，便是那个成人舞场也终于对我开放。我们这代人对婚姻兴致低落，但总也渴望一些由固定关系带来的温情和照料，我是其中之一，我也有自己的伴侣。除此之外，是几个偶尔相见，散落各地的情人。我们的交集和我们的相识如出一辙，没有规律，找不出一丁点儿承诺的分量，无论是命定的，还是人造的，都没有。我们只是人类和人类之间的亲密相处，我总是这样说，他们也乐意这样听，除了我的伴侣，一切都在包裹着天鹅绒布般的暧昧和丝滑下秘密进行，有条不紊。我和情人间唯一具有的共同点，硬要找，是我们各自出身的家庭，无论贫富，都不够传统意义上的幸福美满。我们的父母都更像同事超过像夫妻，我们和父母的关系也始终栽培在一股猜疑的气氛里，发展得彼此较劲。他们都对我母亲的爱好表示欣赏，一个身在政府机关却关心宇宙苍穹的中年妇人，听起来像一部

cult电影的女主人公，他们总是一拍大腿，在烟雾里叫嚷，这你可得写。我和母亲已很少在这些方面进行讨论，春节回家的时候，我和她一起偎在沙发上，看《宇宙时空之旅》。她端详屏幕里的黑洞和星球时，两只眼珠已经发黄，眯缝着，有点儿老花。我仍然觉得那双眼睛本身就是黑洞，里面的东西茫茫不可知。后来我每次这样看着她，都会想起康叔叔那晚对我说的那些话。

我就感觉现在的时间和以前走的速度不一样。母亲对我说，她在沙发上盘腿，穿着已经掉毛的珊瑚绒睡衣，头发往后拢，戴了一个黑发卡，像一个武术家。她对空气吧唧嘴，问我有没有同样的感受。我说有，现在的时间过得比从前快。她说，我想这个问题很久了。没事儿，和你聊聊，你别老害怕。我说我不怕，可也得看她说什么。母亲笑了一下，说，我是觉得这个时间节点在你上大学以后，你走了以后我们的时间就开始快。以前我以为是我们的生活离开了你，太寂寞了才这样，但寂寞，时间应该更慢，怎么还快呢？她向后仰靠，有些狡黠地朝我看，让我觉得她已经找到什么确凿的证据了，能得诺贝尔物理学奖的那种。她说，我在班儿上没意思了就想这些，你看，有没有这种可能，时间在某一时刻消失了，往后的每天的日子，都是记忆里的存续，像是一座大楼被炸塌了，但那座楼非常非常大，导致炸塌以后还留下漫天的灰尘，远远看去，好像大楼还立在那儿。我想象了一下她说的画面，没立刻回答，她说的还是太吓人。母亲低下头，去够桌上果盘里的葡萄，往嘴里扔。她一边嚼着葡萄，平视前方，一边自言自语地说，整不好我们早都不在了。

我说，你好好工作，经常出去旅个游啥的，少想这些。母亲给我递了一串葡萄，才上午，父亲大年初二也要值班，到中午饭点时回来。我吃着葡萄，母亲从沙发那头蹭过来，捏了捏我的小腿，笑得像个乖巧的儿童，说她哪儿也不去。她一直蹭到我身边，电视里讲到哥白尼被火刑时，她换了一个台。家里十分安静，春晚重播的歌舞节目越是闹腾，越是显得家里安静，我看到母亲一直捏着我的小腿，或者手臂，或者脚，她似乎十分不舍得断开和我的连接，尤其在我们都不知道说些什么的时刻里。我知道这或许不是个对的时机，但我们时隔多年再谈到时间和记忆，又让我觉得这可能是最好的时机。我问起康叔叔的事，她听后并没有回避。母亲说，我以为你早忘了那个晚上。你怎么还能对他有印象呢？那天你们说上话了吗？我说，没说上。但是有印象。他后来怎么了？她说，还能怎么。年轻，都一阵儿，一阵儿过去了就好了。刚结婚，家里能让他说离就离？我也没少跟他废话，各种劝。不过你既然提了，就证明那天对你来说，印象挺深刻。来，你握着妈妈的手，听妈妈说，我一切都是为了你，你知道吗？你才是我宇宙的中心。我回答她，反正我握着你，你就存在。

她想起来了，那个我小时候告诉她的关于世界的解释，然后哈哈大笑，又皱起眉头，像面对哥白尼异端邪说的那些教皇势力一样，显示不可置信。那是一个非常漫长的上午，很多年后我们会一起这样回想它，在春节晚会循环往复的播放中，母亲调低音量键，在沙发上蜷缩起来，陷入睡眠。我走到窗口往外看，广场上有几个小孩在放鞭炮，感到又是一个麻木的新年。

人间指南

一

扫走窗台上的枯花瓣儿，今日天朗气清，我独自站了会儿，等小孟进门。她来拿材料，也要我证件号去买票，我说没啥要求，嘱咐她别忘给申部长留靠窗位。以前是我当小孟现在的角色，多以前呢，往事不可追，就像我现在已经不会为一趟公务出行感到多兴奋。连年假，也好几年没休过，不爱出门，在电视上见见风景挺好的。爱人和姑娘不喜欢，说我无趣，让他们一次次欢天喜地的计划，归为了扫兴。不是我有意，是真不感兴趣，年轻时爱玩爱唱，也爱跳舞，北关舞厅在一九九〇年尾巴上关停的那天，我们几个当时的年轻人还在它门前狂饮一夜，抱上就哭，仿佛失去了重要的根据地。再遛狗经过故地，已到天命之年，小狗在我们曾踢踏过的台阶上撒尿，看着尿迹，我会将旁边抓来的一把土，撒在上头。

临出发，手机收到一段视频，几个网络上的中年男女，合唱《友谊地久天长》，酒喝着都撒在了脖子上，结尾冲天大笑，喊友情万岁。友情当然万岁，爱情万岁，青春也万岁，所有留不住的都该万万岁岁。到了机场，我给如今跑到了北戴河带孙子的老哥们儿，回条语音过去，讲话不必太客气。少发没用的，我按住发送键，脸扭过去说，陪领导呢。

大部队共计十人，除了我和申部长、小孟外，都是外县来的地方诸侯。像这样的考察，上一次还是方部长带领我们。想到方部长，就勾起我些感慨。再看身边五十不到意气风发的申部长，油亮的三七分头，栽种在一张国字脸上，话不多，私下叫我大姐，我也会直接叫他名字，双林。申双林比我小五岁，却顺理成章坐上了我奋斗五年都没能坐上的位置。跟方部长和我都不同，他是少有情绪泄露自己的人。

学看人我学了三十年，不会太偏差，有些是藏情绪的高手，有些你让他藏自己，比要他命还难办。像在同一位置上待了不到两年就被调走的方部长，就从不会掩藏。她在办公室里哭，在会议室里叫，在五一假期里调动我去帮她缝条西装裤，如此种种，想想这才是人在世上真正要攒的简历，即所有磨人性的工作，就是没把你送上高山，也煅你出了火窖。都物是人非了。这趟出门，习惯使然，我还是带了个空箱子，申部长再会藏，有些时候，也许他会故意地不要藏，那么我该有所准备。小孟提提我的空箱，笑问，李部长，这趟是预备多带些东西回来啊？我说，不一定。小孟早晚要学这一课，等她再陪领导出几回差，发现领导遇上想买想带的东西箱子却没空儿时，她就会学会的。

华东五市，作为旅游线路里常见的一条，是我们一行需对接的地点。和当地产业取点儿经，能展开合作最好，但这种最好的预期，人人心中有数，合作，要的是交换。在我们那座边陲五线城，搞交换不知搞了多少年，是既没套来外地的人力物力，也没

235

输出本地的影响力。可工作嘛，工作总是要开展。到达首站南京，我在房间给手机充上电，随时等通知，好下楼集合吃饭。申部长没有游兴，几个外县的同事张罗去夫子庙，夜游秦淮。

我一样没心思。在成都工作的姑娘打来电话，听她问，这趟出门又为啥？我说要搞一个创意产业人才引进项目。姑娘说，行，要啥没啥，还要搞。我问她啥意思。她说，不行别干了，出题这人儿埋汰你们呢。哪儿有创意，哪儿有产业，哪儿又有人才？我也乐，呲儿她，跟谁学的，刻薄劲儿。姑娘问，你走了，我爸咋吃饭啊，还泡面？家里狗谁管？嘟嘟都多老了。她爸吃饭的问题我的确没太上心，但凡我出门，他就像个被人点开低电量模式的机器，维持着最低消耗，两眼巴巴盼你回来。家里最牵我心的是那条黑狗，近二十岁的嘟嘟。嘟嘟从年后开始吃不下饭，嘴里流脓，牙拔好几颗，不能再动，消炎药也不敢让再吃了，肾负担不了。出门前，我几次和爱人嘱咐，当我求你，想着给嘟嘟嘴巴上点儿药。他来一句，我不踢死它就不错了。不跟他动气，过了更年期了，我很难和任何人任何事动气。躺在宾馆洁白平整的大床上，晚八点不到，我调小电视音量，听见走廊上附近几扇门关合的声音，打开带来的那本《放下你的情绪》，在里头夹住铅笔。有时，我会像在自己脑子里给什么画线一样，在书页上画出许多道儿，有时像都不为了记录什么话，仅为了把线画直。

李部长，今晚让他们安排吗？小孟和我微信商量。起早，又是忙乱，上午要游一个产业园，中午在当地安排下吃一口，下午的高铁，晚上在杭州住。杭州当地有个文化公司，这趟没他们行程，但后者多次表示，想接待一回。加我微信的女人叫吴丽君，头像是个可爱的小豹子。吴一口气给我发了几条他们公司的宣传片，大气、开放、雄心勃勃。视频里吴丽君一身白底旗袍，站在花鸟烂漫的楼阁之间，巧笑倩兮对你介绍，镜头一转，是他们百来个员工齐齐端茶，以端酒杯的架势喊出，有朋自远方来！最后出镜的是吴丽君爱人，人间指南文化公司董事长江澜的身影。江澜四十出头，笑时一排小糯米牙，手攥书卷，片刻变脸，做忧国忧民状，仰望苍穹。人间指南，口气不小，想来也是我们七〇一代共同的怀念。编辑部故事，怀念葛优的东宝、吕丽萍的葛玲，怀念美好时代，期许什么时候自己也能担负起全社会的精神文明建设，用三寸舌头，指引出人间一条坦途。我给小孟回，看情况。中午吃饭，她又问一遍，惹我冷眼看她，你操心什么？小孟说怕申部长不喜欢。我把小孟带到边儿上，说申部长快五十的人了，他不喜欢可以拔腿走。事儿不是你定的，也不是我定的，你们对接就完了。小孟犯的是我过去犯过的毛病，老想替领导拿主意。还是那句，喜不喜欢你不是蛔虫，不可能真知道。但作为下属，你需要让领导看见他该能看见的事儿。

我也觉得申部长不会喜欢。他几乎是被我们瞒着光临阴霾天的精致小院。入席前，几个外县同事在这个景色优美又不受打扰的私人会所里，过足拍照的瘾。十来个和我姑娘岁数差不多的苗条女孩，统一旗袍，倒水递毛巾，看着比景儿更赏心。吴丽君凑过来，暮色四合，顺她身影摇曳的还有股桂花香，她说话声儿絮絮的，和气温柔，让我不禁端详她的小骨架，和自己做比，觉着还是南方养人，养女人，女人落在此地，真化成了水作的，润物细无声。她飞眼睛对我一笑，神态十分熟，说你也被我骗了，姐。咱是老乡，我九七年过来的。我不太信，现在做生意都这么套近乎了，诈骗啊？问她，哪个区的呢？她说，建华，我爸以前在二厂干，我妈在钢笔厂。我以前是十三中的，爱上北关舞厅跳舞，爱吃古兰轩的馅饼。我说，古兰轩我现在还常去，北关已经不在了。她望着白玉栏杆下的湖，上面莲叶田田，没到盛开的时节，个个花骨朵都和她欲说还休的嘴唇似的，显着文静。那么人的性格也是能由地域改换的。吴丽君转头让我，姐，咱进去吧，快上菜了。我们自己的厨子，嘱咐过，口儿别太甜，怕你们吃不惯。她在前走，我跟着进一间半开放的包间，申部长坐桌首，两边位置空着，小孟旁边也空着。我坐在了小孟旁边，看江澜两口子不作声坐在了申部长两侧，一个斟酒，一个倒茶，不多会儿，申部长面前摆满了杯子。

二

语不惊人死不休。酒过三巡，我想起这么一句，酒桌可能是我除了沙发和厨房，最熟悉的生活场景，但有些时候，它还是会让一个人五十年的履历打回从头，心被话搅着，咯噔一下，麻木地看涟漪荡开。再打量吴丽君桃花灿烂的小圆脸，宴席已开了两个点儿，好些老同志打起掩饰不住的哈欠，也纷纷看出了停，将战场留给申部长和夫妻俩。其余三五成群，小声抱怨上了各自人生中的艰难时刻，小孟始终保持饱满的专注，那股劲儿真想让我给小孩儿脑袋上胡噜一把，告诉她这时候你该犯困，该出去转转，哪怕刷会儿手机呢。小孟不上道儿，工作再留给我，酒局中，这是我最不得意的一种。作陪不难，难的是要在清醒和热闹间左右游移，人成了秤砣，不论往哪头偏移多了，最后都由你收场。还是那句，谁也不是谁的蛔虫，也就叫不准几斤几两，才是一段关系适合的重量。眼看吴丽君和申部长就差喝交杯了，唯独江澜，还能和我在微醺中对上各自清醒的眼神。我惊讶，不全来自吴丽君陡然变阵的风情——喝酒就变性格的女人，见太多了，就申部长这样的，也料理过几个。在吴丽君劝申部长再进一杯的下一刻，她突然银牙紧咬，转向丈夫，把话抛出，江总外面几个孩子啊？酒桌变得静。申部长不说话，杯停放，不错神儿看吴丽君，仿佛想把她旗袍下的五脏六腑看出来。江澜低眉一笑，说不尴尬太假，可那份儿尴尬，也让人觉得不对。他抬手示意，以想把什么压下来的姿态轻飘飘道，老婆，你喝多了。吴丽君把同样的话再问上一遍，江澜才起身，捧一杯汾酒，他抿过再抿，细声向座上每个人赔罪。

不是江澜酒量好，是他压根儿没怎么喝，整桌上真正起了酒兴的，只吴丽君一个，即便申部长，也仗着海量，在小心试探自己的警戒。吴丽君和申部长越靠越近，在得不来江澜关注后，她将热情全撒给身旁的男人，一口一声哥。哥的单音节被她喊得痒酥酥，叫人担心江澜会在酒桌上和申部长反目成仇。担心多余，毕竟江澜没多会儿就趁人不备，从桌上消失了。而真正想让申部长下令消失的，还是小孟。他一次次从吴丽君的软胳膊里抽出自己的手，余光向我。这是更难办的差，但也许有些课，就是不等小孟学，非要个老妈子去带。我叫小孟陪着一起去趟卫生间，古色古香的院落里，小孟亦步亦趋追我，待我止步，她兴奋得简直要撞我脸上，睁着双戴了美瞳的大眼珠，倒还记得把声量压低，连说，李部长，太新鲜了李部长。我没明白，我有啥新鲜的？她说不是，事儿新鲜，李部长。我跟申部长也不是一天两天了，还头回见他这样。顺此话头，我让她说说，看出什么。小孟脸也微红，没人劝她酒，小姑娘自己提两回杯，想打圈儿，看别人都没起身，按捺住了。此刻对我，像面对着一圈痴茶呆傻的听众，等她宣传发现：他很受用啊。是不是，李部长？被一口一个部长叫着，顿觉责任不可推诿，好在小姑娘还听话，我搂她过来，教：等会儿回桌，跟桌上其余人说，带他们先回。大家都困了，明天还有行程，抓紧休息。这边儿有我，不用你管。小孟懵懂点头，又说，这哪行，李部长。我岁数轻，脏活累活先历练我，我不要休息。我瞪她，哪儿脏了？她说，情况微妙嘛。小孟说吴姐要再说点儿不该说的，她可以把杯顶过去，给吴丽君灌老实，啥事儿都没。我转开头，复转向小孟，话说一遍，你听清。小孟说她听着呢。我说，用你的时候会用，不用的时候上了也不对。有点儿深沉，不对别人，对自己。就现在，向后转，齐步走。

待小孟哄一帮人哼哼哈哈出小院，坐上大巴后，我故作晕眩，晃回桌上。上桌前看了眼时间，差五分十一点。再往前，从卫生间出来，我经过长廊，深知一入包房深似海的道理，特意驻足，想看会儿月色，也想借风吹，散掉本不重的酒意。大家都是优秀的演员，若舞台不论相貌身材，单靠演技，那么公务员该有一席之地，三十年的老公务员，更该有奖杯捧。桌上，我半耷拉脑袋，此计百试百灵，眼睛永不要闭紧。闭半扇留半扇，眼白露出，最有喝高了的效果，挡酒不说，还好侦查进程。明暗中，吴丽君和我状态仿佛，将头半埋在圆桌上抽抽搭搭，申部长拿纸巾，从底下塞给她，窥到吴丽君一双机灵仍眨动的双眼，两人中学生般推搡着笑。申部长始终不进一步，吴丽君到底步步紧逼，仿佛听见申部长警报器响了，他略推开她，看看吴丽君，看看我，叫一声，李部长，几点？我说，像十点半。再看吴丽君的笑容和先前在小院透家底时大不一样，跟刚入席时也不是一人，此刻的她，林黛玉似的弱柳扶风，眉宇间，更像管理着宁国府丧事，趁虚而入的王熙凤，就差往头顶插俩缨子了。她身畔打满锣鼓点儿，人向我奔来，不住抱歉说，咋把我姐给忘了。双林啊双林，她边和我头贴头，边叫唤申部长，瞧瞧，我姐儿俩像不像？说来好大缘，曾经姐在北关跳舞，我也在北关跳舞，两块钱的晚场，我咋也得蹦跶到天亮。姐，你蹦到几点？我说，晚上八点。吴丽君掐我脸上，卖乖吧你。

吴丽君拽我不要走，再待会儿，乞怜的时候她脸并不对着我，申部长倒是与我对视，可他的眼神更像在答复她的后脑勺。夹在俩人之中，借岁数充大，我安抚又训诫地叫吴丽君，妹啊。和申部长我们明早还有行程，走一天呢，不能留太晚。吴丽君放开我，人如花蛇，摇曳在一旁的空椅子上，喃喃自语，好容易，盼来了老乡，又这么相逢草草，争如休见。申部长怜香惜玉，说他不是不想留。吴丽君问，那为啥走，我没陪好？院里还有小姑娘呢，琴棋书画无不精通。叫她们来？申部长说，不是这意思。吴丽君拽我和申部长都坐稳，留中间位置给自己，左右抱上一人，絮絮不休，叙述伴随着低泣。从她九七年来杭州闯荡，讲到开出租、读夜校，最后认识江澜，做了他的狗屁太太，讲开始俩人感情怎么如胶似漆，同苦，不能共甘，到现在，江澜没一分在她账户上。干脆各顾各，除了在外人面前扮演恩爱夫妻，一点儿共同语言没有。她对申部长右耳朵说什么不得而知，到我左耳朵是，江澜两年没回家住了。除了在八卦新闻上，我鲜少在现实里见到这样的夫妻，不过他们共同点挺像，家大业大，难免离心离德。我出神儿，看去包房墙上展览的一张又一张公司宣传照，和吴丽君传给我的介绍片里仿佛。每当要人来访，夫妻必同时出席，由吴丽君表现娇媚，江澜表现儒雅，举手投足拿捏住文化人派头。我强忍打哈欠的渴望，还叫不准申部长的心思，真想走吗？要留的话，留多会儿？我说还得去趟洗手间，妹妹，花雕蟹子做得好，但姐这肚子不争气，生的吃了还闹。跟俩人点过头，我谨慎地往走廊上挪，心里既想月亮，还想嘟嘟的一口烂牙，更多的，想我老头，一天没顾上打电话，都不知道他吃的什么口味方便面。走不远，凭栏望月站住脚，有一人在我身前，将两条白嫩胳膊箍在了栏杆上。江澜笑出一排小糯米牙，操着细丝丝的南方口音，姐，你懂月亮啊？

三

小院因下过雨显得潮湿，月亮倒是不潮，半隐半现的，看不出明天什么天气。江澜点一支烟，烟嘴被箍在一块铜嘴里，像慈禧太后会用的东西，夹他两指间，妖里妖气，吐出紫雾。我以为他会和我赔不是，刚在桌上，他已赔过不是了，或者，他也预备和吴丽君一样，对我这个局外人，讲点儿自己立场上的辛酸不易。他该有他的不容易，作为看客，无论他给夫妻间的龃龉怎么定性，我都只有应付。真心来说，同为女人，我更信吴丽君的说辞一点儿。毕竟她在没喝酒前，看着那么体面，若不是有天大委屈搁在心里，哪儿会借上酒兴，便当着一群不亲不近的人，将难听话和盘托出，置自己于不体面。类似时刻，过去几十年间，多有发生。当我也希望借酒盖脸，将自己的难堪吐出来时，却是每一回，话到嘴边，都被咽下去。阅历若铺展开看，上头将是一个接一个的疮口，或大或小，清晰记录，叫我太能知道交浅言深带来的损伤，那远比想要得到的一份儿宽慰，还来得尖锐怨毒。

我岔开话题，弟，叫声弟吧，买卖做得真不错。我一直合计，像你们这样的文化公司，和我们怎么互补，怎么合作？江澜沉默地笑，仿佛更是他附和我，半晌吐烟出来，行啊，商量商量。我说，人间指南，名字挺情怀，有点儿以天下为己任的意思，到底你们文人。江澜笑的样子，和我见惯了的北方爷们儿不一样，有更多合该意会的东西，倾诉在了不相干的物件上，比如月亮，比如烟。他有双细长眼，眼角略微上走，嘴唇单薄小巧，还红润着。人看着不瘦，也不胖，大约有锻炼的习惯，个头一般，可该有肌肉的地方都在衣服下鼓起来，像断续的丘陵。我怕在外头待时间太久，也好奇，申部长和吴丽君，此刻孤男寡女共处一室，他不想回去看看？江澜问，大姐，你们一共来多少人？我说，十个，晚上都跟着过来了。咋？他撇下嘴，没什么。在我腰上，刚刚就若隐若存的夜风，陡然变得扎实，以不动声色更不叫人讨厌的力道，环绕在了上头。江澜手不乱动，只是搭着，我在心里骂句小崽子，听他兀自感慨。这些人里，我一眼就看到你。姐，有棱有角，身材真好。

像给小狗放好爪子一样，我把他手从腰上挪开，笑一点儿不减，用厌倦又带无奈的长音道，别闹。姐多大岁数了。话出口，语气让自己直恍惚。我是如何从一个样子，悄无声息，变化出了另一个样子。从少妇到实打实的劳动妇女，我唯一没变的，是面对这样的情况时，总清楚该怎么脱身，变的是方法，从没变后果。江澜知趣儿，靠在栏杆上，不动声色看我。我说，晚上冷飕飕的，还是回屋待会儿。他问，姐，你怕啥？我说，有啥怕的，你好怕啊？江澜说，你们就是太拘谨。女人最好都别干事业，一干事业，好多有意思事儿都没意思了，故步自封。人为什么喝酒呢？为把自己打开嘛。我说，丽君把自己打得挺开的，可我看她不好受。他说，你想没想过，我俩其实感情不错。大部分时候都不错，喝点儿酒，互相洒点儿埋怨，不算婚姻问题，都不算问题。我们必须找到能释放的那个机会。姐，东北夏天凉爽多了，是吧？很想再去。听她提过，你们市中心还有湖，不大，晚上夜景也漂亮。咱可以去那儿消夜，就像现在这样静静的。我说，静不了。弟你要来，我们得尽地主之谊，也热烈招待一回。我偏不往他想要的氛围上去靠，话再说，就是江澜单方面看不起人了，他以为我没吃过没见过，以为我明拒暗迎，内心还不是欢腾地希望，有他这样的小火苗快快烧上我的老房子？得了吧。我这房子是烧过，也建过的。如今早涂上绝缘层，暴雨也罢，毛毛雨也好，水泼不进。

　　道理都想得极明白，当折返回房间，眼前的一幕，还是让我产生不适。吴丽君和申部长椅子挨椅子，吴丽君像棵没被栽种好的小树，拿申部长当依靠，歪他身上，脸上挂着迷茫又伤心欲绝的泪水，仿佛这才是一对爱人，在人生重大的转折点诉说别情。申部长看着也哀哀的，我们不在这会儿，两人酒量定是一个撺着另一个，又喝掉好些。我转头对江澜，想说句化解尴尬的话，却只见着后者的背影，哼着歌儿，远去在长廊。见我现身，申部长眼色过来，那啥，她喝多了。你们女同志，快来劝劝。吴丽君将他一只胳膊抱得更紧，酒精将她两只本来纤细的眼睛，泡得又红又肿，两只润白的圆胳膊也纷纷自袖子懈松出，嘴里高声道，不要别人！就你和我，双林，就你和我！我心话，也是，这样场面，我看得越少越好。天不早，你俩乐意休息早休息，我寻思着还能不能赶上最晚一趟地铁。但凡到陌生城市，我都得意坐公共交通，将自己淹没于人群，感受大城市人和人之间冷漠严峻的对峙，相比我们那座熟人遍地跑的小城，是种心境的放松。申部长眼神简直在下命令，他视线一沉，这表情我见过，少，多在会议上，有人犯了严重纪律或说了严重不着调的话的时候。如今他这样看，我身上一凛，挫败感终于来到。前三十年辉煌，那个在队伍中饱受老同志期许的年轻人身份，一年年淡去，取而代之的，是我也成为过去最看不上眼的老同志，老家伙。老同志没有出路，更没一骑绝尘，反而饱尝骏马自眼前飞奔过去的沙土。对老同志，领导们会记得在中秋、元宵节，多发两袋大米白面，却永远不会在一个普普通通的工作日里，表露出对希望你安心养老之外，更多的期许。或许你们脑子仍然灵、反应仍然快，于事无补，一个时代总要被下一个时代，平静去羞辱。

坐到吴丽君身畔，我深知道，没什么话好再说，没场合再需打圆。申部长需要的，不过是我陪到底，我一直在，他爱惜甚重的东西才能一直被保全，而这个"在"，更需分寸。我自斟自饮，开心，感恩，即脱离开争分夺秒的工作环境，眼下和"朋友"相处，身心舒缓，也喝蒙了，沉浸于自我满足，像一个装成的傻子。申部长小声在女人耳边叫，丽君，知道你受苦。咱们认识得晚，但今晚我非常高兴。吴丽君抬头，给梯子往上爬，头直枕到了申部长肩膀，眼神期期艾艾，合着申部长再不低头一吻，就要惹她号丧。我跟自己碰酒，自言自语，骂骂咧咧，动不动举杯邀月，感叹说，还是南方好，南方起情绪啊。申部长说，是氛围好。姐，不行你也别喝了。我登时道，是，领导不让，再不碰杯。哈哈哈。吴丽君狡黠地将自己身子更蜷进申部长怀里一些，而申部长鸟嘴般的紫唇瓣儿，看我这死样，也终能放心，啄下一口。伏倒桌上，眼睛一闭，比比皆是从前。那些半生使过的漂亮手腕儿，桩桩成为说书人口中的章节、传奇，毫不真实，除我以外谁也不记得，而它们却曾发生。那丝不甘心，此刻就在灵魂里借酒盖脸，披上一身盔甲，正向我内心深处攻击，防守，攻守自成。我憨笑打量吴丽君，似看到跳舞冠绝北关舞厅的那个小姑娘，身未动心已远，终于从老朽的皮囊跳出，化为虚空存在，到吴丽君眼前，一壁岿然不动。那是穿上了黑皮夹克、窄腿裤，一手掐烟，一手端酒的我，二十年前，在她面前掐上一尺八细腰，轻盈地不屑地道，姐们儿，咱细算账——你想要啥，得到没有？

四

哪有人能得到想要的所有，笔笔分账，全在一架天平秤上，一低一高，看似无因，尽为清算。不知在酒桌上趴了多久，我迷迷糊糊醒来，窗外鸟叫不绝，透着清晨的爽利。让人直恍惚，到底是一觉仅仅睡过昨夜，还是度过半生。桌上残羹冷炙都被人悄悄撤了去，此刻琥珀色的玻璃转盘上焕然一新，连擦拭过油光的痕迹都没。我哪儿也不想去。就这么坐着，挺着，看屋外晦暗被一点点蚕食，由东南到西北，引出更多的亮。

眼前出现第一个人，也是唯一一个，吴丽君，手上提个精巧的瓷壶，搁在桌上。我盯着她新换了的衣服，珠光白的缎子衬衫，一条菱格A字裙，脸上大概只挂点儿粉，添有昨夜眼角没消的红晕，看着气色更好。主要还是人瘦，突出的都是骨架，就显得再怎么酒桌上泡，都泡不出臃肿。她背对我，从雕纹复杂的黄花梨木柜里取两个杯子，清水略涮一涮，再擦净，让我挑一个用。我挑了个上面画仙鹤和蓝色云层的，她往里倒茶，清香扑鼻，顿觉身体需要的正是这股味道。吴丽君坐下看我一眼，姐，没生我气吧？我说，没有。你们什么时候散的？她说，也就十点多吧。她细细地斟茶，合着在试探，我是不是昨天真醉得糊里糊涂。问她，申部长人呢？她抿着薄嘴唇，眉头也好笑地皱紧，跟大部队早回去了呀。昨天怪我，非要留你。你又不听我的，不肯跟我去房间好好睡，非拉我一块儿聊。咱俩就这么你一杯，我一杯，一直说话，你刚睡下，也就一个钟头。我摩挲把脸，看手机上的时间，五点半不到。我有点儿不安，太多细节没经过头脑清醒的处理，绝不止一个钟头的事儿被略了过去。爱怎么编排怎么编排，我可以接受被编排，但得知道被编成了什么样儿。动动嘴唇，我说，得走了，还有一天的事儿。

吴丽君叫我别忙，等她给江澜去个电话，很快，让他开车送。她昨天也喝不少，今天开不了车，要不早给我送回去了。江澜这个点儿差不多也醒了，吴丽君说，估计在园里伺候他那两盆花儿呢。我觉得身上还是挺有力气，没醉意，只是乏力，我们都到外面长廊上坐下，等江澜。再到那条廊上，我和吴丽君不咸不淡聊着，想到昨夜江澜就和她站在同一个位置，手搭我腰上，俩人各怀鬼胎，都看向澄明的月亮。我有些很想和吴丽君往深说的话，不知从何提起。大约就这样，一个人有一个人的活头，两口子有两口子的过法儿，外面人看，光怪陆离，放在吴丽君和江澜当中，可能他们也日日看着两人中的戏，置身事外地或哭或笑。不知为何，我联想到年轻时在父母家，守着那台背着臃肿包袱的黑色电视机，所度过的所有时光。里面牙尖嘴利的青年男女，在我们当时都梦想着的，堆叠无数报纸期刊，充盈无数梦想智慧的大编辑部，手指日月，心辟净土，谈及人间指南，像谈及世外桃源般，上演过一出出情景剧。那效果和人酒醉后的状态大差不离，又很像文化人江澜说的缘故，所有蝇营狗苟，都建立辉煌之下，所有泥沙俱下，也都在秩序崩坍后降临——喝酒嘛，谈情嘛，为把人生，暂时地打开嘛。

妹妹，别麻烦了。我想坐地铁。我站起身，此刻想看人来人往，看人脸上冷淡疏离的颜色，不想再和人一口一个笑地措辞说话。吴丽君瞪大眼睛，再若有所思，问昨天他们是不是，还有得罪我的地方，我忙摆手，说因为我没咋坐过地铁。咱家不知道你中间回去没有，数十年不见变化，二马路还是一马平川，三马路也是，堵塞都少见。张罗建地铁很多年，跟拿勺挖似的，怎么也不通。我想领略下大城市的生活节奏。吴丽君笑了，姐，你说话吧，损的时候特别损。剩半句她没说，我也不想延伸，看她咽下去的样子，心说同为女人，清楚有些时刻，是万分难熬。如果有神迹，能跳出这个年月，希望我们可以回到北关舞厅货真价实跳上一夜的舞。看属于夜晚的十来个小时如何在痛快中真切度过。我们可以成为战友，不将枪口对向任何人，只意图杀死昨日曾将我们羞辱了的自我。妹妹，我最后一次握上吴丽君冰凉凉的小手，以中年妇女嗔怪小孩的口吻，同她告别，早上凉，少在风口里坐吧。快回快回，不用送，哎呀，手机上有地图。

地铁站总给我一种清心寡欲的感觉。清心寡欲是形容人的性格，作比地点，会构成病句，二十年的公文训练，让我在生活里早把一切有悖常规的事儿，都收拢进了梦和空想。像这样呆板地坐在凉座上，看一扇扇巨大的椭圆形的窗子，闪过一块块椭圆形的黑色，才好放任空想。我同时观察，车厢里人数中等，跟想象中，存在差别。我以为会没什么人，太早了，六点多，车上每一个年轻人却都透着精疲力竭的样儿，说谁是潜在的罪犯都信，毕竟他们眼底透出的空洞比我期望见的冷漠，内容更少，也更见死气。我担心起了女儿，不知道她在成都上班的每个早晨，脑子里都转不转东西。人人都紧张地按着手机，我也是，想给爱人打电话，问问嘟嘟的情况。想到嘟嘟会在我离家后，瞪着已经结了白翳的眼睛，望着门口的方向，就让我急于将头埋进它的黑色皮毛，吸满让人安心的畜生味儿。那是种单纯的气味儿，像味道本身就能把人圈进一个小天地，比如我的沙发，比如我的厨房。

出站照着地图回酒店，刚进房间，小孟便来敲门。我忙把解开了的扣子重新扣上，跟小孟说，早饭不吃了，等会儿冲个澡。上午活动我也不去了，中午跟你们在饭店会合。小孟指我眼圈说，部长，你没休息好。我说没事，等会儿躺躺就行。对了，孟，我拽她在床沿坐下，今天见没见申部长？她说没见着。刚她给申部长发了信息，对方说头有点儿疼，上午也不去了。我点点头，行，上午你带好队。小孟走后，我犹豫再三，要不要问问申部长，昨天后面发生的事儿。是当闲聊天儿说起，还是闭口不谈。我不知道申部长昨天什么时候回来的，回没回来，没回的话去了哪儿。我没这份儿好奇，更避讳知道答案。我把一切都当成了工作，当工作中揣测人心成了必要的环节，只希望别因小失大。尤其是，已越来越分不清，哪一头小，哪一头大。

九点多，酒店早餐还没撤，服务员已不再穿行于各桌，除了少有几张空桌外，剩下的还留着用过餐的盘子碗，档口原本热腾的菜，也一个个凉掉。还好剩了个面档，师傅将烫烫水就捞出的面条盛出，交我，让自己放卤。这边儿不叫卤，叫浇头，我选了个还剩下底儿的西红柿鸡蛋卤，铺在面上，侧身想走，听申部长在后头问，西红柿鸡蛋还有没有了？师傅说，没有，用餐快结束了。我把面碗递给申部长，说没动过，部长你吃。还有牛肉卤、蘑菇卤，我都行。申部长嘴角动动，算不好意思地笑，我又等了一碗，隔远瞧见他找下张空桌，埋头吃面。申部长今天也换了polo衫，半新不旧的，还带一股刚洗完的洗衣粉味儿。他出来好像就带两套行头，现在天热，动不动一身透汗，能想象他晚上回自己房间，就着新闻联播搓衣裳的样儿，感觉和平时在单位楼里见他、酒桌上见他，形象难言几分。他招呼我一块儿坐，我扬着刻意爽利的笑容，和他坐在八人位的大圆桌上，心照不宣，一碗敷衍了事的面条、桌上若隐若现的抹布味儿、身后服务员懒散微妙的谈话声，尽和昨夜发起对照。他说，李部长，昨天回来挺晚吧？感觉你得十一点了，至少，十一点。我说，差不多。十一点不到，十一点，十点半，十点来钟，就这么长长短短两钟头，被五六张嘴嚼过来嚼过去，比面条嚼得还寡淡，都知道意思不大，但坚持嚼。蘑菇卤面，我吃两口放下了，平静地注视着申部长的面碗，像姑娘备战高考时的早上，餐桌上，一个母亲看孩子吃早饭。我心里谁也没有。除了得便宜还卖乖的时间本身，没其他对手，和我在战场上又开始了新一天的对战。不仅对战，还对磨、对辩，攻杀响在面条的吸溜声里，安稳、无争，我等待一种撤退。

汪洋界

一

　　拿着一本薄薄的旅行手册，我站在船头，看岸越来越近。喊声也近，来自几个老朋友，几双手挥着，太远，分不清谁是谁，但最高嗓门一定来自魏双。看到她时，她反而站在最远，正给烤肉炉扇火，周围烟还不大似的。李芜和吴卓群站在一起，俩人脸色都有点儿怪，今天他们穿了身儿相似的冲锋衣，一个蓝，一个灰。灰衣服李芜等着我转回刚上岸的地方，笑容战战兢兢，解释说，想不到我真能来。我很想知道另外三人是怎么商量好这趟相聚的。吴卓群抠开一听啤酒递我，跟上他，我们走到稍远地方寒暄。

　　他问我这儿怎么样。地方是他找的。四下看，跟手册介绍的还有差异。如果拍照，给照片提升点儿对比度的话，倒有宣传上的效果。不知岛上种的什么树，它们三五扎堆，凡是团结生长的地方，透不进一点儿光来。雾很重。那么也许我冤了魏双，这个名为汪洋界的地方，不论是否煽风点火，都是朦朦胧胧的所在。空气蒸汽般潮湿，岛上随处可见葱郁的绿色，树顶更是毛茸茸，衬得江水也饱浸铜锈，像带点儿复古感的翠。喝上啤酒，我和吴卓群还是无可避免地，开始了对暌违十年老友的眼神审视。他说，你没怎么变。世上没比这句更假模假式的话了。吴卓群戴了顶黑色鸭舌帽，遮得半张脸阴云密布，好一会儿我才反应出在下雨。他伸手试，确有水滴落在了他掌纹复杂的手心，几滴雨顺着他冲锋衣淌下，像人强作镇定时，自然溢出的冷汗。湿漉漉的，我觉得很不舒服，他等我说话，当意识到在我俩之间有种言简意赅无法攻破的壁垒时，吴卓群以更成熟的姿态上前搂人，用笑话人的语气说，别僵着了，都刚到不久。不聊点儿啥？再没话，咱们就得干活儿了。他说得不错，李芜和魏双不时就会从烤炉上抬头，监工似的，看向我俩。我觉得还是该先把处境聊明白，然后再聚会、劳动还是什么的。是李芜通知我来的，跟过去朋友我都鲜少联系，不知道她是从哪儿翻着了我的邮箱。初中注册后，我一直使用它，比起电话、住址，它的一成不变颇有忠诚意味，忠诚到连我自己，也几年想不起来开一回。

那是个平常的下午。我会从起床开始，握上手柄，将主机连上电视，看屏幕里汪洋恣意的海上，我率领的舰队是如何用火炮打沉一艘艘敌舰，借此度过时间。江南四月，雨何其多，这样的白天，对我这样的自由职业者而言，似乎没善加利用的必要。我会把工作挪到晚上，准备借几听啤酒产生的热情，和白天游戏里的海洋一样，写下我同样汪洋恣肆，属实是单机游戏的壮阔诗篇。我已足足写了两年的诗。发表不畅，因我不投，多是在一个朋友的公众号上被当作沧海遗珠来介绍，激不起一点儿水花。那天我被糟糕的心情折磨，想起还是该投稿，可以给某市级刊物投一篇。一首模仿之作，但仿得很用心。诗关于林海。

消失的树木/扩成绿海，在干涸的期盼上/结一个个死沉的泡沫……敲到一半儿，瞥见收件箱上累叠的数字，523。打眼我就认定这数字该有个说法，当看到最近的一封居然不是来自广告，它署名李芜。正是李芜的名字让我糟糕的心情坠入不可言说的深渊。她的名字，容易联想一些意象，都是写诗养的臭毛病，生活离不开蒙太奇了。她这样说：吕弛你好。也许你不记得我了。（怎么可能不记得。）今年我和魏双、吴卓群先后取得联系，想到十年前我们也在六月十二号，高考结束后有过一次美好的聚会。（美好吗？记忆不牢靠。）十年没见，想对这个日子有所纪念，算在平常生活里，找寻一点儿浪漫感。（你想要浪漫？）希望你赴约，地点是十字县，汪洋界。在岛上，我会带好两顶帐篷。（哦，谁和谁睡呢？）如果你来，别的全不需要准备。（我看你要的还不少。）

谁想到因这一封信，我矫揉造作，寝食难安，折磨自己多日。能给人造成距离感的人，也许半数都在饱尝同样的痛苦，有距离，是我们从来不懂拉近的艺术。在我来前，吴卓群已支好一个帐篷，暗粉色的，他特意向我介绍，欣赏下吧，女生宿舍。我和他一块儿把另外的帐篷铺开，由他选在合适的位置上，我立钉，他固定。男生宿舍是深蓝色，跟他穿衣颜色有点儿撞。或许他们都听闻了我如今靠卖字为生，但行业与行业，到底有壁垒，所以他们到底不能发现，我已凭敏锐的观察，发现了帐篷上一行标志，写有"群假日"的字样。相同字体的标，在吴卓群左胸口上也有一行，那么不用问，我知道他是做什么的。能以名字作商标，群老板家大业大，我想离他再远点儿，更后悔为什么要来。这样的后悔从我坐上由杭州去南昌的高铁，便高潮迭起。路上我不断想，最好由始至终谁也别问，我为何赴约。魏双躲我，躲不了我看她。帐篷安好，四人围到烤炉前，吴卓群一再摆手势，跟有什么惊涛骇浪要他压服似的，手掌不断向下，压着挤着，吸引着我们。他说，肉是魏双出资。双儿还在老家，老家肉最好，风吹草低见牛羊嘛。双儿，你讲两句，让大伙儿提提精神。我发现魏双老了许多，那么她躲我的理由也找到了，当李芜也劝，魏双该作为我们一帮人过去的开心果多说话时，我终于看到她从浓烟中清晰现身。记忆中魏双苹果似的团乎脸儿，一时皱得像秋末冬初摔在地上忘了捡的烂果。她张开嘴，没太打开，一样容易瞧见，两排牙都透明得发黑。

　　她当然比上学时候胖一些，人人都胖，不过有的明显，有的真能藏住。魏双属于前者，她看着很热，将印有史努比图案的薄毛衣，各卷起一边儿袖口，背对我站，还对另外二人笑哈哈。炉上的肉，都因她孜孜不倦，烤得恰到好处。而她不是躲在李芜背后，就是伸出两条壮胳膊打吴卓群，在我看，他们不像十年中没见过的。我拿走一串羊肉，坐石头上嚼，非常沉默，极想打破，谁又会没这种经验？热闹中越是沉默越被关注。此刻我只想静静观察三人，好搞清楚我不清楚的一些恩怨。过去，魏双是多可爱的姑娘，不是如今她不可爱了，而是在看到岁月对一个人如此无情的摧残后，你当然联想，她遭遇了不可爱的事。此刻她表现的活泼，真假不论，都引人心碎。我咬上羊肉，承认是好肉。好家伙，连味觉都在攻击我，感觉周围无不像李芜计划着的，被拉回到了十年前的五月二十三。那天的魏双是自己蹬车来的。十年前的早上，我和李芜、吴卓群，从公园存车棚偷了辆没上锁的三人自行车，一路欢歌骑去郊外，吴卓群在最后坐，抱着炉子和炭，我打头骑，李芫在当间儿，只专注搂我的腰。我们谁都没听见身后百米不到的魏双，是怎么撒开两条大辫子，外加两条短腿，呼哧带喘追人的。她边追，边叫我名字，叫李芫的名字、吴卓群的名字，跟喊号子一样，一二三四，她气愤兼鼓励自己，去他的五六七。

好姑娘，哪怕过去十年了，我依然想给魏双竖个大拇指。后来我把她写进好些诗中，比写到李芫的，还多几首。这种欣赏，要放在十年开外，才有心情，去鉴赏过去不够珍惜的人和事。而珍惜再真挚，也无可能让人重经当时，就会按住了刹车，作浪子回头状在清早的意气风发里，停滞不前。我不会在当时等待魏双，正如我会在今日缅怀魏双。当勇敢历历鲜明了，仍无法左右时间，叫我无法在十八岁时不去期待自己后背上，仍是那个人，最好永远是那个人——李芫此刻轻拍着巴掌，跟着吴卓群放出的音乐打起节奏。她的脚，她的腰，她眼睑下轻微的丧气都和二十岁时一模一样，所以，十年二十年过去，人都还原地绕着圈。

二

天暗下来，雨也停了，岛上雾没散，感觉只有在这个被帐篷和烤炉划定的小区域里，视物才清晰，却也只够瞧见彼此的脸，随身音响放出的乐声中，氛围不可挽救，变得冷落。吴卓群提议肉吃够了，不如喝酒，他像带了百宝袋来，两个姑娘带的都没他全，别提两手空空的我了。只见他从半人高的旅行包里拿了瓶女士喝的低度酒，李芫拒接，说想来红的，魏双也跟着要。围在炉

256

边，捧着四个高脚杯的彼此，恍然如梦，像在度过一个青春期时会幻想的野营场面，有男孩女孩，有火焰，有水，最重要的是夜不归宿。我视线避着李芜，用眼神或别的方式忽略别人，是十年来我修炼最精到的一门儿手艺，可以让人察觉不出，前提是得给自己找个别的关注点。魏双喝酒很快，已经在用圆滚滚的手指捏上半空的酒罐了，酒劲儿一上，她大方冲我开玩笑。吴卓群看我，再看她，恨铁不成钢道，老哥们儿又聚一起，感觉比我手底下刚毕业的大学生还腼腆，怎么搞的一个个？李芜说，没喝开呢，急什么。吴卓群说行吧。从他手腕上，露出块儿流光璀璨的腕表，我不认得，但想应该很贵。流光随他转头的动作，一齐摇着，吴卓群现在说话必配手势，跟半拉意大利人似的。想到当年四人，属他成绩好，举止乖，不像个小小子，脸爱红不说，还有点儿没主见，谁说啥，都得接住一句，仿佛任何话落下地，都是他的责任。如今吴卓群也是最显胖的，人像被在各个方向上扯开几厘米，五官因之陌生，只有他含笑沉默的样子，还让人相信，和过去是同一个人。这时我终于意识到，在吴卓群和李芜之间，也有一份儿像吴卓群过去对我的，下对上不宣之于口，然而实打实的从属关系。

吕哥，来一支不？他拿出我看不清名字的香烟盒，现在男人都变了，好抽女士烟，细白纸棍儿夹我手上，刚点上，注意到他却没抽。戒了，但平时人情往来得备着，吴卓群解释说。李芜脸上一阵微妙，再转瞬即逝，也不由人不注意，合着这趟聚会，谁拿谁当傻子？我说，暗度陈仓了属于。李芜低头，我们也是去年才走到一起。是，我俩现在是一对儿。她咄咄逼人看我，我不能再避，也认真回看她，火光摇曳中，居然叫不准，她是否还是我朝思暮想、文学创作中那个已经死了八百回，还拥有金刚不坏身的缪斯。四人中数李芜变化最小，身材保有曼妙的曲线，如旧白皙，柔软，脱去外套，穿身儿坎袖裙子的李芜，仍会给人弱不禁风的印象。这印象她一直有，只是在我记忆中，是她穿着安踏T恤，将发育不良的小胸脯显得平坦，不成山丘，成两个你不知道是否真存于地下的雷炮那样的，总于不勾引处勾引人的小小暗示。我问，啥时候办啊？李芜脸上再现我熟悉的内容。凡事要是她说快了，就没有可能。

　　吴卓群字斟句酌，脸已喝红，还能把握语言，这些年他是历练到了，不过舌头还是大，话不连贯，将手搭我肩上说，吕哥，再见你，我是非常高兴。你高兴不？我说，高兴。他又问魏双，双儿你呢，满意不？这地方一般人进不来。我和包岛的人做过买卖，双赢，他才给安排了。说这个不是让你们感谢我，都老朋友，单纯给你们讲讲这里头的门道儿。要不你们还以为，我故意选个放火烧山都没人报案的地儿，寻思干啥呢。魏双一笑，牙花子龇出来，她和李芜对看一眼，又对吴卓群说，吴老板，你选的地方，我俩都喜欢。我喜欢，是现在岁数大了，好静。李芜喜欢，是盼你给她个惊喜。吴卓群问，惊喜？魏双说，对啊，晚间炉火，雾气茫茫，怎么看怎么梦幻。你该求个婚了。我不想再谈这个话题，将话头转到魏双，跟先前转移我的注意力一样，问她现在过得如何，在做什么。魏双说，在庆云市场，支床子，卖袜子。说完乐个不止，笑容半晌含蓄下来，嘴抿一线，是她学生时代不会笑出的样儿，喊吴卓群把烟扔给她。魏双的烟瘾、酒瘾平齐，难说哪个更大，她说完笑着去拉李芜跳舞，远看，俩人像一对舞场中的男女，魏双个头儿更高，身材更壮，当她将手游蛇似的在李芜背后不住一番摩挲，看得我和吴卓群，火烧火燎的。

双儿现在挺会啊。吴卓群跟我坐近，她们跳舞，我俩碰酒，杯声清脆。他向我透露，魏双如今过得不好，成老姑娘了。在老家相过好几次亲，都没成。李芜和她这些年联系多，毕竟上学时她们就一寝室的，偶尔推心置腹，已足够知道外界不能知的酸甜苦辣，探来的话也都由她传给吴卓群。说着他给我一拳，还不是因为你，吴卓群说，当时太不谨慎，睡了人家，个把月后又装没事儿人似的，说你俩是朋友，你还爱着李芜——没事儿，哥们儿心胸大着呢。其实吧，这次我没多想聚，是李芜觉得有必要。她想让我俩共同的朋友都知道，我们在一起了。我俩共同朋友的确少，多少也有忌讳，于是想起你们来。我实事求是地说，我真不该来。吴卓群笑，那你也来了。咋，别告诉我还扎心啊！有什么的？男男女女就那码事儿，今天我跟你，明天我跟他，不涉及薄情寡义。独别像你那样，吃干抹净了转头装那个马失前蹄，干吗呢这，拿人当小姐了。我盯着吴卓群，他抬手轻给自己两个嘴巴儿，赔笑，就那意思，就那意思。吕哥你别老发怒，过去你就脾气不好，给自己惹多大是非。不为这，李芜能甩你？他不再扇自己了，笑意盈盈的吴卓群，拿眼光扇打起了我。

我脸上的确辣辣的。很想揍他，就像十年前我很想用拳头把周围一切都砸上一遍，也是种解决。当年我和李芜是朋友眼中情投意合的一对儿，我们的确好，留下不少快乐记忆，但那时我还没开始写诗，不懂人与人之间的关系为何总是变化，又为何变化无穷。李芜可以头天早上还搂着我的脖子说离不开我，到第二天晚上我想找到她，已经难于登天。焦躁不堪的我在所有人眼里可能都是个野兽，而我真正用牙齿和爪子伤害过的，只有魏双一人。魏双陪伴我度过了几天醉生梦死的时光，恍惚中，让我以为自己也有些爱她。我永远难忘记和她脸蹭着脸，泪水在我俩脸上交织流淌，混合到一起，有如胶水，那种难解难分却并不舒服的感受。吴卓群又说，他和李芜观感一样，再见面，我真像个怪物。他问在我身边有没有其他人这样评价过。我摇头，他要是认识我朋友，布考斯基和丹尼斯约翰逊，就不会这样说了。我和周围人，都觉得彼此不错。不知不觉，和吴卓群喝了不少，他六我四，我还保有理智。他灌着灌着就给两个姑娘喝声彩儿，让人怀疑他是不是把这一幕当成了某次团建。我说，明天我赶最早的船走，你们睡你们的。说完要钻帐篷，被他劝阻，说想再喝点儿，酒不多了，包里最后一听。

　　能看出他在装醉，虚浮的眼皮下是透着精光的一双眼睛。等他又一次有意无意把眼神在我身上聚焦，我忍无可忍，抓住他一侧胳膊——他身体软和极了，还当我也要和他跳舞，自己原地转上一圈，像个风尘女子，攀我手，不断将肥厚的身体凑过来。吴卓群吐着酒气在我耳边，说他也觉得很无奈，很多事都无奈，希望我理解。我说我不理解，我想不明白李芜是出于何种兴趣，非要组织这场已越来越不快乐的聚会，就为让前任见证她如今的快乐？那对魏双一样够残忍的。所有人都知道魏双曾对我多痴心，我又有多伤害她。我和魏双，应该在一个时间过去更长的节点上，以成年人体面成熟的方式，相视一笑，在私下里，由我道歉，由她来对我谅解。黑暗中，头顶树的枝丫都成剪影一样梦幻的线条，远处棉花糖似的薄雾中，水已经看不到了，偶尔有水声传来，温度降得厉害。我打个寒战，却还在怒火中质问吴卓群，并希望他把话带到李芜耳朵里，质问她为什么这么残忍。吴卓群一脸迷惑，再掩饰不了他没醉的事实，嘴唇张半天，告诉我，这次不是李芜组织的。李芜只是负责通知你，毕竟你的联系方式我们谁也不知道。我干笑，这更无聊。所以是你组织的？为让我们知道，如今你多改头换面，不当谁的小弟了。吴老板能耐啊，包了个岛，明天我的船你也安排吧，现在就打电话替我约好，还不晚。我看看手机，九点不到。催他，快点儿叫。吴卓群说，什么时候走，你说了不算。我问谁说了算。他示意我去看坐在石头上，相互隔着距离的两个女人。他说，听魏双的。我们都是听魏双的，才来一趟。

三

　　请你跳舞你拒绝吗？魏双笑容灿烂地向我张手。我当然说不，虽然有点儿困了，一重又一重的情绪压力折腾得我比平时更没精神，尤其是，当我看到李芜挽着吴卓群，已双双钻进了那个粉色帐篷。好家伙，原来那不是女生的粉红，是恋爱中男女的艳色，他们进去，迅速拉上了门帘。你看着还那么冷，也还那么好说话，魏双一直笑，拉我到她和李芜刚刚跳舞的空地上，我不知道是不是该就这么和她拉着手，抑或像舞池里那样的，将手搭到她腰间。魏双叹了口气，我闻到她身上相当古怪的味道，不单烟酒气，还有种腐烂的味儿，一种批发市场才有的，烂胶烂塑料的味儿。她在史努比长袖外面套了条背带裤，款式不错，就是线头太多。她如今没留辫子了，近三十还会给自己留俩大辫儿的女人毕竟是少，魏双现在头发中短，也能随舞姿一扬一扬，在肩膀上摩擦盘旋开。我还看到，她一只手背上有三道鲜明长疤，不像容易愈合的样儿，似山脉突兀着。

我老想咱们能聚会，她说，我小学、初高中同学都聚会了，而我也基本参与了每一场，为啥咱们不能聚呢？我想看看大家成人后的样子。我说，让你失望了。那两人还有所长进，我在后退。抓着魏双柔嫩的手掌，我和她旁若无人，也真无人旁观地开始一场华尔兹，曲意悠扬，当音响里唱出罗大佑的旋律"心上的人儿，有笑的脸庞，她曾在深秋，给我春光；心上的人儿，有多少宝藏，她曾在黑夜，给我太阳"，魏双再一笑，你什么时候会拿别人话当话呢？我说是，我傲慢。双儿，和我说说你现在。她问，现在啥？我说，讲你的情况，让我听着能安慰点儿的。魏双说她不能让谁安慰。我于是说，对不起。当初非常对不起。以为自己的痛苦是世上最重大一份儿痛苦，就忘记了你的。魏双挺挺脖子，绷紧肩膀。歌声中，我跟她的步调走，渐渐远离帐篷和炉火，来到雾气深重的茫茫领域，远望没有边界，雾都有点儿悖论似的，自成一体，让颜色全模糊，再难分清楚什么是坚硬，什么又是软。一曲结束，我告饶，真撑不住了，得回帐篷睡一觉。

哪个帐篷？她问。我说男生宿舍。她边笑边搂紧我腰，吕哥，你傻了。她笑得女妖一样，蓝帐篷只能睡下咱俩，还是你想再来一遍当年？我说，不，双儿，我不是。她将桃花满面的脸凑我跟前，可以是，魏双说，你可以，大家都老了不少。可咱俩还是和当年一样有共同点，对不？你单着，我也是，我们完全可以再整一下子。我卖袜子卖够了，你写那点儿破诗，也够够的吧？年前我去庙里算了一卦，算姻缘，签上说百转千回始为真。别不信啊，不然我要啃你一口了。你怕的时候真可爱，和当年一样。

我撒开她，往另一个方向走，夜里雾重得吓人，加上酒，我不知道自己在走向哪个方向。若真像魏双说的，我俩不得不共享一个帐篷，那此时此刻我在动用自己所有知识，想在野外度过一晚的可能性。魏双在后追赶，喊，现在你怕了，明白我不是那么容易甩了？我想说点儿什么，和吴卓群刚刚一样，张不开嘴，这小子，也许已经在温暖的帐篷里睡倒，头枕在李芫绵软的胳膊上，打响一个个呼噜。我想起了他俩，想到他们或许可以帮我化解此刻的难堪。魏双仍在追，往前是河呀，她歇斯底里地笑，真是河呀哥哥，别走了，没用。让我们安静地聊上一会儿，让我把思绪重新理清楚，要不我满脑子想的都是棉袜十块钱三双。

李芫和吴卓群不会坐视不理的。想来，如果我是他们，如果的确是魏双牵头，此行无非要他俩扮演"理中客"的角色，更能让这两个无法从婚姻中取得团结的男女，因共同观赏他人的笑话，站到河岸上。我必须大叫，李芫！我几乎是扯开了嗓子，将心中积蓄十年的狂热叫喊出来。过往，它们只在诗歌零散的句子里假托他物，输出半分，甚至，不到半分。我能看到平静的水面和人一样，打出一个个微弱的气泡，像个睡眠不好的孩子，整夜昏昏沉沉，不确定自己是真陷入了沉睡，还是良好的健忘。岛上所有植物都成我的障碍，在我不断和叶子接触，手上传来粗粝的感受时，有的叶子还在后退，怀疑自己是真碰见了它们，还是又陷于感受的泥潭。被一棵巨木绊倒时，魏双在我身后不过三米。她气喘吁吁，追问，吕哥，你到底怕我啥？我说，没，我找不着帐篷了，非常困。她说，我带你回去，不行吗？我说你在前面走吧，我跟。魏双说，雾这么重，林子又密，手拉手呗。我只好拉她的手，回去路上，梦游一般。魏双讲话的神采，让人很难不联想十年前的五月二十三，当她终于骑车追着了我们，在郊外的荒野蔓草间，我和吴卓群已热火朝天支起了烤炉，李芜在旁边对我含情脉脉，唱起了歌谣。突然出现的魏双，脸色青白，喘不上气，将她的坤车一脚踹倒，跳跃着来到我们中间，张开绵延的双臂。二十不到的魏双曾哈哈大笑，笑着笑着哭起来，哭到李芜不唱了，我和吴卓群缄默对缄默，都万分难堪。魏双看看烤炉，看看江水，说，我想你们是都忘了通知我。是吧？我想你们是忘了在红灯时等我一脚。李芜？咱天天一屋吃一屋睡，你不能忘了我。吴卓群，你埋怨吕哥不拿你当回事儿，喝大的时候，也没忘让我陪你，替你宽心。吕哥呢，他更不会，我信，其实他很喜欢我。是吧？雾让人如置汪洋，心一上一下沉浮着，此刻手里她的手，是双不得依靠的桨。

她絮叨不休，我半闭眼，想快速熬过一切。魏双说，常言道，真心换真心，真如此吗？有几年，每晚我都梦见你。梦里我还和二十岁一样，五脏六腑都空设，很难有痛苦的感觉。后来和李芜说起这些，我们还互骂几回呢，她先是骂我不要脸，我骂她狐狸精。可很奇怪，骂着骂着，我们总会痛哭在一起。到最后，不是我安慰她，就是她安慰我，我们最安慰彼此的一句是，人做什么事儿，全看目的为何。若只为达成你的目的，屈辱不算屈辱，算准备。李芜现在是尘埃落定了，就是不跟吴卓群，她也活得明白了，往后还有别的跳板，剩下我，始终起跳不灵，跳不出，人很难挨。你知道批发市场里，都是什么样的女人在做生意？人人心眼都向外使，在追求一块八毛钱的利润时，心怀一个不存在的宇宙。算来算去，发现人生疆域就这大点儿，后面没指望。可到底是谁让我们选择了这一亩三分地？是谁让我们打消了相信人、宽宏大量的念头？

我要的是一点儿爱。她说。魏双攥紧我被她握着的手，紧到我感觉能和她共享呼吸的频率。她停下不走，让我以为睁眼就会看到恐怖的画面，却只见她低头瞧自己鞋子的脑袋瓜，魏双怀疑着，我目的达成了没？她有些摇晃，还挂着诡异的笑，问我，或问自己，我屈辱回本儿了没？听这么久，我恍然大悟，摇开她手，坐到了潮湿的地上。我请她一起坐，双儿，如果你要我和你磕头，才痛快，才不折磨自己，大半夜的，我磕也没什么。不过你说的，也真触动到了我。我努力想唤起十年来养就的放荡不羁，但发现至多，我只能做到把腿盘在泥地上，盘得稳一点儿时，天上出现昏暗暗的色彩，周围凝聚潮湿湿的空气。有时，人与人之间的关系就是经不住变化，也当真变化无穷。发现了我在年过三十，于古今中外所有诗词歌赋间明白的道理，居然被在批发市场的袜子内裤间计算一块八毛钱的魏双，早朴素地参悟了，我难以抑制，捂脸号开。两腿跪实，随泥下陷，还是魏双搀我一把。我涕泗横流地仰脸看她，她还和傻大姐一样笑着。不算完，魏双说，这样不可能完。你得学我当年那样，要不，你对屈辱的理解，始终隔一层啊。

四

我被魏双押回到粉色帐篷前，吴卓群带着李芫，俩人像眼睛根本也没闭一瞬，精精神神出来了，这半天，俩人干啥了。我通红着眼，听眼前一对男女旁若无人埋怨对方，李芫说，不行你去看看吧，真不给劲儿。吴卓群拽着裤拉锁说，看个屁，你冷淡，怨我啥。这不是我第一回觉得人在梦中，看到的光怪陆离，已不得不合理化，却是第一回，在我能感受到双膝真实的疼痛时，伸出手去，在李芜和吴卓群前晃悠，你俩，能看着我不？我喘气呢，是个活人，有血有肉有感觉，你们不能这么欺负人。吴卓群和魏双各拍我一侧肩膀，火还烧着，三人安抚我，先坐下，坐下说。我寻思是不是就想看我这样？行啊一个个，深谋远虑，心机够深。心想的是一路，膝盖还是僵成了铁块儿，炭火焰焰间，我以赴死的豪迈架势，借火光死盯每个人的脸。大约是吴卓群，绕背后踹了我一脚，不经意间，他和李芜又抱在一处，啃着彼此的嘴唇。

我坐不下，实打实跪上了，他们各自聊上闲白儿，是谁也没将我一跪当回事儿。三人你一言我一语，从房地产聊到网红经济，我恍恍惚惚，酒劲儿徐升，吴卓群冷不防一喝，跪上！我动了吗，我不知道。魏双低头，拿上最后一个半空酒瓶，过我身畔，她说，都回不去从前了。说我心怀宇宙，不是招你们笑呢，是真想，真怀念。老想在另外一个星球上，还有一个我，不卖袜子裤头，也本本分分去念书，哪怕念个大专，有点儿文化和城府。吴卓群一声叹，李芜靠他怀里，用小手一下下揎走他T恤上的棉线头儿，像个动物在给另个动物抓虱子。我看得热泪盈眶，想她过去也这样抓着我，从无要求，至多让我给她念上两首诗，那时月亮多明，时间多慢，虚假得让人觉得半生过完都没走出二十岁。记得吴卓群曾和我在高考后的夏日，走上我俩同住的小区跟前那个不论白天黑夜都人影罕至的大坝。他当时跟我说起估分儿，被我斜去一眼，多大本事，去想那几分儿。吴卓群看我站在坝上，如曹操东临碣石以观沧海，念出不争朝夕，但凡存在。过往种种，都似梦影，梦中总能见着我不可能实现的婚宴上，是新娘子李芜站在红台，与我喝交杯。吴卓群则在下头起哄，嫂子，别有保留。魏双也在台下，满怀心事捂住她的小肚子。

往后十年，我认定自己是实打实变得坚硬了，人能让自己实现坚硬的方式，不外两种，一是饱受屈辱，二是活在梦中。我选择后者，眼瞧自青春期养成的毒蛇，慢慢吞掉了内心所有自卑和回忆，它何其壮大，常在我写诗时，吐出信子，邀我共识，非如此不可。想到那条蛇，我放眼四望，觉着还能再借其力，吞掉这茫茫然的屈辱。我试着站起来，魏双终于哭了，断断续续，听她在讲，人最造孽，莫过玩弄人的真心。可当时，我们是不是彼此自愿？我磕磕绊绊走到魏双面前，她以迎敌的敏锐迎我，身旁吴卓群又再变色，说吕哥，高了，你是喝高了。我说，没高，刚才你让我跪好了，我听得很真。头转向李芜，无论多少次看到她，竟都能看出凭时光改换她不断冒出的新光彩。从李芜眼中，冒出的不只是机警，还有稍纵即逝的柔情。但愿不是我自恋，毕竟如果我真高了，就高这么一回，我嬔她起身，心中泪水满溢，想她还是我年少时最丰盛热烈的记忆，和魏双也好，吴卓群也罢，他们什么舞都跳了，作践我也够了，那李芜也陪我跳支歌儿吧。她的手时隔多年，再被攥住，我人像触上了高压电，下意识看吴卓群。他含笑，她也含笑，说别了哥哥，你还是跪着吧。

她抚着我软烂的四肢，左腿先下，弯曲点儿，波棱盖儿能折，谁都可以，你也行，是熟不熟练的问题。我说，就算别人我都对不起。对你，总该是你对不起我吧？李芜说，真没想到，你现在怪成这个样儿。我不解，何出此言。李芜捋了捋刚刚和吴卓群大战，还没归顺好的头发丝儿，怜悯对我，健忘，你是太健忘了，哥哥哟。听她一叫哥，手里还没松的她的手，变得更软，引领我另一只膝盖，也义无反顾跪深下去。李芜说，你从来没想，为什么前一天咱俩还爱得要死要活，第二天我就怕你，像害怕一场梦魇？你魇过没有？我说，有，人有意识，动不了身。她说，就那样。和你分了手，我谁也不想见，封闭自己好几年，再想起你，跟想起一场高烧似的。不是和你恋爱体验不好，体验可能是最好的，但，再不停止，我就像这两块儿炭了。你看看炉子下的炭，除了冒烟，消耗自己，还剩啥？吕哥，你有才华，有性情，可常让我觉得，被架在火炉上烤。跟卓群好，不是我一时兴起，都这个岁数了，哪儿有一时兴起。就算他给不了我婚姻，我也愿意。为啥？他是个厚道人。

炉上的烟，不再旺了，让人联想到活过半载注定要参加的葬礼上，一缕缕顺烟囱冒出的烟，省心地缭绕、散开。脑子晕着，不知晕出多久，醒来是清晨，不同于我在家自斟自饮的醉酒，再开眼，竟没半丝头痛，仿佛都在告知，梦是清醒梦，怨，也是真实的回魂。睡眠中我已能认定的现实，的确发生在眼前，眼前一顶帐篷不剩，昨夜开辟出的野营地，只剩炊烟，哪儿有人迹。我不想哭，没有眼泪，我的三个老同学，往后何日再见？不见是最好，只有不见了，才证明债被清算过。经过一夜我仍酸痛的膝盖骨，也伤出了价值。收好背包，我手里还攥着一本薄薄的旅行手册，等在岸头，从清晨到白昼，又到黄昏，酒全醒了，人抱膝干坐，不知啥时候船夫再来。李芜眼睛是准，吴卓群家业再大，还是几人中的厚道人，后来只有他发来信息说，吕哥，我们赶早走了。双儿让我给你说，别觉得委屈，她从黑龙江坐了两天一宿才到，你伤她的劲儿过了十年半才消。李芜也有话，说把你邮箱拉黑了，再别往来。她说是你让她相信，和谁过都一个样儿，打铁还需自身硬。

我问吴卓群，别的不说，各自满意没？他回，咱两清，有缘再见，就平等关系了。打小姥爷和我说了句话，被我写进员工守则，不收费分享给哥：人与人之间，失去尊重，什么都没有。给你朋友老布老杰也带去话，各地不论，人种不论，可以通用。我再想说话，信息发不过去，汪洋界名不虚传，眼前河上，人影斑斑，没一个实在的，皆消散于山峦。而久等的船夫，不知何时抵达。我抓耳挠腮，想人生一度，别浪费光阴，人生也一渡，过去了的岸，再难登临。借这空落落的时间与空间，不如产两句能让我匹配傲慢、恢复尊严的好诗。我认定它们必须好。

　　消失的树木，扩成绿海

　　在干涸的期盼上

　　结一个个死沉的泡沫

　　没有划桨、波涛

　　当流水绕开的时候

　　雨和变化也游走了

图书在版编目（CIP）数据

水漫蓝桥 / 杨知寒著. -- 北京：作家出版社，2025.5. --
（中国文学新力量丛书）. -- ISBN 978-7-5212-3330-8

Ⅰ. I247.7

中国国家版本馆CIP数据核字第2025VV3377号

水漫蓝桥

作　　者：杨知寒
责任编辑：李兰玉
装帧设计：赵　璐
出版发行：作家出版社有限公司
社　　址：北京农展馆南里10号　　邮　　编：100125
电话传真：86-10-65067186（发行中心）
　　　　　86-10-65004079（总编室）
E-mail:zuojia@zuojia.net.cn
http://www.zuojiachubanshe.com
印　　刷：唐山嘉德印刷有限公司
成品尺寸：142×210
字　　数：199千
印　　张：8.875
版　　次：2025年5月第1版
印　　次：2025年5月第1次印刷
ISBN　978-7-5212-3330-8
定　　价：49.00元